21वीं सदी में

वृद्धजन

डा. नरेन्द्र सिंह

डा. स्वामी पी. गुप्ता

KAVYA
PUBLICATIONS

Publisher:

SDR INNOWAYS INDIA PVT. LTD.
667, Rajaward, Kulpahar, Mahoba - 210426

Imprint:
KAVYA PUBLICATIONS
Plot No.107C, Hanuman Khand, Gulabvatika, Behta Hazipur, Loni-UP (Near Dilshad Garden Delhi) NCR -201102

Mob. : 7905266820
Website : www.kavyapublications.com
E-Mail : info@kavyapublications.com

ISBN : 978-93-6431-966-9

Year : 2025

This book is printed at MTL and published by SDR Innoways India Pvt. Ltd. Kulpahar Mahoba with its imprint and centre, Kavya Publications Delhi.

अनुक्रमणिका

1—प्रस्तावना

1— सामान्य व्याख्या

बचपन की चंचलता, यौवन की चपलता और प्रौढ़ता के गाम्भीर्य से प्राप्त अनुभव वृद्धावस्था को जीवन की पूर्णता पर पहुँचा कर उसे भविष्य का आधार बना देते हैं। अपने वृद्धों को सामर्थ्यहीन मानना न केवल अनुचित है, बल्कि समाज के प्रति अन्याय भी है।

भारत में विगत पांच दशकों में बुजुर्गों को निरन्तर हाशिए पर धकेलने का काम परिलक्षित हुआ है। वर्तमान में वृद्धों एवं युवा पीढ़ी के बीच संवादहीनता की खाई इनती गहरी हो गई है कि वृद्धों को अनावश्यक तनाव के दंश को सहना पड़ता है।

समृद्धि की आधुनिक परिभाषा से नैतिक, सैद्धान्तिक वैचारिक और मूल्यगत समृद्धि की अवधारणाएं तेजी से नष्ट होती जा रही हैं। मानव की समृद्धि का एक ही अर्थ रह गया है—भौतिक सम्पन्नता। बुजुर्गों के अनुभव 'स्क्रैप' कहकर खारिज किया जा

रहा है। वे 'आउटडेटेड और ओल्ड फैशंड' जैसे सम्बोधनों से सम्बोधित किए जा रहे हैं।[1] समाज में नयी सोंच को अवलोकित करने से प्रतीत होता है कि वृद्धावस्था मानों जीवन का अंग ही नहीं है। उसे तो सुख–मृत्यु के हाथों दे देना चाहिए।

पारिवारिक संबंधों के खास ताने–बाने से संरचित भारतीय समाज में भी उपेक्षित स्थिति निर्मित हो रही है।

युग तेजी से करवट बदल रहा है। परिणामतः जीवन मूल्यों में निरन्तर गिरावट आती जा रही है। भौतिक उन्नति वरदान से अधिक अभिशाप सिद्ध हो रही है। भारतीय संस्कृति के मूल आधार संयुक्त परिवार आज टूटते चले जा रहे हैं। जहां पर भी संयुक्त परिवार विद्यमान है वहाँ का वातावरण वृद्धों की मानसिकता एवं शारीरिक स्थिति के अनुकूल नहीं है। धनोपार्जन की तलाश और शहरी जीवन के मोह में आज की युवा पीढ़ी प्रायः नगरों की आर आकर्षित हो रही है। फलस्वरूप वृद्धों के प्रति उदासीनता बढ़ रही है, उपेक्षापूर्ण दृष्टिकोण ने वृद्धों एवं असमर्थों के लिए गहन समस्या उत्पन्न कर दी है।

चिकित्सा पद्धति में उन्नति के साथ–साथ औसत आयु के स्तर में भी वृद्धि हुई है। परिणामतः वृद्धों की संख्या में वृद्धि हो रही है। भारतीय संस्कृति में वृद्ध माता–पिता एवं परिवार में सभी वृद्धजनों को भगवान का पद दिया जाता है, किन्तु आज के प्रगतिशील युग में हर क्षण बदलते सामाजिक परिवेश में नई पीढ़ी

---

[1] म0वि0 कुबडे–वृद्धों की दिशा और दशा, समाज कल्याण पत्रिका, (नई दिल्ली) अक्टू0 05 पृसं0 25

से ऐसी आशा करना ही दुराशा मात्र है। नई पीढ़ी अपने पैरों पर खड़े होते ही वृद्धजनों को अनुपयोगी और भार स्वरूप समझने लगती है। छोटी उम्र से ही उनके अनुशासन में रहना उन्हें अच्छा नहीं लगता। जिन वृद्ध माता–पिता के हाथों में आर्थिक संसाधन केन्द्रित है वहाँ निहित स्वार्थों के कारण वातावरण कुछ भिन्न है। इसके विपरीत जो माता–पिता सन्तान पर आश्रित हैं उनके प्रति श्रृद्धा सत्कार तो दूर की बात है प्रायः कर्त्तव्य की भावना भी दृष्टिगोचर नहीं होती है।

उम्र बढ़ोत्तरी एक प्राकृतिक एवं अनुलोम (पीछे न जाने वाली) जीवन पद्धति है।[2] इस तथ्य की वास्तविकता अक्सर भ्रामक होती है। बहुत से वृद्ध, जो वृद्धावस्था की ओर बढ़ रहे हैं, ऐसा दृष्टिकोण अपनाने को प्रेरित होते हैं, जो उम्र बढ़ोत्तरी या वृद्धावस्था के क्रम को गतिशीलता प्रदान कर सकता है और बुजुर्ग या वृद्धों को हाशिए में डाल सकता है।

वृद्धावस्था प्रायः थकान, कार्यशीलता में कमी, रोगों की प्रतिरोधक क्षमता के ह्रास से सम्बन्धित है।[3] अक्षमताएं जो दैनिक जीवन के कार्य कलापों को दुर्बल बनाती है वृद्धावस्था में सामान्य हो जाती है। इनके चिन्ह रोग नहीं माने जाते हैं फिर भी ये संयुक्त रूप से वृद्धावस्था निर्मित करते हैं।

---

[2] डनजजंहपए च्ण्झ्णए .।हपदह प्ेनमे ंदक व्सक ।हम ब्तम ;1997द्ध छमू क्मसीप च्ंहमण छवण 2

[3] बेवूकींतलए क्ण् च्ंनसए .।हपदह ।दक जीम ।हमक ;1992द्ध छमू क्मसीप च्ंहमण छवण 10

यद्यपि वृद्धावस्था विभिन्न आयामों वाली पद्धति है।[4] वस्तुतः इसके कारण एवं परिणाम समझने के उद्देश्य से इस पर पड़ने वाले जैविक, सामाजिक, मनोवैज्ञानिक एवं जनांनकिकीय कारकों की चर्चा की जा सकती है।

डेमोग्राफिक अर्थ में उम्र बढ़ोत्तरी एक जैविक पद्धति है जो गतिमान एवं निरन्तरतां लिए होती है। काल क्रमिक उम्र जैविक और मनोवैज्ञानिक उम्र की नाप नहीं करती है।[5] वृद्धावस्था कब प्रारम्भ होती है उस उम्र को निश्चित नहीं किया जा सकता है। प्रशासनिक उद्देश्यों जैसे सेवानिवृत्ति का निश्चयकरण, पेंशन योग्य उम्र का निर्धारण तो होता है किन्तु इसका सम्बन्ध जैविक मनोवैज्ञानिक उम्र से नहीं होता है। एक देश के श्रम बल वाली अधिक अवस्था की जनसंख्या का बड़ा हिस्सा एक आर्थिक बोझ का प्रतिनिधित्व करता है। इसके अतिरिक्त व्यक्तिगत सेवाएं उपलब्ध कराने में यह बड़ी आवश्यकताएं उत्पन्न करता है, विशेषकर चिकित्सीय व सामाजिक क्षेत्र में उन लोगों के लिए जो वृद्धावस्था अथवा उम्र बढ़ोत्तरी के कारण क्षमताओं की दशाओं के कारण दुर्बल हो गए हैं।

वृद्धावस्था को समझने में दो तथ्य महत्वपूर्ण होते हैं जो परस्पर भिन्न होते हुए भी पारस्परिक रूप से सम्बन्धित होते हैं। वे हैं–

---

[4] सिन्हा, सुमनरानी, वृद्धजनों का समाजशास्त्रीय अध्ययन (1998) इलाहाबाद, पृ0सं0–13

[5] डनजजंहए च्ञ्झण ।हपदह प्ेनमे ।दक ळसक ।हम ब्तम ;1997द्ध छमू क्मसीपए च्ंहमण छवण 5

1– शारीरिक उम्र एवं

2– सामाजिक उम्र

शारीरिक उम्र एक व्यक्ति की जैविक दशाओं में परिवर्तन जैसे–बालों के रंग में परिवर्तन, दाँत गिरना, दृष्टि–दोष उत्पन्न दोनों या कमजोर होना, व्यक्तिगत आवश्यकताओं में ध्यानाकर्षण की स्थिति, शारीरिक व्याधियाँ या रोग आदि से सम्बन्धित हैं।

दूसरा तथ्य सामाजिक उम्र बढ़ोत्तरी जैसे सामाजिक सुरक्षा, किसी संगठित क्षेत्र में सेवा से निवृत्ति डेमोग्राफिक वर्गीकरण, समाज और व्यक्ति पर इसके प्रभाव आदि से सम्बन्धित प्रशासनिक आधार पर निश्चित की जाती है।

उपर्युक्त दो तथ्य वृद्धावस्था को समझने के महत्वपूर्ण आधार हैं, फिर भी इन तथ्यों के आधार पर वृद्धावस्था को परिभाषित करना कठिन है। "किसी ने एक बार कहा था कि मेरे लिए बूढ़ी उम्र मुझसे पन्द्रह वर्ष अधिक है, अर्थात जो मेरी उम्र से पन्द्रह वर्ष बड़ा है, वह बूढ़ा है।[6] यही कारण है कि Tean । हम युवक–युवतियाँ (13 से 19 के मध्य) 30 वर्ष की उम्र वालों को बूढ़ा या बूढ़ी समझते हैं। जो 45 वर्ष की उम्र के हैं वे 60 वर्ष की उम्र वाले को बूढ़ा समझते हैं। यहाँ तक कि वृद्ध लोग बमुश्किल महसूस करते हैं कि वे बूढ़े या वृद्ध हैं। व्यावहारिक रूप से वृद्धावस्था का विभाजन करने वाली रेखा सेवानिवृत्ति की उम्र को

[6] समाज कल्याण (दिल्ली) मासिक पत्रिका, कल्याण मंत्रालय के लेख से उद्घृत, पृ0सं0 17

माना जाता है, जो सेवानिवृत्ति हो जाते हैं उन्हें वृद्धों के रूप में वर्गीकृत किया जाता है।

संयुक्त राष्ट्र संघ उन्हें वृद्ध नागरिक के रूप में परिभाषित करता है जो 65 वर्ष की उम्र के ऊपर है क्योंकि इस उम्र के बाद शारीरिक अंगों की कार्यक्षमता में कभी आने लगती है अर्थात शारीरिक अक्षमता प्रकट होने लगती है।[7]

अधिकांश पश्चिमी राष्ट्रों ने 65 वर्ष की उम्र को सेवानिवृत्ति के लिए निर्धारित किया है। जहाँ तक भारत का प्रश्न है, सेवानिवृत्ति की उम्र 60 वर्ष से 62 वर्ष के मध्य रखी गयी है।[8]

भारत में जनगणनात्मक तथ्यों के आधार पर 60 वर्ष की उम्र को वृद्धावस्था के रूप में वर्गीकृत किया गया है।[9]

प्रस्तुत अध्ययन में 55 वर्ष से अधिक उम्र के लोगों को वृद्ध मानते हुए अध्ययन के लिए चुना गया है। 55 वर्ष से अधिक उम्र के नागरिकों को पाँच आयु समूहों में (55–60, 60–65, 65–70, 70–75 तथा 75 वर्ष से अधिक) बाँटा गया है।

हम जानते है ंकि सेवानिवृत्ति की आयु, व्यवसाय, व्यक्तिगत एवं सार्वजनिक संगठनों, शासकीय संस्थाओं आदि में भिन्न–भिन्न होती है। सेवानिवृत्ति की आयु राजनीतिज्ञों पर लागू नहीं होती क्योंकि वे कभी भी सेवानिवृत्ति नहीं होते। 80 वर्ष की

---

[7]. संयुक्त राष्ट्रसंघ की रिपोर्ट में प्रकाशित

[8]. बेवकींतलए क्ण् च्नसए .।हपदह ।दक ।हमक ;1992द्ध छमू क्मसीपए च्ंहमण छवण 25

[9]. भारत 1998, सूचना मंत्रालय, नई दिल्ली।

आयु में भी वे पांच वर्षीय शासनकाल के लिए मंत्री पद के योग्य माने जाते हैं।[10] किन्तु यह शर्त किसी अन्य संगठन के कर्मी पर लागू नहीं हो सकती है। इसके अतिरिक्त ऐसे भी व्यक्ति होते है जो सक्रियता की स्थिति में होने के बावजूद भी निष्क्रिय होते हैं। संभवतः इसी कारण से जब वे सेवानिवृत्त होते है तब वे दूसरों की अपेक्षा अधिक वृद्ध होते हैं।

ऐसी स्थिति से ऐसा प्रतीत होता है कि सेवानिवृत्ति व्यक्ति के वृद्ध होने की कसौटी होती है। यदि वह सेवानिवृत्ति नहीं होता है तो उसके कई कारण हो सकते है। उनमें से एक विभागीय आलेखों में गलत उम्र दर्शाना है जिससे वह सेवानिवृत्ति की आयु प्राप्त करने के पश्चात भी सेवारत रहता है।

इस तत्थ से स्पष्ट होता है कि वृद्ध या बुजुर्ग के लिए हमारी परिभाषा में विशिष्ट लक्षण की कमी होती है।

2 – वृद्धावस्था : एक विवेचन

यह शाश्वत सत्य है कि वृद्धावस्था मानव जीवन की संध्या है जिसकी स्थिति देश दुनिया में डूबते हुए सूर्य के समान है और यह जीवन का अनिवार्य क्रम है जिसने भी मानव योनि में जन्म लिया है उसे देर सबेर वृद्धावस्था का शिकार होना ही पड़ता है। प्रश्न यह उठता है कि वृद्ध कौंन है और वृद्ध से क्या आशय है हालांकि आज तक इसके लिए कोई निश्चित आयु निर्धारित नहीं

---

[10] जैन, डा0 पुखराज–विश्व के प्रमुख संविधान (1996), आगरा, पृ0सं0–30

की गयी है लेकिन आम तौर पर 60 वर्ष और उसके बाद के व्यक्ति को बुजुर्ग या वृद्ध माना जाता है।[11] बीसवीं सदी के उत्तरार्ध में मानव की औसत आयु में काफी वृद्धि हुई है जिसका मुख्य कारण है–

चिकित्सा जगत में अनेकानेक नए आविष्कार, स्वास्थ्य के प्रति विशेष जागरूकता तथा विभिन्न राष्ट्रों की सरकारों व विश्व स्वास्थ्य संगठन द्वारा किए गए अनेक प्रयत्न।

वैज्ञानिक तथ्य स्पष्ट करते हैं कि विगत एक शताब्दी में मानव की औसत आयु में लगभग 30 वर्षों की वृद्धि हुई है। मानव वास्तव में लम्बी जिंदगी जीना चाहते हैं।

जहाँ तक वृद्ध की परिभाषा करने का प्रश्न है तो शब्द कोष के अनुसार–वृद्ध का शाब्दिक अर्थ होता है–वृद्धि से सम्पन्न, बुद्धि से युक्त, ठीक उसी प्रकार से जैसे शुद्ध का अर्थ होता है शुद्धि से सम्पन्न और बुद्ध का अर्थ होता है बुद्धि से सम्पन्न। यह बुद्धि आयु की कमी भी हो सकती है और विद्या, धर्म अथवा अनुभव की भी। इसलिए जिस व्यक्ति में आयु विद्या धर्म अथवा अनुभव की वृद्धि हो, वही वृद्ध है।[12]

3–वृद्धावस्था के लक्षण

वृद्धावस्था में मनुष्य में प्रमुख परिवर्तन शारीरिक स्थिति में आता है। उम्र बढ़ने के साथ–साथ व्यक्ति की मांसपेशियों रक्त

11- Srivastava, R.S. -Aged And The Society (1983), Delhi, Page No. 56
12 समाज कल्याण मासिक, (1998)–पूर्वोक्त पृ0सं0–13

प्रवाह, श्वास प्रक्रिया और हड्डियों में दुर्बलता आने लगती है जिससे कार्यक्षमता घटने लगती हैं, यह क्षीणतांए–आँख, कान, नीद, स्वाद, उठने–बैठने आदि के रूप में दृष्टव्य होती है। मांसपेशियों में दुर्बलता आने के कारण कार्य करने में थकावट शीघ्र हो जाती है। वृद्धावस्था में मोतियाबिन्द, मधुमेह, हृदयरोग, पक्षाघात, रक्तचाप का बढ़ना आदि रोग गंभीर रूप धारण कर लेते हैं शरीर के विभिन्न जोड़ों में दर्द की समस्या उत्पन्न हो जाती है। शारीरिक व्याधियों के साथ–साथ वृद्धों में मानसिक परिवर्तन तीव्र हो जाते हैं। जिनका सीधा प्रभाव उनके परिवारिक परिवेश पर पड़ता है।

4–वृद्धावस्था की उपादेयता

वृद्धावस्था का सामर्थ्य अत्यन्त विशिष्ट होता है और उसका उपयोग परिवार समाज और राष्ट्र के हित में युवा पीढ़ी बखूबी कर सकती हैं। प्रकृति में किसी एक अवस्था में किसी एक गुण का क्षरण होता है तो दूसरे का उदय। जीवन की कोई अवस्था प्राकृतिक विशेषताओं से रीती नहीं होती।

वृद्धों के सामर्थ्य की तीन विशेषताएं होती है[13]

1– अनुभव

2– धैर्य

3– प्रदाय

---

[13]. समाज कल्याण मासिक, जून, 2005–पूर्वोक्त सं0–26

उपर्युक्त में सबसे बड़ी विशेषता प्रदायिनी शक्ति होती है। बुजुर्ग अपनी संतान को अपना सब कुछ दे देना चाहते हैं युवा पीढ़ी पर निर्भर करता है कि वे संतान के रूप में उनसे अपने लिए कितना हासिल करती हैं।

भारतीय समाज के मध्यम वर्ग में 22–23 वर्ष तक संतान अपने माता–पिता पर आश्रित होती है यदि कोई लम्बी उम्र तक जीवित रहता है तो उसकी आत्मनिर्भरता का कालखण्ड मात्र 35–36 वर्ष रहता है। उर्बरित 44 वर्ष असहाय ही होता है। चाहे वह असहायता शारीरिक हो अथवा आर्थिक। मानव जीवन की आधी सदी सामर्थ्य विहीन नहीं हो सकती, उसके जीवन की चारों अवस्थाएं समाज का ताना–बाना बुनती हैं।

1–शैशव

2– तरूणाई

3– प्रौढ़ावस्था

4– वृद्धावस्था

इन सभी में मानव सामर्थ्यवान रहता है। सामर्थ्य प्रत्येक अवस्था में नए रूप में अभिव्यक्त होता है। शैशव में आकर्षण होता है यही उसका सामर्थ्य है। तरूणाई ज्ञान को कर्मठता के माध्यम से प्रकट होता है। प्रौढ़ावस्था का सामर्थ्य उसकी योजनाकारिता होती है और वृद्धावस्था मार्ग दर्शन की क्षमता का सामर्थ्य रखती हैं।

वृद्धता का लक्षण मात्र आयु का ही अधिक हो जाना नहीं, बल्कि एक पूर्ण वृद्ध के परिवेश में आयु वृद्ध, ज्ञान वृद्ध और अनुभव बुद्ध, इन तीनों का संयोग होता है।

अनादि काल से अपनी विजय यात्रा पर निकला हुआ मानव ज्ञान, विज्ञान, धर्म, दर्शन, शिक्षा, संस्कृति और भाषा के जिन नए ध्रुवों पर अपना झण्डा फहराता आया है, समाज व्यवस्था राजनीति और अर्थ व्यवस्था से सम्बन्धित जिन वैज्ञानिक नियमों का आविष्कार करता आया है उन सबको आगामी पीढ़ी तक सम्प्रेषण का कार्य मौलिक और लिखित दोनों ही रूपों में समाज के वृद्ध लोग ही करते रहे हैं। लाखों, करोड़ों, वर्षों से संचित ज्ञान और अनुभव को भी उसी सहजता से वह अपने माता–पिता, बड़े, बुजुर्गों एवं गुरूजनों से प्राप्त कर लेता है।

युग के हर व्यक्ति को अपना प्रयोग और अपना–अपना आविष्कार नए सिरे से करना पड़ता तो हम आज भी जंगलों और पर्वतों की गुफाओं में रहकर वन्य जीवन बिताने को बाध्य होते। आज शक्ति और सामर्थ्य के जिस उच्च शिखर पर आरूढ़ होकर, हम गर्व का अनुभव करते हैं उस ऊँचाई तक हमें पहुँचाने का श्रेय हमारे वृद्ध वर्ग को ही है।[14]

वृद्धावस्था की किसी भी विवेचना में यह ध्यान आवश्यक है कि शारीरिक और मानसिक दोनों रूपों में उम्र वृद्धि की पद्धति में विस्तृत व्यक्तिगत भिन्नताएं होती हैं। उम्र वृद्धि कई ढंगों से

---

14. कुबड़, म0वि0 वृद्धों की दशा और दिशा, समाजकल्याण पत्रिका नई दिल्ली, अक्टू0 2005, पृ0सं0–25

प्रभावित होती हैं। जिनमें कुछ पूरी तरह से समझ में नहीं आती है। परिणामतः कुछ लोग 65 वर्ष की उम्र से भी औसतन 50 वर्ष की उम्र में ही अक्षम एवं मुरझाए हुए से प्रतीत होने लगते हैं।

वृद्धावस्था, सेवानिवृत्ति की आयु अथवा पेंशन आयु की सामान्यतया पर्यायवाची मानी जाती है चूँकि सेवानिवृत्ति की आयु भी भिन्न–भिन्न होती है। अतः यह स्वीकार करना तर्क पूर्ण होगा कि व्यक्ति 55 वर्ष के बाद वृद्ध हो जाता है।

5–वृद्धों की जनसंख्या

चिकित्सा विकास के कारण मृत्युदर की कमी और औसत जीवन के लम्बा होने के परिणामस्वरूप वृद्ध व्यक्तियों की संख्या में वृद्धि हो रही है। विश्व में लगभग 600 करोड़ की आबादी में 58 करोड़ लोगों की उम्र 65 वर्ष या इससे अधिक है। इनकी संख्या में वृद्धि लगातार होती जा रही है। एक अनुमान के अनुसार 20 वर्ष बाद बुजुर्गों की संख्या 100 करोड़ हो जाएगी।

संयुक्त राष्ट्र संघ की रिपोर्ट के अनुसार वृद्ध व्यक्तियों का अनुपात विश्व जनसंख्या के प्रतिशत के अनुरूप ठोस रूप में बढ़ेगा। एक अध्ययन के अनुसार पूरे विश्व में 1950 के बाद व्यक्ति की औसत आयु में 20 वर्ष की वृद्धि हुई है। 1970 में 60 वर्ष से अधिक के लोगों की संख्या 30 करोड़ 40 लाख से अधिक थी। जो उच्च प्रतिव्यक्ति आय के देशों में वर्ष 2000 तक 13 और इससे ऊपर होगा।

यह प्रतिशत सामान्य आय वर्ग वाले देशों में 10 होगा। जो वृद्ध व्यक्तियों के उच्च अनुपात वाले राष्ट्रो के लिए गम्भीर समस्या

होगी। एक सर्वेक्षण के अनुसार यूरोप दुनिया का सबसे बूढ़ा क्षेत्र है यहाँ वृद्धों की संख्या कुल जनसंख्या का 5वॉ भाग है, उत्तरी अमेरीका, पूर्वी एशिया, लैटिन अमरीका और दक्षिणी एशिया में बुजुर्गों की संख्या क्रमशः 23, 12 और 10 प्रतिशत होने का अनुमान है। वर्ष 2020 में जापान 31 प्रतिशत बुजुर्गों के साथ दुनियां का सबसे बूढ़ा राष्ट्र होगा। इसके बाद इटली, ग्रीस और स्वीटजरलैण्ड का स्थान होगा। वर्तमान में 20 विकासशील राष्ट्र ऐसे हैं जहां औसत आयु 72 वर्ष से अधिक है। कोस्टारिका, कोरिया और मलेशिया इसी श्रेणी के राष्ट्र हैं।

1947 में जब भारत स्वतंत्र हुआ था उस समय देश में औसत आयु 32 वर्ष थी, वर्तमान में यह 64 वर्ष है। इन 56 वर्षों में वृद्धों की संख्या में तीन गुना की बढ़ोत्तरी हुई है। वर्ष 2020 तक भारत में वृद्धों की जनसंख्या 14.10 करोड़ हो जाएगी।

हेल्पएज इण्डिया के एक सर्वेक्षण के अनुसार देश में इस समय बुजुर्गों की संख्या 7 करोड़ 70 लाख के करीब है। देश में 100 साल से ऊपर की उम्र की आबादी भी दो लाख के करीब है।

वर्ष 1981 की जनगणना के अनुसार वृद्धों की जनसंख्या 4.45 करोड़ थी, वर्ष 1991 की जनगणना में वृद्धों की संख्या बढ़कर 5.48 करोड़ हो गयी अर्थात वर्ष 1981 और 1991 के मध्य 6.6 प्रतिशत की वृद्धि हो गयी।

सारणी –1

विभिन्न जनगणना वर्षों में भारत में वृद्धों की संख्या

क्र0सं0	वर्ष	वृद्धों की संख्या (60+)
1.	1961	2.56 करोड़
2.	1971	3.26 करोड़
3.	1981	4.45 करोड़
4.	1991	5.48 करोड़
5.	2001	7.70 करोड़

स्रोत–सेंसस ऑफ इण्डिया 2001

भारत में 80 प्रतिशत बुजुर्ग गाँवों में निवास करते हैं। 60 वर्ष से अधिक आयु वर्ग में महिलाओं की संख्या अधिक है। औसत उम्र के सन्दर्भ में पुरूषों की तुलना में महिलाएं आगे हैं।

कुल जनसंख्या में वृद्धजनों की जनसंख्या एक महत्वपूर्ण घटक है। यह ऐसा घटक है जिसकी अपनी निजी विशेषताएं और निजी समस्याएं हैं। संयुक्त राष्ट्रसंघ ने 1983 में दुनिया के देशों के वृद्धजनों की समस्याओं की ओर सचेत करते हुए योजनाएं बनाने का सुझाव दिया था, अब जब समस्या गंभीर हो रही है तब संयुक्त राष्ट्र संघ ने वर्ष 1999 को वृद्ध वर्ष के रूप में मना कर वृद्धजनों की जनसंख्या की ओर दुनिया के देशों का ध्यान पुनः आकृष्ट किया है।

विगत दशकों से स्वास्थ्य सुविधाओं में वृद्धि, गंभीर बीमारियों से बचने के लिए कारगर इलाज की खोज के फलस्वरूप मृत्यु–दर में गिरावट आदि के कारण वृद्धजनों की जनसंख्या में दिनों–दिन वृद्धि होती जा रही है। विश्व स्तर पर 7.

1 प्रतिशत वार्षिक की दर से जनसंख्या वृद्धि हो रही है जबकि 55 वर्ष से अधिक आयु वाले वृद्धजनों की जनसंख्या में 2.2 प्रतिशत की दर से वृद्धि हो रही है।[15] भारत इसका अपवाद नहीं है। 1947 के भारत की जनसंख्या 170 प्रतिशत की वृद्धि हुई है जबकि इस अवधि में 60 वर्ष से अधिक आयु वाले व्यक्तियों की जनसंख्या में 270 प्रतिशत की वृद्धि हुई है। अस्सी वर्ष से अधिक आयु वाली जनसंख्या की वृद्धि दर और भी अधिक है।[16]

भारत ही नहीं, लगभग सभी विकासशील देशों में वृद्धजनों की जनसंख्या बढ़ रही है। 1982 में रोजर्स ने भविष्यवाणी की थी कि आगामी कुछ ही दशकों में विकासशील देशों में वृद्धजनों की जनसंख्या में अप्रत्याशित वृद्धि होगी तथा 2005 तक संसार के 70 प्रतिशत वृद्ध इन्हीं देशों में पाए जायेंगे।

1901 में भारत में वृद्धजनों की कुल जनसंख्या 1 करोड़ 20 लाख थी जो 1991 में बढ़कर 5 करोड़ 53 लाख हुई। सन् 2001 की जनगणना के अनुसार वृद्धों की जनसंख्या 7 करोड़ 59 लाख है। संयुक्त राष्ट्र संघ के अध्ययनों के अनुसार भारत में सन् 2030 में वृद्धजनों की कुल जनसंख्या 19 करोड़ 60 लाख हो जायेगी।[17] स्वतंत्रता के बाद भारत में वृद्धजनों की जनसंख्या का प्रतिशत निम्नवत् रहा है।

सारणी –2

---

15. ड्रेमोग्राफी इण्डिया, अंक 23, पृ0सं0 108

16. जननांककीय शोध ईकाई, भारतीय सांख्यिकीय संस्थान, कलकत्ता (1995)।

17. यू0एन0ओ0 रिपोर्ट (1998)

कुल जनसंख्या में वृद्धजनों का प्रतिशत

कुल जनसंख्या में वृद्धजनों का प्रतिशत						
वर्ष	पुरूष			महिला		
	60+	65+	70+	60+	65+	70+
1950	5.2	2.9	1.7	6.1	3.8	2.8
1960	5.5	3.3	1.7	5.8	3.5	1.9
1970	5.9	3.6	1.9	6.0	3.7	2.0
1980	6.4	4.0	2.2	6.6	4.1	2.3
1990	7.1	4.5	2.5	7.6	4.8	2.8
2000	8.0	3.5	3.0	8.9	5.9	3.4

स्रोत–डेमोग्राफी इण्डिया अंक 23

.6–'वृद्धजनों की जनसंख्या में वृद्धि के कारण

वृद्धजनों की जनसंख्या में वृद्धि के निम्न कारण हैं–

1.मृत्यु–दर में कमी

विगत दशकों में मृत्यु–दर में देशव्यापी गिरावट आई है। फलस्वरूप वृद्धजनों की जनसंख्या में वृद्धि हुई है। भारत में 1901–11 में सकल मृत्यु दर 44.4 प्रति हजार थी जो 1951–60 में घट कर 22.8, 1961–71 में 19.2, 1971–80 में 15.0, 1981–90 में 11.9 तथा 1991–01 में 9.7 रह गई है। वृद्ध पुरूषों की मृत्यु दर में भी कमी आई है। 1941–51 में यह 98.7 थी जो 1961–71

में घटकर 73.7 और 1984 में 67 रह गई। इन वर्षों में वृद्ध महिलाओं की मृत्यु दर क्रमशः 88.3, 72.5 और 58 रही है।[18]

वृद्ध महिलाओं की मृत्यु दर वृद्ध पुरूषों की तुलना में सदैव कम रही है। कारण महिलाओं और पुरूषों की जीवन शैली में भिन्नता है। पुरूषों में धूम्रपान व तम्बाकू खाने की खतरनाक आदत, मेहनतकश कार्यों में संलग्न रहना, स्वास्थ्य के लिए हानिकारक क्रिया–कलापों में रूचि लेना, हृदय–रोग व कैंसर जैसी बीमारियों से पीड़ित होना आदि के कारण महिलाओं की तुलना में मृत्यु दर अधिक पाई जाती है।

2.जीवन की प्रत्याशा में वृद्धि

मृत्यु दर में कमी के कारण जीवन जीने की प्रत्याशा में वृद्धि हुई है। 1973 में एक सामान्य व्यक्ति के जीवन की प्रत्याशा 49.7 वर्ष थी जो 1978 में बढ़ कर 52.1 वर्ष 1983 में 55.3 वर्ष 1988 में 57.8 वर्ष और इस समय 60 वर्ष के ऊपर है सामान्य व्यक्तियों की तरह वृद्ध व्यक्तियों की जीने की प्रत्याशा में वृद्धि हुई है। 1901–11 में 60 वर्ष से पुरूष की जीने की प्रत्याशा नौ वर्ष थी जो 1981–91 में 17.3 वर्ष हो गई है। इसी प्रकार 1901–11 में 60 वर्ष की वृद्ध महिला के जीने की प्रत्याशा 9.3 वर्ष थी जो 1981–91 में बढ़ कर 18 वर्ष हो गई है। 1991–2001 में वृद्ध पुरुष और वृद्ध महिला के जीने की प्रत्याशा क्रमशः 18.3 व 20.0 वर्ष होने का अनुमान है (सारिणी संख्या–1..2.3), कहने का तात्पर्य

[18]. भारत (1998), पूर्वोक्त

यह कि अगली सदी में एक वृद्ध पुरूष के 18 वर्ष और एक वृद्ध महिला के 20 वर्ष जीने की उम्मीद है।

सारिणी –3

पुरूष और महिलाओं के जीवन की प्रत्याशा

पुरूष और महिलाओं के जीवन की प्रत्याशा (वर्षों में)						
वर्ष	**60+**		**65+**		**70+**	
	पुरूष	**महिला**	**पुरूष**	**महिला**	**पुरूष**	**महिला**
1901–11	9.0	9.3	7.3	7.6	5.8	6.0
1911–21	9.0	9.5	7.3	7.7	5.8	6.2
1921–31	9.3	9.9	7.5	8.0	6.0	6.4
1931–41	10.0	10.6	8.0	8.6	6.3	6.8
1941–51	10.9	11.4	8.8	9.2	6.8	7.3
1951–61	12.3	12.8	9.8	10.3	7.6	8.0
1961–71	14.0	14.3	11.1	11.5	8.6	8.9
1971–81	16.1	16.1	12.8	13.0	9.7	9.9
1981–91	17.3	18.0	13.7	14.5	10.4	11.0
1991–2001	18.3	20.0	14.6	15.9	11.1	12.1

स्रोत डेमोग्राफी इण्डिया, अंक 23

नगरीय क्षेत्रों में बेहतर स्वास्थ्य सुविधाओं और सामान्य स्वास्थ्य रक्षा के प्रति जागरूकता के कारण ग्रामीण क्षेत्रों की अपेक्षा वृद्ध व्यक्तियों के जीने की प्रत्याशा अधिक पाई जाती है (सारणी – संख्या 1.2.4)

सारिणी –4

नगरीय व ग्रामीण क्षेत्रों में जीवन की प्रत्याशा

नगरीय व ग्रामीण क्षेत्रों में जीवन की प्रत्याशा (वर्षों में)				
वर्ष	ग्रामीण क्षेत्र		नगरीय क्षेत्र	
	60+	70+	60+	70+
1970–75	13.5	8.6	15.7	10.8
1976–80	14.7	10.2	16.2	11.0
1981–85	15.1	9.9	16.9	11.6
1986–89	16.1	11.1	16.8	11.4
1990–95	17.2	13.3	17.0	12.1
1996–2000	18.1	13.9	17.7	13.0

स्रोत डेमोग्राफी इण्डिया, अंक 24

7. भारत में वृद्ध व्यक्तियों की समस्याएँ

वृद्धावस्था मानव विकास की ऐसी अवस्था है जिसमें उसकी इन्द्रियाँ कमजोर हो जाती हैं तथा व्यक्ति की बहुत सी क्षमताएँ घट जाती हैं। इन सबका परिणाम यह होता है कि उसके सामने अनेक प्रकार की समस्याएँ विकसित हो जाती हैं जो कई

बार उसे अपने जीवन से इतना अधिक निराश कर देती है कि वह जीना ही नहीं चाहता। इसीलिए संयुक्त राष्ट्र संघ द्वारा पिछली शताब्दी का अन्तिम वर्ष अर्थात 1999 ई0 'वृद्ध लोगों का अन्तर्राष्ट्रीय वर्ष के रूप में मनाया गया था। इसका उद्देश्य सामान्य जनता में वृद्धावस्था की समस्याओं के प्रति जागरूकता पैदा करना तथा एक ऐसे समाज के निर्माण हेतु कदम उठाना था जिसमें युवाओं एवं वृद्धों में परस्पर सहयोग हो तथा दोनों एक–दूसरे की देख–रेख कर सकें। किसी भी समाज की जनसंख्याम में वृद्ध व्यक्तियों का अनुपात उसके विकास को काफी सीमा तक प्रभावित करता है। सामान्यतः वृद्धों को दो श्रेणियों में विभाजित किया जाता है–युवा वृद्ध 55 वर्ष से 75 वर्ष के मध्य तथा वृद्ध, वृद्ध 75 वर्ष से ऊपर। पिछले कुछ दशकों में पूरे विश्व में वृद्धों की जनसंख्या तेजी से बढ़ी है। इसका प्रमुख कारण शिशु मृत्यु दर में कमी, चिकित्सा विज्ञान में प्रगति तथा स्वास्थ्य की देख–रेख में सुधार सम्बन्धी सुविधाओं में वृद्धि है। भारत में भी वृद्धों की औसत आयु बढ़ गई है तथा पिछले कुछ वर्षों के मुकाबले उनका स्वास्थ्य भी बेहतर होता जा रहा है।

इस समय वृद्ध लोगो की आबादी 7.6 करोड़ होने का अनुमान है। ऐसा अनुमान लगाया जा रहा है कि 2030 ई0 में इनकी जनसंख्या 19.8 करोड़ हो जाएगी। भारत में वृद्ध लागों को अब 'वरिष्ठ नागरिक' अथवा सीनियर सिटिजन' कहा जाने लगा है। भारत में एक ओर जहां वृद्धों की संख्या बड़ी तेजी से बढ़ रही है वहीं दूसरी ओर औद्योगीकरण, नगरीकरण, आधुनिकीकरण एवं

पश्चिमीकरण से बच्चों में माँ–बाप से जोड़े रखने वाले पुराने संस्कारों की बजाय नई सोच उभरने के कारण वृद्धों की स्थिति दयनीय होती जा रही है। इसीलिए आज प्रत्येक देश में वृद्धों की देखरेख हेतु सम्बन्धित सरकारें विशेष ध्यान दे रही हैं। भारत में भी सरकार ने वृद्धों की देखरेख हेतु एक राष्ट्रीय नीति बनाई।

8.वृद्धों की समस्याएँ

वृद्धों को अनेक प्रकार की समस्याओं का सामना करना पड़ रहा है। वृद्ध पुरूषों एवं वृद्ध स्त्रियों की समस्याओं में भी अन्तर पाया जाता है। इनकी प्रमुख समस्याओं को निम्नलिखित श्रेणियों में विभाजित किया जा सकता है–

1.पारिवारिक समस्याएं

वृद्धजनों की सबसे प्रमुख समस्या परिवार में उनके सामंजस्य की है। प्रायः यह देखने में आया है कि परिवार के ऐसी धारणा काफी सीमा तक व्याप्त है कि बड़े–बूढ़े अपने परिवारों से कटने लगे हैं। परिवार के सदस्यों द्वारा की जाने वाली उपेक्षा वृद्धजनों की अन्य समस्याओं को कई गुना बड़ा देती हैं। अपने सभी होते हुए भी वृद्ध अपने आपको लाचार एवं बेबश समझने लगते हैं। जो वृद्ध महिलाएं घर के कामकाज में अपने आपको थोड़ा बहुत व्यस्त रखती है उनकी तो परिजन देखरेख करते हैं, परन्तु वृद्ध पुरूषों की परिवार में कोई विशेष भूमिका न होने के कारण उनकी उपेक्षा में काफी वृद्धि हुई है। वृद्धों की देखरेख उनके द्वारा परिवार की दिए जाने वाले योगलाभ पर निर्भर करने

लगी है। अनेक वृद्ध घर के बाहर के कामों में अपने परिवार की सहायता करते हैं। यह सहायता दूध व सब्जियाँ लाने घर का अन्य सामान लाने, बिजली व पानी इत्यादि के बिल जमा करने तथा बीमें, की किश्तें अदा करने के रूप में होती हैं। इन सबके बावजूद वृद्धों को परिवार में वह सम्मान नहीं मिलता है जिसके वें हकदार होते हैं।

जैसे–जैसे भारत मं संयुक्त परिवारों का विघटन होता जा रहा है, वृद्धों की पारिवारिक समस्याएँ बढ़ती जा रही है। देश की जनसंख्या के स्वरूप तथा संस्कृति में होने वाले वृहद परिवर्तनों के परिणामस्वरूप वृद्धजनों को अपने परिजनों से वह सहयोग नहीं मिल पा रहा है जिसकी वे उनसे आशा करते हैं। आज अनेक ऐसे वृद्ध है जा अनाथाश्रमों जैसी 'वृद्ध संस्थाओं' में रह रहे हैं तथा सन्तान होते हुए भी अपने आपको 'बिना सन्तान' कहने हेतु विवश होते जा रहे हैं। उनके अपने बच्चे उसी शहर में होते हुए भी न तो उनसे मिलने आते हैं और न ही उनके बारे में किसी प्रकार की चिन्ता करते हैं। ऐसे वृद्धजन 'वृद्ध संस्थाओं' में जो खाने को मिल जाता है उसी से अपनी सन्तुष्टि कर लेते हैं। ऐसे अनेक वृद्धों में इस प्रकार की भावना विकसित होने लगती है कि सन्तान के होते हुए भी वे 'बिना संतान' है।

2.स्वास्थ्य सम्बन्धी समस्याएँ

वृद्धजनों की दूसरी समस्या उनके स्वास्थ्य से सम्बन्धित है। बुढ़ापे में इन्द्रियाँ कमजोर होने के कारण आँखों की नजर घट

जाना, जोड़ों में दर्द होना, स्वाद और सूँघने की चेतना कम हो जाना तथा सुनने की शक्ति घट जाना ऐसे ही कुछ सामान्य रोग हैं जिनका शिकार अधिकतर वृद्ध हो जाते हैं। यदि कोई वृद्ध किसी गम्भीर रोग से पीड़ित हो जाता है तो परिजन पैसो की वजह से उसका उचित इलाज भी नहीं करवाते हैं। कई बार तो उन्हें डॉक्टर के पास भी यह कहकर नहीं जाने दिया जाता है कि रोज–रोज फीस देने हेतु उनके पास पैसे नहीं हैं। स्वास्थ्य सुविधाओं में तो वृद्धि हुई है परन्तु उनका इतना अधिक व्यापारीकरण हो गया है कि अनेक चैरिटेबिल अस्पताल भी मरीजों की जेबें काटने में पीछे नहीं हैं। नर्सिंग होम वालों ने तो इसे एक होटल रूपी व्यवसाय ही बना लिया है। मरीजों से मुँह माँगा कमरों का किराया लिया जाता है तथा उन्हें भारी भरकम किराये वाले कमरों में रहने के लिए यह कहकर विवश किया जाता है कि जनरल वार्ड में तो कोई विस्तर ही खाली नहीं हैं। ऐसी स्थिति में अनेक परिवार वृद्धों को उचित स्वास्थ्य सुविधाएं उपलब्ध नहीं करवा पा रहे हैं।

इसीलिए आए दिन की बीमारी से अनेक वृद्ध इतना ऊब जाते हैं कि वे जीवित रहना ही नहीं चाहते। इसीलिए अनेक देशों में 'मृत्यु के अधिकार' की माँग की जाने लगी है जो व्यक्ति जीना नहीं चाहता है उसे मृत्यु का अधिकार उपलब्ध होना चाहिए। इस प्रकार की माँग उन वृद्ध रोगियों की तरफ से अधिक आने लगी है जो जिन्दा होते हुए भी अपने आपको मृतप्राय समझने लगे हैं अथवा जो ऐसे रोगों से पीड़ित हैं जिनका परिणाम अन्ततः

कष्टदायक मृत्यु ही है। वे सोचते हैं कि अगर 'मृत्यु का अधिकार' उन्हें मिल जाए तो वह किसी डॉक्टर के पास आकर अपने कष्टमयी जीवन से मुक्ति हेतु मृत्यु का इंजेक्शन लगवा लेंगे। यद्यपि किसी देश में इस प्रकार का अधिकार नहीं दिया गया है और न ही इस प्रकार की माँग को उचित माना गया है, तथापि यह सोचने का विषय है कि वृद्धजन इस प्रकार का अधिकार क्यों माँग रहे हैं।

3. आर्थिक समस्याएँ

वृद्धजनों की एक प्रमुख समस्या अपनी न्यूनतम आवश्यकताओं को पूरा करने की है। भारत में 40 प्रतिशत से अधिक वृद्ध निर्धनता रेखा के नीचे अपना जीवन–यापन कर रहे हैं। वृद्धों में विधवाओं की संख्या 55 प्रतिशत है। ऐसा माना जाता है कि वृद्धों की आज सबसे प्रमुख समस्या यह है कि आर्थिक साधनों के अभाव में वे जियें तो कैसे जियें, जीने का डर उनका पीछा नहीं छोड़ता है। पहले वृद्धजन अपने बच्चों को 'बुढ़ापे की लाठी' कहा करते थे। परन्तु अब ऐसा लगता है कि यह लाठी उनको किसी प्रकार का सहारा नहीं दे पा रही है। वे वृद्धावस्था में अपने बच्चों पर पूरी तरफ से आश्रित होते हैं। यदि बच्चे बुजुर्गों का उचित ध्यान नहीं रखते तो उनमें अकेलेपन एवं मानसिक डिप्रेशन जैसी बीमारियाँ विकसित होने लगती हैं। वे अपने आपको बेसहारा एवं परिवार में रहते हुए भी बेवश महसूस करने लगते हैं।

वृद्धों के पास आय का कोई साधन नहीं होता है जिससे कि वे स्वयं अपनी आवश्यकताओं की पूर्ति कर सकें। इसमें केवल वे वृद्ध अपवाद है जिन्हें पेंशन मिलती हैं। परन्तु उनकी दशा भी बहुत ज्यादा अच्छी नहीं है। जब बच्चे उनकी आवश्यकताओं की ओर किसी प्रकार का ध्यान नहीं देते तो उनमें निराशा विकसित होना एक सामान्य बात बन जाती हैं। जो वृद्ध पेंशन इत्यादि द्वारा अपनी आवश्यकताओं की पूर्ति करने में सक्षम हैं उनसे भी उनके परिजन पेंशन का पैसा किसी न किसी बहाने लेते हैं उन्हें वृद्धावस्था में नारकीय जीवन व्यतीत करने के लिए विवश कर देते हैं। वे इसलिए भी विवश हो जाते हैं कि परिवार का कोई विकल्प अनके सामने नहीं होता है। वे इसी बात से संतोष कर लेते हैं कि उनकी देखभाल न होने के बावजूद वे अपने परिजनों के साथ ही रह रहे हैं। कम–से–कम पड़ोसी तो यह नहीं सोचेंगे कि उनके बच्चे उनकी देख–रेख नहीं कर रहे हैं। लोक लज्जा उन्हें घर पर रहने तथा सभी प्रकार का कष्ट सहन करने के लिए विवश कर देती हैं।

4. सामाजिक एवं सांस्कृतिक सामंजस्य की समस्याएँ

वृद्धों को सामाजिक एवं सांस्कृतिक सामंजस्य की समस्याओं का भी सामना करना पड़ता है। उन्हें बहुधा परिवार में रहने की बहुत बड़ी कीमत चुकानी पड़ती है। यह कीमत उन्हें अपने आदर्शों से समझौता करने, अकेले रहने के लिए तथा फुर्सत के समय को भी अपनी इच्छा से व्यतीत न करने के लिए विवश

कर देती हैं। सामाजिक एवं सांस्कृतिक सामंजस्य की समस्याओं को निम्नलिखित तीन रूपों में देखा जा सकता है–

(क) अकेलेपन की समस्या

वृद्धों की सबसे प्रमुख समस्या अकेलेपन की हैं। आयु बढ़ने के साथ ही व्यक्ति में अकेलेपन की भावना घर करने लगती हैं। ऐसा देखने में आया है कि आर्थिक दृष्टि से सम्पन्न होते हुए भी बहुत से वृद्धजन अकेलेपन के कारण डिप्रेशन का शिकार हो जाते हैं। अनेक अध्ययनों से पता चलता है कि औद्योगीकरण एवं नगरीकरण के परिणामस्वरूप भारतीय समाज की परम्परागत संयुक्त परिवार प्रणाली कमजोर हो गई है। इसके फलस्वरूप परिवार तथा समाज के ढाँचे में वृद्धजन अवांछनीय हो गए हैं जिससे उनमें अकेलेपन की भावना विकसित होने लगी है। वृद्धजनों में अकेलेपन का भाव बहुत गहरा होता है क्योंकि हो सकता है कि उनके जीवनसाथी की मृत्यु हो चुकी हो, उनके मित्र किसी दूसरी जगह चले गए हों या मृत्यु हो गयी हो, उनके बच्चे किसी दूर के शहर में बस गए हों या वे स्वयं बीमार रहते हों। अकेलेपन का भाव वृद्धजनों में आत्म–सम्मान एवं विश्वास की कमी करता है तथा वे सारा दिन अपनी बदहाली के बारे में सोच कर ही व्यतीत कर देते हैं।

(ख) सामाजिक असुरक्षा की समस्या

प्रत्येक व्यक्ति समाज में तभी काम सुचारू रूप से कर सकता है जब उसे सामाजिक सुरक्षा उपलब्ध हो। भारत में परम्परागत रूप में संयुक्त परिवार एक ऐसी संस्था मानी जाती रही हैं जिसका कार्य अपने सदस्यों को सामाजिक सुरक्षा प्रदान करना रहा हैं। संयुक्त परिवार में कोई भी सदस्य, चाहे वह किसी भी आयु वर्ग का क्यों न हो अपने आप को न तो अकेला मानता है और न ही किसी प्रकार से असुरक्षित महसूस करता है। परन्तु पश्चिमीकरण, आधुनिकरण, औद्योगीकरण एवं नगरीकरण जैसी बहुआयामी प्रक्रियाओं ने संयुक्त परिवार की संरचना को छिन्न–भिन्न कर दिया है। इसका परिणाम यह हुआ है कि आज संयुक्त परिवार अनेक एकाकी परिवारों में बँटते जा रहे हैं। प्रत्येक व्यक्ति जिसे किसी शहर या औद्योगिक केन्द्र में नौकरी मिल जाती है वह अपनी पत्नी तथा बच्चों को वहीं ले जाता है तथा एक अलग 'एकाकी परिवार' की स्थापना कर लेता है। केवल वृद्ध ही बेवश एवं बेसहारा बच जाते हैं। जिनकी देखरेख करने वाला कोई नहीं होता है। इससे उनमें सामाजिक असुरक्षा की भावना का विकास होने लगता है।

(ग) मनोरंजन सम्बन्धी समस्याएँ

वृद्धजनों की प्रमुख समस्या समय व्यतीत करने की होती है। अगर पड़ोस में कोई अन्य वृद्ध है अथवा मौहल्ले में चार–पाँच वृद्ध हैं और उनमें आपस में काफी मेल–मिलाप है तो उनका

समय सरलता से कट जाता है। यदि वे परिवार में रहने के ही आदी हैं तो उनके सामने सबसे बड़ी समस्या मनोरंजन की है। वृद्धों के लिए मनोरंजन का एकमात्र साधन रेडियो अथवा टेलीविजन है। दिल्ली जैसे महानगर में जब कभी केबिल आपॅरेटर हड़ताल कर देते हैं तो न्यूज चैनलों में अनेक वृद्धजनों को खाली बैठे हुए दिखाया जाता है कि उनका समय नहीं कट पा रहा है। टेलीविजन की सुविधा प्रत्येक परिवार में, विशेष रूप से ग्रामीण परिवारों में नहीं है। यदि इस प्रकार की सुविधा है भी तो बिजली की किल्लत की समस्या ने टेलीविजन को भी बेकार बना दिया है। जितने समय तक बिजली गुल रहती है उतने समय तक वृद्धजन किसी अन्य मनोरंजन के साधन के अभाव में अपने आपको लाचार एवं असहाय मानने लगते हैं।

5.मनोवैज्ञानिक सामंजस्य की समस्याएँ

प्रसिद्ध मनोवैज्ञानिक प्रो0 अरूण बूटा का कहना है कि दुर्भाग्यवश भारत में वृद्धजनों की समस्याएँ सुलझाने के लिए शोध की दिशा में प्रयास हाल ही में शुरू हुए हैं। वृद्धावस्था और वृद्धों के बार में समाज में प्रचलित ज्यादातर जानकारी गलत धारणाओं, भ्रामक, सोच, भेदभाव, अज्ञानता तथा बूढ़े होने के बारे में व्यक्तिगत भय पर आधारित है। आपके अनुसार समाज के विभिन्न वर्गों में बड़े–बूढ़ों की स्थिति के बारे में बहुत कम जानकारी उपलब्ध है। आपने अकेलेपन और मौत के डर को वृद्धों की प्रमुख मनोवैज्ञानिक समस्याएँ माना है।

(क) मृत्यु की चिन्ता की समस्या

युवावस्था में व्यक्ति को मृत्यु की चिन्ता नहीं होती क्योंकि उसे मृत्यु दूर की चीज दिखाई देती है। इसके विपरीत, वृद्धावस्था में मृत्यु जीवन यात्रा की अनचाही सहयात्री होते हुए भी बहुत करीब लगने लगती है। कागन एवं वालास द्वारा किए गए अध्ययनों से यह बात सामने आई है कि सभी आयु वर्गों में वयस्क लोग विभिन्न प्रकार की धारणाओं में से मौत को सबसे घृणित मानते हैं। यद्यपि सभी मौत के बारे में नकारात्मक राय रखते हैं तथापि वृद्धजनों में उसके बारे में अन्य लोगों की तुलना में मृत्यु का डर अधिक होता है। मुलिवन्स एवं लोपज के अध्ययन में इस बात के प्रमाण सामने आए हैं कि वृद्ध (75 वर्ष से अधिक) युवावृद्धों (60 से 75 वर्ष के मध्य) की तुलना में मृत्यु से अधिक भयभीत होते हैं। सिन्हा ने अपने अध्ययनों के आधार पर यह बातने का प्रयास किया है कि वृद्धजनों में मौत की चिन्ता उनकी मनोवैज्ञानिक संरचना के कमजोर होने का परिणाम है। ग्रीन के अनुसार मौत का भय वृद्धजनों तथा उनके परिवार वालों के लिए सही उपचार तथा सेवाओं के इस्तेमाल में एक बड़ी बाधा है। मौत का भ्य उन वृद्धजनों में अधिक पाया जाता है जो अपने परिवार के साथ न रहकर सामान्यतया किसी 'वृद्ध संस्था' में रहते हैं।

(ख) मानसिक असुरक्षा

संयुक्त परिवार के विघटन ने वृद्धों में मानसिक असुरक्षा की भावना को भी विकसित कर दिया है। वृद्धजनों में अकेलेपन एवं पारिवारिक देखभाल के अभाव में डिप्रेशन होना एक सामान्य बात हो गई हैं।इस डिप्रेशन के कारण वे अनेक प्रकार के शारीरिक एवं मानसिक रोगों का शिकार हो जाते हैं। पहले संयुक्त परिवार ही वृद्धजनों को मानसिक सुरक्षा प्रदान करते थे परन्तु अब इसके विघटन के परिणामस्वरूप कोई ऐसा विकल्प उनके सामने नहीं हैं जो उन्हें संयुक्त परिवार जैसी मानसिक सुरक्षा प्रदान कर सकें। अनेक अध्ययनों से यह बात स्पष्ट हो गई हैं कि संयुक्त परिवार में रहने वाले वृद्धजनों में अकेलेपन एवं मानसिक असुरक्षा का अहसास एकाकी परिवार में रह रहे वृद्धजनों की तुलना में काफी कम होता है। बढ़ते हुए अपराधों ने आर्थिक दृष्टि से सम्पन्न वृद्धजनों में भी असुरक्षा की भावना को विकसित कर दिया है।

9. वृद्ध व्यक्तियों के लिए सरकारी नीतियाँ एवं कार्यक्रम

सर्वप्रथम संयुक्त राष्ट्र संघ ने 1948 ई0 में 'वृद्ध आयु अधिकार' ;व्सक ।हम त्पहीजेद्ध पर एक घोषणा पत्र तैयार किया जो 1969 ई0 में आम सभा तथा 1972 ई0 में संयुक्त राष्ट्र संघ की आर्थिक एवं सामाजिक कांउसिल में रखा गया तथा उस पर विस्तारपूर्वक विचार–विमर्श किया गया। 1982 ई0 में श्टपमददं प्दजमतदंजपवदंस च्संद वि ।बजपवद वद ।हमपदह२ पारित किया गया जिसमें निम्नलिखित सुझाव दिए गए–

1. **स्वास्थ्य एवं पोषण : निर्योग्यताओं और बीमारियों की रोकथाम पर बल दिया जाए।**
2. **आर्थिक सुरक्षाः सामाजिक सुरक्षा, रोजगार सुविधाओं तथा उपयुक्त परिस्थितियों में परिवारों को सीधी सहायता के रूप में उपलब्ध कराई जाए।**
3. **सामाजिक सहभागिता : वृद्धों, विशेष रूप से महिलाओं में ऐच्छिक गतिविधियों, अंशकालिक कार्य तथा परस्पर सहयोग के रूप में सुनिश्चित की जाए।**
4. **आवास एवं पर्यावरण।**
5. **उपभोक्ता संरक्षण।**
6. **अनुसन्धान एवं शिक्षा।**

1990 ई0 में संयुक्त राष्ट्र संघ की आम सभा में 5 अक्टूबर को 'वृद्ध लोगों का अन्तर्राष्ट्रीय दिवस' मनाने की घोषणा की गई। 1991 ई0 में संयुक्त राष्ट्र ने वृद्ध लोगों हेतु नियमों पर अपनी सहमति की मोहर लगाई। इन नियमों में भोजन, पानी, आवास, तथा वस्त्रों तक पहुँच; स्वास्थ्य रक्षा हेतु सामाजिक एवं कानूनी सेवाएँ, पारिवारिक एवं सामुदायिक सहायता; कार्य करने हेतु अवसरों की उपलब्धा; सम्मान, सुरक्षा एवं बिना शोषण के नीचे जैसे अधिकार पर बल दिया गया। समय–समय पर संयुक्त राष्ट्र संघ वृद्धों की सुरक्षा हेतु अनेक कदम उठाता रहा है।

भारत में वृद्ध, नई पीढ़ी के समाजीकरण तथा उसमें सांस्कृतिक सामाजिक एवं नैतिक मूल्यों, ज्ञान व अनुभव को हस्तान्तरित करने में अपना महत्वपूर्ण योगदान देते रहे हैं। परन्तु

तकनीकी विकास के कारण नवीन पीढ़ी की जीवन पद्धति तथा मूल्यों में होने वाले परिवर्तनों ने वृद्धों की सामाजिक प्रस्थिति में काफी ह्रास कर दिया है। औद्योगिकरण एवं नगरीकरण की प्रक्रियाओं ने प्रवसन (देशान्तर) को प्रोत्साहन दिया है तथा इसके परिणामस्वरूप एकाकी परिवारों का तेजी से विस्तार हो रहा है। एकाकी परिवारों में व्यक्तिगत विचारधारा प्रबल होती है। जीने की कीमत में वृद्धि, आवास समस्या तथा भौतिकवादी प्रवृत्ति ने वृद्धों की समस्याओं में और अधिक वृद्धि कर दी है।

भारत में भी वृद्धों की सुरक्षा हेतु अनेक सरकारी कदम उठाए गए हैं। इनको आय कर अधिनियम में छूट तथा अनेक अन्य सुविधाएँ प्रदान की गई हैं। भारत में वृद्धों के प्रति राष्ट्रीय नीति का उद्देश्य समाज में इनको सम्मानपूर्वक स्थान दिलाना है। इसमें वरिष्ठ नागरिकों की आर्थिक सुरक्षा, स्वास्थ्य रक्षा एवं पोषण, आवास, कल्याण तथा अन्य आवश्यकताओं की पूर्ति की ओर विशेष ध्यान दिया गया है। इनके जीवन एवं सम्पत्ति की सुरक्षा हेतु भी अनेक प्रावधान किए गए हैं। वृद्धों हेतु 'ओल्ड एज होम्स' तथा 'डे केयर सेन्टर' स्थापित किए गए हैं। परन्तु वृद्धों की समस्याएँ कम होने की बजाय निरन्तर बढ़ती जा रही हैं।

10.साहित्य का पुनरावलोकन

वृद्धावस्था जैसी सामाजिक समस्या के सन्दर्भ में जो शोध–परक सांख्यिकी एवं विवरणात्मक साहित्य उपलब्ध है उसका तुलनात्मक मूल्यांकन निर्दिष्ट करता है कि व्यापक या अधिक

प्रतिशत के समाजशास्त्रीय शोध कार्य वर्तमान समस्या के सन्दर्भ में साहित्य में उपलब्ध नहीं हैं।

भारतवर्ष, कनाड़ा, अफ्रीका तथा अन्य यूरोपीय देशों में वृद्ध व्यक्तियों के सन्दर्भ में कुछ योजनाओं का कार्यान्वयन प्रस्तावित किया गया है परन्तु आर्थिक संसाधनों की अनुपलब्धता में तत्सम्बंधित योजनाओं का संचालन नहीं हो सका। वर्तमान शताब्दी में जो साहित्य शोध कार्यों का उपलब्ध है उसमें विविधता है और कोई भी अध्ययन प्रस्तुत आशय का उपलब्ध नहीं हैं।

सामाजिक मूल्य परिवर्तनों एवं व्यवहारों के नियोजन के लिए जो शोध अध्ययन प्रमुख रूप से प्रकाश में आए वे विशेष रूप से वर्णनात्मक हैं तथा इसमें एदेल्शन आदि 1958 आल्पोर्ट 1957, एण्डरसन 1972, वेकर एवं अन्य 1964, ब्लेक 1961, केरल 1950, केटल आदि 1957, चाइल्ड 1975, चार्ल्स कूले 1981 तथा मेरडोनाल्ड 1970 आदि प्रमुख है। अल्बार स्वान वर्ग (स्वीडन) बुढ़ापा सम्बन्धी समग्र अध्ययन (2000)[19]।

प्रस्तुत अध्ययनों का तुलनात्मक निष्कर्ष यह है कि सामाजिक विविधता के समीकरणों में वृद्ध व्यक्तियों की स्थिति में आमूल चूल परिवर्तन नित्य प्रति होता जा रहा है और उनमें मनोवैज्ञानिक रूप से अस्थायित्व की प्रवृत्ति विकसित हो रही है जिसका सामयिक निराकरण करने की महती आवश्यकता है और

---

[19] शर्मा एवं डाक, एम.एल.ए.टी.एम., –'भारत में वृद्धावस्था' (1987)– दिल्ली

इस आवश्यकता की परिपूर्ति वर्तमान शोध अध्ययन के माध्यम से की जा सकती है।

11. अध्ययन का उद्देश्य

श्रीमती यंग ने लिखा है—सामाजिक शोध एक वैज्ञानिक योजना है जिसका उद्देश्य तार्किक तथा क्रमबद्ध पद्धतियों के द्वारा तथ्यों का अन्वेषण अथवा पुराने तथ्यों की पुनः परीक्षा एवं उनमें पाए जाने वाले अनुक्रमों अन्तः सम्बन्धों की कारण सहित व्याख्याओं तथा उनको संचालित करने वाले स्वाभाविक नियमों का विश्लेषण करना है।[20]

सी0 ए0 मोसर—की मान्यता है कि सामाजिक शोध एक व्यवस्थित अनुसंधान है जिसका उद्देश्य तार्किक तथा क्रमबद्ध पद्धतियों के द्वारा नवीन तथ्यों का अन्वेषण अथवा पुराने तथ्यों की पुनःपरीक्षा एवं उनमें पाए जाने वाले अनुक्रमों अन्तःसम्बन्धों की कारण सहित व्याख्याओं तथा उनको संचालित करने वाले स्वाभाविक नियमों का विश्लेषण करना है।[21]

नवीन तथ्यों के विषय में अनुसंधान कर तथा पुरनो तथ्यों की पुनःपरीक्षा कर सामाजिक घटनाओं के सम्बन्ध में हमारे ज्ञान को गतिशील एवं प्रगतिशील बनाए रखना सामाजिक शोध का एक महत्वपूर्ण सैद्धान्तिक उद्देश्य है।

---

[20]. मुखर्जी, डा0 आर.एन0.—सामाजिक शोध एवं सांख्यिकी (1997) दिल्ली, पृ0सं0—2

[21]. मुखर्जी, डा0 आर.एन.—पूर्वोक्त—पृ0सं0 34

सामाजिक शोध, सामाजिक जीवन के सम्बन्ध में हमारे ज्ञान का एक महत्वपूर्ण शोध है। वह ज्ञान हमें सामाजिक समस्याओं के हल करने एवं सामाजिक जीवन को अधिक प्रगतिशील बनाने के लिए आवश्यक योजना बनाने में मद्द कर सकता है।

जहाँ तक प्रस्तुत प्रबन्ध के उद्देश्य का प्रश्न है वह यह जानना है कि नगरीय एवं ग्रामीण वृद्ध व्यक्तियों की समाजार्थिक समस्या से कौंन–कौंन सी है और उनमें क्या अन्तर है। पी0वी0 राममूर्ति ने उद्योगों में कार्यरत वृद्धों की समस्याओं का अध्ययन 1965, किया है। बी0 राज ने अपने अध्ययन 1971, में ग्रामीण सन्दर्भ में वृद्ध व्यक्तियों की भूमिका का, एन0के0 सिंधी ने 1970 में सेवानिवृत्त व्यक्तियों की समस्याओं का अध्ययन किया है टी0 कृष्णन नायर ने 1980 ने ग्रामीण तमिलनाडु में वृद्ध विषयक शोध कार्य, आर0डी0 नायक ने 1970 बाम्बे में सेवानिवृत्ति व्यक्तियों के सन्दर्भ में के0सी0 देसाई ने भारत में वृद्धावस्था से सम्बन्धित शोध परक कार्य सम्पादित किए हैं।

एच0एस0 भाटिया 1983 ने वृद्धावस्था और समाज के सन्दर्भ में शोध कार्य किए हैं।

डी0 पॉल चौधरी Aging and aged तथा, पीके0 मुत्तगी ने Aging issues and old age care विषयक ग्रन्थ लिखे।

किन्तु वृद्धजनों की समाजार्थिक समस्याओं का ग्रामीण एवं नगरीय आधार पर विषय से सम्बन्धित शोध कार्य अभी तक प्रकाश में नही आए, विशेष कर बुन्देलखण्ड क्षेत्र के सन्दर्भ में।

प्रस्तुत अध्ययन में नगरीय एवं ग्रामीण वृद्ध व्यक्तियों की समाजार्थिक समस्याओं का तुलनात्मक अध्ययन (बुन्देलखण्ड संभाग के हमीरपुर एवं झाँसी जनपदों में विशेष सन्दर्भ) में करने का प्रयास किया गया है।

आधुनिकता, औद्योगीकरण तथा नगरीकरण की तीव्र प्रक्रिया, बदलते सामाजिक मूल्यों के अंधड़ में शोधार्थिनी द्वारा यह जानने का प्रयास किया गया है कि बुन्देलखण्ड प्रान्त के नगरीय एवं ग्रामीण वृद्ध व्यक्तियों की सामाजार्थिक समस्यायें कैसी हैं तथा इनकी तुलनात्मक स्थिति क्या है का अध्ययन प्रस्तुत शोध प्रबन्ध का उद्देश्य है–

1. **बुन्देलखण्ड भूभाग के हमीरपुर जनपद के नगरीय एवं ग्रामीण क्षेत्रों के वृद्ध व्यक्तियों का सर्वेक्षण करना।**
2. **नगरीय एवं ग्रामीण क्षेत्र के वृद्ध व्यक्तियों का सामाजिक अस्तित्व का तुलनात्मक अध्ययन।**
3. **नगरीय एवं ग्रामीण क्षेत्र के वृद्ध व्यक्तियों की आर्थिक निर्भरता तथा अभिलाषाओं का तुलनात्मक अध्ययन।**
4. **नगरीय एवं ग्रामीण क्षेत्र के वृद्ध व्यक्तियों के पारिवारिक सामन्जस्य का तुलानात्मक अध्ययन।**
5. **नगरीय एवं ग्रामीण वृद्ध व्यक्तियों की राजनीतिक गतिविधियों का तुलनात्मक अध्ययन।**

प्रस्तुत अध्ययन के उद्देश्य अन्तविर्षयी हैं जिसके अन्तर्गत समाजशास्त्र मनोविज्ञान, आर्थिक–तंत्र तथा राजनैतिक–क्रिया कलापों के विषयों पर पड़ने वाले प्रभावों का मिश्रित मूल्यांकन किया गया है।

12. अध्ययन की समाजशास्त्रीय उपयोगिता

संस्कृति, रंग एवं वर्ग को छोड़कर सम्पूर्ण विश्व में व्यक्तियों में यदि कोई मौलिक समानता है तो वह है वृद्धावस्था। "वृद्धावस्था की यह पद्धति टूटना एवं कमजोरी से जुड़ी हुई है उम्र बढ़ने के साथ ही लोगों में जैविक एवं शारीरिक परिवर्तन होते है जो मानव शरीर के सभी भागों में परिलक्षित होते हैं।"[22] यह परिवर्तन मानव की शारीरिक क्रियाओं को सम्पादित करने वाले अंगों–फेफडे, हृदय के बाल्व तन्त्रिका तंत्र, पाचन और उत्सर्जन प्रणाली में होते हैं। शरीर के पोषक तत्वों में कमी होने लगती है, निद्रा की समस्या उत्पन्न हो जाती है बाल झड़ जाते हैं। इन्डोक्राइन ग्रन्थियों की कार्यक्षमता कम हो जाती है।

वृद्ध भावनात्मक और मानसिक समस्याओं के असन्तुलित विषय बन जाते हैं उम्र के साथ ही मनोवैज्ञानिक रोगों में वृद्धि होने लगती है।[23]

जनसंख्या के बढ़ते काल खण्डों में वृद्ध व्यक्ति भी प्रमुख होता है वे अतिजीवी और उत्तरजीवी होते हैं वे शक्ति के

---

[22].. –पूर्वाक्त–पृ0सं0 31

[23]. गुप्ता एवं शर्मा, एम0एमल0, डी0डी0, पूर्वोक्त–आगरा पृ0सं0 19

सामाजिक प्रदर्शन उत्तरदायित्व और नेतृत्व के बारे में अपने समय के अनुभवों को हमें बहुत कुछ सिखाने की क्षमता रखते हैं। उन्होंने ऐसी समस्याओं का सामना किया है जो हमारे लिए अपरिचित रहती हैं और आगामी अर्द्ध शताब्दी की सामाजिक और आर्थिक समस्याओं पर छायी रहती है।

पश्चिमी देशों में पारिवारिक संरचना परिवर्तित हो रही है। घटनायें जो देश के अन्दर और दो देशों के मध्य, प्रवजन के कारण परिवार विस्तार से सम्बन्धित है, ने पारिवारिक जिम्मेदारियों और एकीकरण पर तनाव उत्पन्न किया है विशेष कर परिवार के वृद्धजनों के सन्दर्भ में।

जैसे–जैसे उम्र बढ़ती है वृद्ध को पराश्रय की आवश्यकता भी होती है। आवश्यकताओं की पूर्ति के लिए विभिन्न और पर्याप्त संसाधनों एवं सेवाओं की आवश्यकता होती है। सेवाओं का समझदारीपूर्ण होना, सहयोगात्मक और चिन्तापूर्ण होना आवश्यक होता है समाज के लिए यह आवश्यक होता है कि वह वृद्धों के प्रति वचनवद्धता और भावात्मक अभिव्यक्ति रखे।[24] वचनबद्धता का सन्दर्भ वृद्ध व्यक्ति के जीवन चक्र आवश्यकताओं की परिवर्तनशील प्रकृति, उत्तम वित्तीय सेवाओं से होता है। विकासशील राष्ट्र में हम उस स्तर पर पहुँच चुके है जब वृद्धों को तिरस्कृत नहीं किया जा सकता। इस भावात्मक पक्ष को शक्तिशाली बनाने के साथ ही सैद्धान्तिक पक्ष खोजना आवश्यक है।

---

[24] ‘'जपए च्ण्डण .त्मजपतमक ।दक ।हपदह च्मवचसम ;1994द्ध क्मसीप च्ण् छवण 31ण

सभी वृद्धों में असमानता दृष्टव्य होती है उनके मध्य सामूहिक विभाजन परिलक्षित होता है। उन्हें काल क्रम के आधार पर एक साथ नहीं रखना चाहिए। बल्कि उम्र, आवास, पद्धति, लिंग, शिक्षा, व्यवसाय, स्वास्थ्य, भौतिक आवश्यकता, कार्यक्षमता, पारिवारिक संरचना के आधार पर विभाजन करना चाहिए।

यह आवश्यक पक्ष है क्योंकि विभिन्न समूहों की समस्याएं और उलझनें भिन्न–भिन्न होती हैं।

उदाहरणार्थ परिवार चक्र का प्रभाव महिलाओं के लिए पुरूषों से अधिक कष्टप्रद होता है क्योंकि उनका सम्बन्ध वाह्म जगत से अधिक घरेलू क्रियाकलापों में अधिक होता है। विधवापन की स्थिति में परिवार में नारीत्व पर विपरीत प्रभाव डालती हैं क्योंकि यह प्रस्थिति उन्हें पूरी तरह से बच्चों पर आश्रित कर देती है इससे न केवल भावनात्मक अभाव बल्कि परिवार में उनकी परिस्थिति में भी गिरावट होती है।[25]

आवश्यकताएं और समस्याएं एक वर्ग से दूसरे वर्ग की भिन्न होती है उन व्यक्तियों की आवश्यकताएं एवं समस्याएं, जिन्हें अपनी सेवाओं से अवकाश प्राप्त करना है, अवकाश प्राप्त नहीं करना है, भी भिन्न होती है अवकाश प्राप्त व्यक्ति की समस्याएं कठिन हो सकती हैं। उसी उम्र के अन्य व्यक्ति जो अपने कार्य या व्यापार में लगा है, उनकी समस्याएं पूरी तरह से भिन्न हैं।[26] एक

---

[25]. भाटिया, एच.एस.,–वृद्धावस्था और समाज (1983) उदयपुर, पृ0सं0–10
[26]. देसाई के0डी0, –सेवानिवृत्ति व्यक्तियों की समस्याएं (1970) बाम्बे, पृ0सं0–5

क्रियाशील व्यक्ति का परिवार व समाज में उसका स्तर भिन्न होता है। वह आय के स्रोतों में कार्य करते हुए अधिकांश समय में व्यस्त रहता है अवकाश प्राप्ति के पूर्व, व्यक्ति परिवार की देखभाल करने वाले समाज का लाभदायक व्यक्ति माना जाता है। किन्तु अवकाश प्राप्ति के बाद वही व्यक्ति एक प्रयोगहीन वृद्ध–व्यक्ति एवं कण्टक माना जाता है। स्वरोजगार व्यक्ति या गृहपत्नी के सन्दर्भ में परिवर्तन धीरे–धीरे घटित हो सकते हैं। वह व्यक्ति अपने आप को संयोजित करने का पर्याप्त अवसर रखता है।

नगरीय एवं ग्रामीण वृद्ध व्यक्तियों की सामाजिक–आर्थिक समस्याओं के तुलनात्मक अध्ययन से प्राप्त होने वाले निष्कर्षों का उपयोग वृद्धों के कल्याण हेतु बनायी जाने वाली कार्य–योजनाओं में किया जा सकेगा जिससे योजनाओं की उपादयेता और उद्देश्य की सार्थकता सिद्ध हो सके तथा वृद्धों को समुचित लाभ प्राप्त हो सकें एवं वृद्ध जन–शक्ति का उपयोग सामाजिक परिवेश के निर्माण के लिए किया जा सके।

❋❋❋❋❋

2—अध्ययन पद्धति

पद्धति का तात्पर्य उस प्रणाली से है जिसे कि एक वैज्ञानिक अपनी अध्ययन वस्तु के सम्बन्ध में तथ्ययुक्त निष्कर्ष निकालने के लिए उपयोग में लाता है। तथ्ययुक्त निष्कर्ष निकालने का कोई संक्षिप्त मार्ग नहीं है। इसके लिए निरीक्षण, वर्गीकरण, प्रयोग परीक्षण, तुलना तथा निष्कर्षीकरण के कठिन मार्ग को अपनाना पड़ता है। किसी भी शोध में अनुसंधान प्रक्रिया का विशेष महत्व होता है, अनुसंधान का महत्व इस बात में निहित होता है कि वे बौद्धिक एवं व्यावहारिक दृष्टि से जिज्ञासा शान्त करने में सहायक हो सके। अनुसंधान एक ऐसी जटिल प्रक्रिया है जिसका आधार वैज्ञानिक पद्धति होता है।[27] क्रमबद्ध अध्ययन विज्ञान की आत्मा होती है। वैज्ञानिक पद्धति में क्रमबद्धता को ही वरीयता दी

27. मुखर्जी, आर0एन0, समाजिक शोध एवं सांख्यिकी, दिल्ली पृ0सं0 105–106

जाती है। श्रीमती पी0वी0 यंग ने वैज्ञानिक पद्धति के चार प्रमुख चरण बताए हैं।[28]

1. समस्या से सम्बन्धित उपकल्पना का निर्माण।
2. उपकल्पना परीक्षण के लिए तथ्यों का अवलोकन
3. परीक्षण एवं लेखन सम्बन्धी तथ्यों का वर्गीकरण एवं
4. विश्लेषण से नियमों का सामान्यीकरण करना।

इस दृष्टि से अनुसंधान एक सुनियोजित प्रक्रिया है जो प्रायः पद्धति शास्त्र के रूप में जानी जाती है कुछ विद्वानों ने इसे विज्ञान के साथ ही विकसित प्रक्रिया माना है। कुछ विद्वान इसे स्वयं विज्ञान मानते हैं। उनका तर्क है कि पद्धति शास्त्र अविभाज्य होता है इसका खण्ड–खण्ड में विभाजन संभव नहीं है। इसलिए यह स्वतः एक सम्पूर्ण विज्ञान है यह कारणता में विश्वास करता हैं किसी घटना के घटित होने में निःसन्देह किसी कारण का होना निश्चित होता है इन्हीं कार्य कारण के विश्लेषण में पद्धति शास्त्र रूचि लेता है हरिश्चन्द्र श्रीवास्तव 1977 ने कहा है कि अनुसंधान चाहे जिस कोटि के हो उनके निम्नांकित सोपान होते हैं–

समस्या का चुनाव
↓
अनुसंधान विषय से सम्बन्धित वैज्ञानिक साहित्य का सवैदापर्ण

28. गुप्ता एवं शर्मा एम0एल0, डी0डी0, समाजिक सर्वेक्षण शोध एवं सांख्यिकी, आगरा, पृ0सं0 15

↓

अवधारणाओं का स्पष्टीकरण

↓

प्राकल्पना का निर्माण

↓

आँकड़ों का संकलन

↓

आँकड़ों का उपयोगीकरण

↓

आँकड़ों का निर्वचन

↓

सामान्यीकरण

यह सभी सोपान पद्धति, सोपान पद्धति शास्त्र के ही अंग हैं किसी शोध को सही परिप्रेक्ष्य में जाँचने एवं परीक्षण के लिए हमें पद्धति शास्त्र का प्रयोग करना पड़ता हैं।

किसी शोध का प्रारम्भिक चरण समस्या का चयन है। समस्याओं में से समस्या का चयन स्वयं में समस्या होती है। इस सम्बन्ध में डा0 श्यामधर सिंह 1986 ने अपने अध्ययन में कहा है कि समस्याओं का चयन समस्या समाधान का आरंभिक बिन्दु स्पष्ट

रूप से एक विशेष समस्या का समाधान बनता है। इस दृष्टि से समस्या का चयन ही शोध प्रारूप का निर्धारण करता है।

शोध प्रारूप के सम्बन्ध में ए0एल0 एफॉक का कथन है कि उद्देश्य की प्राप्ति के पूर्व ही उद्देश्य का निर्धारण करके शोध कार्य की जो रूप रेखा बना ली जाती है वही शोध प्रारूप है।[29] इसे अनुसंधान प्रारूप या अनुसंधान का प्रायोजित प्रारूप कहा जाता है। समाज में घटित होने वाली प्रत्येक घटना को हम शोध के लिए नहीं चुन सकते हैं किसी घटना को अध्ययन हेतु तभी चुना जाता है तब उसका कोई बौद्धिक अथवा व्यावहारिक उपयोग हो। समस्या के चयन में ध्यान देने योग्य तथ्य यह है कि वह किसी प्रकार के समाजशास्त्रीय सिद्धान्त से जुड़ी है? क्या वह सम्पूर्ण व्याप्त सिद्धान्त के किसी उपांग को प्रामाणित करने में सहायक हैं? अथवा मध्य अभिसीमा सिद्धान्त की श्रृंखला में वृद्धि कर रहा है। इन तथ्यों को ध्यान में रखकर सामाजिक अनुसंधान के क्षेत्र में समस्या का चयन समयोपयोगी होता है इस दृष्टि से प्रस्तुत समस्या इक्कीसवीं सदी में वृद्धजनों के पारिवारिक सामंजस्य का समाजशास्त्रीय अध्ययन (बुन्देलखण्ड संभाग के हमीरपुर जनपद के विशेष संदर्भ में) जहाँ वृद्ध व्यक्तियों के सामाजिक अस्तित्व को ऑकलन करेगा वहीं वृद्धों की आर्थिक निर्भरता, अभिलाषायें तथा पारिवारिक सामंजस्य की स्थिति का समीक्षात्मक मूल्यांकन करने में सहायक होगा।

---

[29]- बोगार्डस, ई0 एस0, सोशियालॉजी पृ0सं0 43

1.अध्ययन क्षेत्र

लुण्डवर्ग ने लिखा है कि इससे बढ़कर अपव्ययी व निष्फल अथवा अनुभवहीन अनुसंधानकर्ता का लक्षण और कुछ नहीं हो सकता कि आँकड़ों का उत्साहपूर्वक संकलन इस सिद्धान्त के आधार पर करना आरम्भ कर दिया जाए कि यदि केवल पर्याप्त तथा विभिन्न प्रकार के आँकड़ों को एकत्रित कर लिया जाए तो उसके परिणामों के आधार किसी भी या समस्त प्रश्नों का उत्तर दिया जा सकता है। इसलिए आँख बन्द करके सभी प्रकार के आँकड़ों को एकत्रित करने का प्रलोभन त्याग कर अध्ययन क्षेत्र को परिसीमित करना अति आवश्यक है।[30]

प्रस्तुत अध्ययन के लिए तथ्यों के संकलन हेतु उत्तर प्रदेश राज्य के बुन्देलखण्ड भू–भाग में अवस्थित बुन्देलखण्ड के द्वार के रूप में जाने जाना वाले जनपद हमीरपुर के नगरीय एवं ग्रामीण क्षेत्र के वृद्धजनों को अध्ययन के रूप में चयनित किया गया है।

सारिणी –1

जनपद हमीरपुर – एक दृष्टि में

क्षेत्रफल	घनत्व	जनसंख्या			साक्षरता
		कुल	महिला	पुरूष	
4121 वर्ग कि0मी0	244	1042374	479463	562911	41.7

स्रोत – जनगणना 2011

---

[30] *मुखर्जी आर0एन0, पूर्वाक्त पृ0सं0 21*

सारिणी – 2

तहसीलवार जनसंख्या

क्र. सं.	तहसील	क्षेत्रफल	जनसंख्या		
			कुल	ग्रामीण	नगरीय
1	हमीरपुर	1066	313575	245388	68187
2	राठ	1619	369627	298736	70891
3	मौदहा	1196	360522	325792	34730

स्रोत – जनगणना 2011

अतीत के गौरवशाली धरोहर को अपने में समेटे हुए जनपद हमीरपुर यद्यपि दो जनपदों में विघटित होने के बाद सिमट सा गया है। 11 फरवरी 1995 को तीन तहसील महोबा, चरखारी एवं कुलपहाड़ को अलग करके महोबा जनपद सृजित किया गया परिणामतः हमीरपुर जनपद में केवल तीन तहसीलें हमीरपुर, मौदहा एवं राठ शेष रहीं। लेकिन नवम्बर 2001 में राठ तहसील को दो भागों में विभाजित करके नयी तहसील सरीला का सृजन किया गया। इस जनपद में चार तहसीलें तथा सुमेरपुर, मुस्करा, मौदहा, कुरारा, राठ, गोहाण्ड तथा सरीला विकास खण्ड हैं। जनपद में 65 कि0मी0 रेल मार्ग है । रेल लाइन केवल भरूआ सुमेरपुर और मौदहा के साथ चार ग्रामों से होकर गुजरती है। हमीरपुर एवं मौदहा राष्ट्रीय राजमार्ग संख्या 86 में स्थित हैं जिसे कानपुर देहात, महोबा, जालौन एवं बांदा जनपदों की सीमाएं आच्छादित किए हुए हैं।

इस जनपद को नगरीय एवं ग्रामीण क्षेत्रों को अध्ययन क्षेत्र के रूप में चुना गया है।

नगरीय क्षेत्र	1.	हमीरपुर
	2.	मौदहा
ग्रामीण क्षेत्र	1.	कुण्डौरा
	2.	नरायच

नगरीय क्षेत्र हमीरपुर जनपद मुख्यालय के साथ ही तहसील मुख्यालय भी है तथा मौदहा जिसका उपनाम रागौल है तहसील मुख्यालय है। इस स्थानों पर जीवन यापन की कमोवेश सामान्य सुविधाएं उपलब्ध हैं।

ग्रामीण क्षेत्र कुण्डौरा राष्ट्रीय राजमार्ग संख्या 86 में अवस्थित है तथा जनपद मुख्यालय से इसकी दूरी 11 कि0मी0 है। यह सुमेरपुर विकास खण्ड के अंतर्गत आता है। नरायच, मौदहा तहसील का एक ग्राम है जो राष्ट्रीय राजमार्ग सं0 86 पर अवस्थित है । इस ग्राम की दूरी मुख्यालय से 24 कि0मी0 है।

शोध प्रबन्ध में हमीरपुर एवं मौदहा के लिए नगरीय क्षेत्र एवं कुण्डौरा एवं नरायच के लिए ग्रामीण क्षेत्र शब्दों का प्रयोग किया गया है।

2.अध्ययन प्रारूप

अध्ययन के निष्कर्ष हेतु तथ्यों के संकलन के लिए साक्षात्कार तथा गहन अवलोकन, दोनों प्रकार की विधियों का प्रयोग किया गया है। अध्ययन क्षेत्र के उत्तरदाताओं का साक्षात्कार करके, अनुसूची के माध्यम से तथ्यों का व्यवस्थित संकलन किया गया है। साक्षात्कार माध्यम से प्राप्त जानकारी अपने आप में पर्याप्त नहीं थी अतः विभिन्न परिवारों की आर्थिक,

सामाजिक, राजनैतिक एवं मनोवृत्तियों के साथ ही उनके सामाजिक परिवेश के यथार्थ ज्ञान के लिए अवलोकन प्रविधि का आश्रय लेना उचित प्रतीत हुआ है। अध्ययन हेतु चयनित परिवारों के भू–स्वामित्व, कृषित भूमि, जनसंख्या, शिक्षा, व्यवसाय, पारिवारिक संरचना, स्वास्थ्य सेवाएं, यातायात एवं संचार संसाधनों से सम्बन्धित आँकड़ों को एकत्र कर उनका विश्लेषण करने का प्रयास किया गया है। प्राथमिक आँकड़ों का संग्रह पूर्णतया क्षेत्रीय सर्वेक्षण पर आधारित है जबकि द्वैतीयक आँकड़ों के संकलन में जनगणना पुस्तिका गजेटियर तथा अन्य उपलब्ध अभिलेखों का सहारा लिया गया है।

वृद्ध व्यक्तियों को स्वास्थ्य सम्बन्धी परेशानी होने से तथा उनके कार्य के स्थान पर जाने से, सम्पर्क हो पाना आसान नहीं था अतः उनसे मिलने तथा सूचना संग्रहीत करने हेतु उनके पास पुनर्सम्पर्क स्थापित करना पड़ा।

तथ्य संकलन के दौरान ऐसा प्रतीत हुआ है कि मात्र वृद्ध व्यक्तियों से ही सूचना संकलित करना पर्याप्त नहीं है जब तक कि उन पारिवारिक सदस्यों से सूचना न प्राप्त की जाए जिनके साथ वृद्ध आवासित है अथवा वे जो वृद्धों को आश्रय दे रहे हैं। इसके लिए उन सदस्यों से भी सूचनाएं संकलित की गई जिसके लिए अवलोकन प्रविधि का सहारा लिया गया। तथा इन सूचनाओं को दैनन्दिनी में क्रमवार अंकित किया गया। इस दैनन्दिनी में क्षेत्रीय लोगों अथवा पड़ोसियों की प्रतिक्रियाओं को अंकित किया गया। शोध कार्य में यह दैनन्दिनी अत्यन्त महत्वपूर्ण प्रतीत हुई।

वास्तव में वृद्धों की सामाजिक समस्याओं एवं परिवर्तनीय परिवेश की समग्र झाँकी दैनन्दिनी में अंकित तथ्यों से प्राप्त हुई है जो साक्षात्कार अनुसूची से प्राप्त होना संभव नहीं थी।

उत्तरदाताओं से साक्षात्कार के समय भी अपेक्षित तथ्यों के संकलन के साथ ही सामाजिक जीवन, पारिवारिक संचरना के प्रति दृष्टिकोण, पारिवारिक विघटन के सामाजिक एवं वैयत्तिक कारणों की विस्तृत जानकारी निरन्तर प्राप्त की जाती रही। सामाजिक कार्यकर्त्रओं, वृद्धाश्रम संचालित करने वाले प्रबन्धकों, समाज कल्याण विभाग के कर्मचारियों से सम्पर्क करने से सामाजिक वास्तविकताओं को समझने में अत्यधिक सहायता प्राप्त हुई।

वृद्ध व्यक्तियों के पारिवारिक सामन्जस्य का अध्ययन करने हेतु तथ्यों को एकत्रित करने हेतु बनाई जाने वाली साक्षात्कार अनुसूची को अन्तिम रूप देने से पहले उसका, अध्ययन क्षेत्र के कुछ उत्तरदाताओं से साक्षात्कार करके पूर्व परीक्षण किया गया। प्राथमिक तथ्यों को संकलित करने के लिए प्रयुक्त अनुसूची में मुक्त प्रकार के विकल्पहीन तथा पूर्व निर्धारित विकल्प वाले दोनों प्रकार के प्रश्न आवश्यकतानुसार रखे गये हैं। तथ्यों के संकलनार्थ प्रयुक्त साक्षात्कार अनुसूची को इस शोध अध्ययन में परिशिष्ट के रूप में दिया गया है।

3.न्यादर्श

किसी भी शोध में समग्र सामग्री के महत्व को कम करके नहीं ऑका जा सकता है वे शोध के अतरंग भाग है लेकिन साथ

ही वे स्रोत भी समान रूप में महत्वपूर्ण है जहाँ से एक शोधार्थी समस्या के विश्वसनीय अध्ययन के लिए सूचनाएं संकलित करता है।[31] विश्वसनीय स्रोतों से संमकों या न्यादर्श का संकलन शोधकर्ता के बोझ को महत्वपूर्ण रूप से कम कर देना है वास्तव में न्यादर्श संकलन शोध–अध्ययन का महत्वपूर्ण चरण होता है। जिसमें अध्ययन विषय से सम्बन्धित न्यादर्श के संकलन हेतु गजेटियर सामुदायिक विकास द्वारा प्रकाशित प्रतिवेदन, कल्याण मंत्रालय की पत्रिकाएं पंचवर्षीय योजनाओं की रिपोर्ट, जनगणना पुस्तिका का सहारा लिया गया है।

अध्ययन के लिए न्यादर्श का संकलन प्रश्नावली, अनुसूची, साक्षात्कार, निरीक्षण आदि पद्धतियों के माध्यम से किया जाता है। सही सूचना प्राप्त करने के लिए सूचनादाताओं से मेल मिलाप बढ़ाना आवश्यक हो जाता है ताकि वे किसी भी बात को न छिपाकर स्पष्ट एवं यथार्थ सूचनाएं देने के लिए तैयार हो जाएं। साथ ही यह भी आवश्यक है कि न्यादर्श संकलन करते समय अध्ययनोपयोगी तथ्यों की उपेक्षा न हो। प्रस्तुत अध्ययन में मुख्य रूप से 400 वृद्ध व्यक्तियों का चयन जो कि (नगरीय क्षेत्र मौदहा एवं हमीरपुर के 200 तथा ग्रामीण क्षेत्र नरायच एवं कुण्डौरा के 200) अध्ययन क्षेत्र में जाकर विषय या समस्या से सम्बन्धित जीवित व्यक्तियों से साक्षात्कार करके या अनुसूची की सहायता से एकत्रित किए हैं। प्राथमिक तथ्य इस अर्थ में प्राथमिक होते हैं

---

31. गुडे एवं हॉट–मेथड्स ऑफ सोशल रिसर्च (1972), न्यूयार्क, पृ0सं0 362

क्योकि अपने अध्ययन उपकरणों की सहायता से प्रथम बार मौलिक रूप से एकत्र किए हैं तथा निरीक्षण किया है।

अध्ययन में अध्ययन विषय से सन्दर्भित विभिन्न आयु समूह के वृद्ध व्यक्तियों के पारिवारिक सामन्जस्य के अध्ययन के लिए साक्षात्कार अनुसूची के माध्यम से अध्ययन क्षेत्र में जाकर प्राथमिक तथ्यों का संग्रह किया है। अनुसूची के प्रश्नों के उत्तर, उत्तरदाताओं द्वारा दिये गये उत्तरों के आधार पर भरे हैं। प्राथमिक तथ्यों के संग्रह के समय द्वारा अवलोकन प्रविधि को भी अपनाया गया है। साक्षात्कार अनुसूची के माध्यम से किया गया है। कुछ उत्तरदाता पारिवारिक दबाव एवं पर निर्भरता के कारण संतोष जनक उत्तर नहीं दे सके हैं। फिर भी उक्त समग्र के अधिकांश उत्तरदाताओं ने अपेक्षित सहयोग प्रदान किया है।

साक्षात्कार अनुसूची से प्राप्त तथ्यों के वर्गीकरण एवं सारणीयन के समय 415 उत्तरदाताओं की भरी हुई अनुसूची में से 15 अनुसूचियों को कम कर दिया गया है जो अपूर्ण एवं अस्पष्ट थी। इस प्रकार 400 उत्तरदाताओं की अनुसूचियों के आधार पर सांख्यिकीय गणना की गयी है।

4.प्राथमिक एवं द्वैतीयक तथ्य

वास्तविक सूचना या तथ्यों के बिना सामाजिक अनुसंधान या शोध वास्तव में एक अपंग प्राणी की भांति है।[32] अनुसंधान या

---

[32]. मुखर्जी, आर0एन0, –पूर्वोक्त –पृ0सं0 100

शोध की सफलता इसी बात पर निर्भर रहती है कि एक शोधार्थी अपने अध्ययन विषय के सम्बन्ध में कितने वास्तविक निर्भर योग्य सूचनाओं एवं तथ्यों को एकत्रित करने में सफल होता है।

सामाजिक शोध में विभिन्न प्रकार की सूचनाओं या न्यादर्शों की आवश्यकता होती है। इन्हें दो भागों में विभाजित किया जा सकता है–

1. प्राथमिक तथ्य
2. द्वैतीयक तथ्य

प्राथमिक तथ्य वे मौलिक आंकड़े होते हैं जिन्हें निरीक्षण के समय डायरी में अंकित किया जो इस शोध के लिए अत्यन्त उपयोगी थे। इस अध्ययन में जिन प्राथमिक तथ्यों का उपयोग किया गया है वे पूर्णतया प्राथमिक एवं मौलिक हैं जिनको एकत्रित करने के लिए चयनित वृद्धों से अनेकों बार सम्पर्क करना पड़ा है।

किसी भी शोध में प्राथमिक तथ्यों का जो महत्व होता है वह सर्वविदित है किन्तु द्वैतीयक तथ्यों के बिना शोध की वैज्ञानिकता प्रश्न चिन्हित हो जाती है, ये वे आंकड़े या सूचनाएं होती हैं, जो शोधार्थिनी को प्रकाशित व अप्रकाशित प्रलेखों रिपोर्ट, सांख्यिकी, पाण्डुलिपि, पत्र डायरी, आदि से प्राप्त होते हैं।

प्रस्तुत अध्ययन में तथ्यों के साथ ही द्वैतीयक स्रोतों से प्राप्त सूचनाओं का सहारा लिया गया है। जनपद सांख्यिकी पत्रिका (नगरीय एवं ग्रामीण) गजेटियर जनगणना पुस्तिका के विभिन्न भाग, शोध पत्रिकाओं, भारत सरकार के कल्याण मंत्रालय से प्रकाशित विभिन्न शोध प्रतिवेदनों एवं पत्रिकाओं, दैनिक एवं

साप्ताहिक समाचार पत्रों के शोध परक आलेखों से अध्यनोपयोगी तथ्यों या सूचनाओं का उपयोग इस अध्ययन में किया गया है।

5.सारणीयन तथा विश्लेषण

सर्वेक्षण कार्य के दौरान एकत्रित की हुई सामग्री प्रायः बड़ी मात्रा में और बिखरी हुई दशा में होती है। इनमें किसी प्रकार की व्यवस्था देखने को नहीं मिलती है। जो अनुपयोगी भी प्रतीत होती है, उन्हें उपयोगी बनाने के लिए तथ्यों को उनकी समानता, विभिन्नता या किसी अन्य आधार पर कुछ निश्चित श्रेणियों में व्यवस्थित करना आवश्यक होता है।

जिस प्रकार एक मकान के निर्माण में पत्थरों की आवश्यकता होती है उसी प्रकार शोध रूपी भवन के निर्माण में समंकों की आवश्यकता होती है, लेकिन जिस प्रकार पत्थरों के ढेर को मकान नहीं कहा जा सकता, उसी प्रकार से समंकों से ही शोध कार्य पूरा नहीं हो पाता।

गुडे तथा हॉट के अनुसार जो अनुसंधानकर्ता शोध उपकल्पना से पूर्ण रूप से परिचित होता है उसे अपने समंकों के विश्लेषण एवं प्रस्तुतिकरण में कोई कठिनाई नहीं होगी।[33]

गुडे एवं हॉट तथा बाइकनर के कथानुसार जो शोधार्थी समकों के विश्लेषण एवं उनके प्रस्तुतिकरण पर पर्याप्त ध्यान नहीं देता है वह अपने शोध अध्ययन के सही निष्कर्ष को प्राप्त करने में

---

33 गुडे एवं हॉट–पूर्वोक्त–पृ0सं0–201

सफल नहीं होगा, क्योंकि समंक या न्यादर्श मात्र कच्चे माल की तरह होते हैं।

सारणीयन एवं विश्लेषण के द्वारा ही उन्हें व्यवस्थित रूप दिया जाता है, प्रस्तुत शोध प्रबन्ध से सम्बन्धित संमकों का विश्लेषण करने के लिए अनुपातों, माध्यों, प्रतिशतों एवं अन्य सांख्यिकीय विधियों का प्रयोग किया गया है। वर्तमान शोध में समंकों का विश्लेषण यथा स्थान पर प्रस्तुत किया गया है एवं संमकों को विभिन्न सारिणीयों द्वारा प्रस्तुत किया गया है।

यह शोध की सबसे अन्तिम अवस्था है। शोध प्रबन्ध के प्रस्तुतीकरण के माध्यम से ही शोधकर्ता शोध से सम्बन्धित सभी संमकों एवं सूचनाओं को व्यवस्थित रूप से जन सामान्य के समक्ष प्रस्तुत करते हैं। अध्ययन के प्रस्तुतीकरण पर पर्याप्त ध्यान दिया गया है क्योंकि यही सम्पूर्ण शोध की आत्मा है और उसका अन्तिम उद्‌देश्य भी।

❋❋❋❋❋

3—वृद्धजनों का सामाजिक स्वरूप

1. समुदाय से आषय

'समुदाय' शब्द का प्रयोग हम किसी बस्ती, एक गाँव, एक नगर अथवा एक राष्ट्र, आदि के लिए करते हैं। समुदाय मनुष्यों का एक ऐसा समूह है जो एक भौगोलिक क्षेत्र में निवास करता है जिसमें 'हम' की भावना होती है तथा जिनका एक सामान्य जीवन होता है। मानव की अधिकांश आवश्यकताएं समुदायों में ही पूरी होती है। एक समुदाय में निवास करने वाले लोगों में एकता और सामूहिकता की भावना होती है। वे घनिष्ठता के सूत्र में बंधे होते हैं। मैकाइवर एवं पेज लिखते हैं, "किसी छोटे या बड़े समूह के सदस्य जब साथ–साथ इस प्रकार रहते हैं कि वे किसी विशेष प्रकार के हित में ही भागीदार न होकर सामान्य जीवन की आधारभूत स्थितियों में भाग लेते हैं तो ऐसे समूह को समुदाय कहा

जाता है।"[34] समुदाय की आधारभूत कसौटी यह है कि मनुष्य के समस्त सामाजिक सम्बन्ध उसके भीतर ही मिल जायें। समुदाय के दो आधार है : स्थानीय क्षेत्र और सामुदायिक भावना।

किंग्सले डेविस के अनुसार, "समुदाय वह छोटा स्थानीय समूह है जिसमें सामाजिक जीवन के सभी पहलू सम्मिलित होते हैं।"

बोगार्डस लिखते हैं, "एक समुदाय एक सामाजिक समूह है जो एक निश्चित क्षेत्र में निवास करता है और जिसमें 'हम' की भावना होती है।"[35]

समुदाय एक निश्चित क्षेत्र में निवास करने वाले मानव समूह को कहते हैं जिसके सदस्यों में 'हम' की भावना होती है और जिनका एक सामान्य जीवन होता है।

2.समुदाय की विशेषताएं

(1) एक सामान्य निश्चित भू–भाग–एक समुदाय एक प्रादेशिक क्षेत्र में स्थित होता हैं। घुमक्कड़ जीवन व्यतीत करने वाली जनजातियां भी एक निश्चित क्षेत्र में ही भ्रमण करती हैं। अधिकांश समुदाय सुनिश्चित रूप से बसे हुए हैं और उनका अपनी भूमि से लगाव है। एक स्थान पर निवास करने के कारण लोगों में परस्पर सामाजिक, आर्थिक, राजनैतिक एवं सांस्कृतिक सम्बन्ध स्थापित करने के अवसर उपलब्ध रहते हैं। एक स्थान पर निवास के कारण ही लोगों में परस्परिक जागरूकता एवं एकता की भावना पैदा होती है। वर्तमान समय में यातायात के साधानों की सुविधाओं

---

[34] MacIver and Page, Society. p. 9
[35] K. Davis. Human Society.

ने स्थानीय एकता की भावना को दुर्लभ बनाया है। फिर भी किसी भी मानव समूह को समुदाय कहलाने के लिए यह भौगोलिक पहलू आवश्यक है।

(2) सामुदायिक भावना–एक प्रादेशिक क्षेत्र में निवास के कारण लोगों का एक सामान्य जीवन विकसित हो जाता है। वे सभी प्राकृतिक विपदाओं, बीमारी, बाढ़, अकाल, आदि के कष्टों को साथ–साथ झेलते हैं और त्यौहार उत्सव, आदि को साथ–साथ मनाते हैं, इससे उनमें यह भावना पैदा होती है कि हम सब एक हैं। वे 'हम' की भावना से अनुप्राणित होते है, उनमें परस्पर अपनत्व व घनिष्ठता का संचार होता है। वे एक–दूसरे के सुख–दुःख में भागीदार होते हैं।

(3) सामान्य जीवन–समुदाय एक सामान्य जीवन का क्षेत्र है। समुदाय का निर्माण किन्हीं विशिष्ट हितों की पूर्ति के लिए नहीं होता वरन् मानव जीवन की सभी आवश्यकताओं की पूर्ति के लिए होता है। समुदाय में जन्म से लेकर मृत्यु तक की व्यवस्था पायी जाती है। समुदाय के सदस्यों की एक सामान्य जीवन–पद्धति होती है और वह सामान्य संस्कृति में सहभागी होते हैं। इस प्रकार समुदाय जीवन की समस्त आवश्यकताओं को पूरा करने वाला मानव समूह है।

(4) समानताओं का क्षेत्र–एक समुदाय में निवास करने वाले लोगों में अनेक समानताएं पायी जाती हैं। वे समान प्रथाओं, रीति–रिवाजों, रूढ़ियों, नियमों, भाषा, वस्त्र–शैली, भोजन की आदतों, त्यौहारों, उत्सवों, आदि में भागीदार होते हैं। उनके विचारों

में भी समानताएं पायी जाती हैं। इनके सामाजिक मूल्यों और रहन–सहन के तरीकों मे भी एकरूपता दिखायी पड़ती है।

(5) स्वतः जन्म–समुदायों का निर्माण जानबूझकर नहीं किया जाता, वरन् उनका जन्म तो स्वतः होता है। मानव ने जहाँ भी जीविन रहने की प्राकृतिक एवं सामाजिक सुविधाएं देखी, वहीं बस्ती बसाकर रहने लगा, धीरे–धीरे ये बस्तियां ही पुरवा, गाँव और फिर नगर के रूप में विकसित हुई। जीवन की सामान्य दशाओं में भाग लेने के कारण ही समुदाय का जन्म होता है।

(6) आत्म–निर्भर–कुछ विद्वानों की मान्यता है कि समुदाय आत्म–निर्भर होते हैं। एक भू–क्षेत्र में निवास करने वाले अपने जीवन–यापन के साधन एकत्रित कर लेते हैं और इन्हीं साधनों पर वे प्रत्यक्ष या अप्रत्यक्ष रूप से निर्भर होते हें। वर्तमान समय में एक समुदाय का आत्म–निर्भर होना सम्भव नहीं है क्योंकि एक समुदाय दूसरे समुदाय पर अपनी अनेक आवश्कताओं के कारण निर्भर रहता है। आज बड़े–बड़े देश जैसे रूस, अमेरिका और इंग्लैण्ड भी अपने को आत्म–निर्भर नहीं कह सकते क्योंकि उन्हें अपने कारखानों के लिए कच्चा माल दूसरे देशों से जुटाना होता है और बने हुए माल को बेचने के लिए अन्य देशों में बाजार की आवश्यकता होती है।

3.ग्रामीण सुमदाय

ग्रामीण समुदाय ऐसे समुदाय हैं जो प्रकृति पर प्रत्यक्ष रूप से निर्भर हैं, जिनका एक निश्चित स्थान है, जिनकी आजीविका

प्रकृति से प्रथम बार उत्पन्न हुई वस्तुओं से चलती है तथा जिनका आधार छोटा होता है। इन समुदायों में घनिष्ठता, निकटता, प्राथमिक सम्बन्ध, अनौपचारिकता और समानता पायी जाती है।

मैरिल और **एलरिज** लिखते हैं, "ग्रामीण समुदाय के अन्तर्गत संस्थाओं और ऐसे व्यक्तियों का संकलन होता है जो छोटे से केन्द्र के चारों ओर संगठित होते हैं तथा सामान्य प्राकृतिक हितों में भाग लेते हैं।" ग्रामीण समुदाय में मानव के सभी हितों की पूर्ति होती है।

सिम्स के अनुसार, "समाजशास्त्रियों में 'ग्रामीण समुदाय' को ऐसे बड़े क्षेत्रों में रखने की प्रवृत्ति बढ़ रही है, जिसमें समस्त अथवा अधिकतर प्रमुख मानवीय हितों की पूर्ति होती है।

सेण्डरसन ग्रामीण समुदाय को परिभाषित करते हुए लिखते हैं, "एक ग्रामीण समुदाय में स्थानीय क्षेत्र के लोगों की सामाजिक अन्तःक्रिया और उनकी संस्थाएं सम्मिलित हैं जिसमें वह खेतों के चारों ओर बिखरी झोंपड़ियों तथा पुरवा या ग्रामों में रहती हैं और जो उनकी सामान्य क्रियाओं का केन्द्र है।"

ग्रामीण समुदायों में सांस्कृतिक और सामाजिक समानताएं पायी जाती हैं, वहाँ अनौपचारिक और प्राथमिक सम्बन्धों की प्रधानता होती है, जनसंख्या का घनत्व कम होता है, अतः उनका आकार लघु होता है और वे कृषि तथा प्रकृति पर निर्भर होते हैं।

ग्रामीण समुदाय की विशेषताएं

ग्रामीण विशेषताओं को हम ग्रामीण जीवन का अंग कह सकते हैं। इन विशेषताओं के आधार पर ही ग्राम और नगर में भेद

किया जाता है। ग्रामीण समुदाय की प्रमुख विशेषताएं निम्न प्रकार है :–

(1) जीवन–यापन प्रकृति पर निर्भर–ग्रामीण समुदाय के लोगों का जीवन, कृषि, पशुपालन, शिकार, मछली मारने एवं भोजन संग्रह करने आदि की क्रियाओं पर निर्भर है। इन सभी कार्यों के लिए व्यक्ति प्रकृति के प्रत्यक्ष और निकट सम्पर्क में आना होता है। भूमि, मौसम, जंगल सभी प्रकृति के ही अंग है। मौसम के अनुरूप व्यक्ति अपने को ढालता है और व्यवसाय की प्रकृति को प्रभावित करने में प्राकृतिक अवस्थाओं का महत्वपूर्ण हाथ होता है। वर्षा, शीत, गर्मी, आदि कृषि को प्रभावित करते हैं और कृषि ग्रामीणों का मुख्य व्यवसाय है, जबकि नगर का जीवन–आधार उद्योग है। इसलिए नगरवासियों का प्रकृति से अप्रत्यक्ष सम्पर्क होता है। वे मशीन, कोयला, कारखाने, लोहा, धातु आदि निर्जीव पदार्थों के अधिक सम्पर्क में आते हैं।

(2) समुदाय का छोटा आकार–प्रकृति पर प्रत्यक्ष निर्भरता समुदाय के आकार को छोटा बनाती है। इसका कारण यह है कि कृषि कार्य अथवा पशुचारण में जीवन–यापन के लिए प्रति व्यक्ति भूमि की मात्रा अधिक चाहिए अन्यथा सभी लोगों का जीवन–निर्वाह सम्भव नहीं हो पाता और उन्हें एक स्थान छोड़कर दूसरी जगह जाना होता हैं। नगर उद्योगों पर आश्रित होते हैं, जहाँ हजारों आदमी एक ही व्यवसाय अथवा कारखाने में काम करते हं। उनके लिए अधिक भूमि की आवश्यकता नहीं होती। यही कारण है कि नगरों का आकार बढ़ता जाता है। ग्रामीण

समुदाय के लघु आकार के कारण ही स्मिथ ग्रामीण समुदाय और लघु समुदाय को एक–दूसरे का पर्यायवाची मानते हैं।

(3) कम जनसंख्या–गाँव में प्रति वर्ग किलोमीटर जनसंख्या का अनुपात नगरों की तुलना में कम होता है। ग्रामीण लोगों के पास प्रति व्यक्ति भूमि अधिक होती है क्योंकि कृषि कार्य एवं पशुचारण इसके अभाव में सम्भव नहीं है। ग्रामीण लोग जीवन–यापन के विभिन्न स्रोतों के इर्द–गिर्द बिखरे रहते हैं। जनसंख्या के कम घनत्व के कारण ग्रामीाण क्षेत्र घनी बस्ती की समस्याओं जैसे स्वास्थ्यपूर्व की वातावरण का अभाव, गन्दगी, बीमारी, मकानों की कमी, आदि से सामान्यतः मुक्त रहते हैं।

(4) प्रकृति से घनिष्ठ सम्बन्ध–ग्रामीण जीवन का प्रकृति से घनिष्ठ सम्बन्ध होता है। ग्रामवासी प्रकृति की गोद में ही जन्म लेते और मरते हैं। ग्रामीण लोग शुद्ध हवा, पानी, रोशनी, सर्दी, गर्मी का अनुभव करते हैं। खुला एवं स्वच्छ वातावरण, शीतल सुगन्धित हवा, पेड़–पौधें और पशु–पक्षियों, आदि से ग्रामीणों का प्रत्यक्ष सम्पर्क होता है। सूरज, चांद, तारे, अंधेरे–उजाले उनके जीवन के कार्य–कलापों को तय करते हैं। वे ऋतुओं एवं प्राकृतिक दृश्यों का आनन्द लेते हैं जिसके लिए नगरवासी तरसते हैं।

(5) समरूपता– ग्रामीण समुदाय के लोगों के सामाजिक, आर्थिक, राजनैतिक, सांस्कृतिक जीवन में एकरूपता देखने को मिलती है। उनके व्यवसाय, भाषा, धर्म, रीति–रिवाज, आदर्श, संस्थाएं आचार–विचार एवं जीवन के प्रति दृष्टिकोण सामान्यतः

समान होते हैं। उनके जीवन में नगरीय लोगों की तरह अनेक विभेद और विषमताएं नहीं पायी जाती।

(6) प्राथमिक सम्बन्धों की प्रधानता—गाँव का आकार छोटा होने से प्रत्येक व्यक्ति एक—दूसरे को व्यक्तिगत रूप से जानता है। ग्रामवासियों में निकट, प्रत्यक्ष और घनिष्ठ सम्बन्ध होते हैं। ऐसे सम्बन्धों का आधार परिवार, पड़ोस और नातेदारी है। ग्राम में औपचारिक सम्बन्धों का अभाव होता है। वे कृत्रिमता से दूर होते हैं तथा उनमें पारिवारिक सहयोग एवं प्राथमिक नियंत्रण पाया जाता है।

(7) सरल एवं सादा जीवन—ग्रामीण लोगों का जीवन सरल और सादा होता है। वे नगर की तड़क—भड़क, चमक—दमक, आडम्बर और बनावटी जीवन से दूर होते हैं। उनके पास न तो साज—सामान और श्रृंगार की सामग्री ही होती है और न ही वे कृत्रिमता को पसन्द करते हैं। उन लोगों की आय भी इतनी नहीं होती कि वे जरूरत की चीजों के अतिरिक्त फैशन और साज—सज्जा पर खर्च कर सकें। साधारण और पौष्टिक भोजन, शुद्ध हवा और मोटा वस्त्र तथा विनम्र और प्रेमपूर्ण व्यवहार ग्रामीण लोगों को पसन्द है। प्रकृति पर प्रत्यक्ष रूप से निर्भरता उन्हें सरल, छल—रहित और सादगीपूर्ण जीवन व्यतीत करने को प्रेरित करती है।

(8) सामाजिक गतिशीलता का अभाव—ग्रामीण समाज अपेक्षाकृत स्थिर समाज होते हैं। उनमें सापेक्ष रूप से गतिशीलता का अभाव होता है, वे घड़े में भरे हुए पानी की तरह स्थिर और

शान्त होते हैं। वे परिवर्तन के प्रति कमोवेश उदासीन होते हैं तथा जीवन जैसा चल रहा है, उसमें कोई हेर–फेर नहीं चाहते। ग्रामीण सामाजिक संस्तरण इतना कठोर होता है कि उसे बदलना बड़ा कठिन है। वहाँ जाति व्यवस्था ही सामाजिक संस्तरण का मुख्य आधार है। जाति की अवहेलना करने का अर्थ है सामूहिक जीवन से पृथक हो जाना। जातिगत व्यवसाय होने के कारण प्रत्येक व्यक्ति सामान्यतः अपने ही परम्परागत व्यवसाय में लगा रहता है, उसे त्यागकर अन्य व्यवसाय की ओर बढ़ने का आकर्षण उनमें नहीं होता। आज विभिन्न कारकों के संयुक्त प्रभाव से उनके जीवन के विभिन्न क्षेत्रों में कुछ गतिशीलता एवं परिवर्तन दिखाई पड़ने लगे हैं।

(9) धर्म, प्रथा और रूढ़ियों का महत्व–ग्रामों में सामाजिक नियंत्रण के साधन अनौपचारिक होते हैं। धर्म, प्रथाएं और रूढ़ियाँ उनके जीवन को नियंत्रित करती है। धर्म ग्रामवासियों के जीवन का केन्द्र है। उनके दैनिक और वार्षिक जीवन की अनेक क्रियाएं धर्म से ही प्रारम्भ होती हैं और धार्मिक विश्वासों एवं क्रियाओं के साथ ही समाप्त हो जाती हैं। वे ईश्वरीय शक्ति को आदर, भय और श्रद्धा की दृष्टि से देखते हैं और उनके सम्मुख नत–मस्तक होते हैं। पाप–पुण्य, स्वर्ग–नगर, धर्म–कर्म, अच्छाई–बुराई की भावनाएं उनके जीवन को प्रभावित करती हैं। उनका जीवन प्रथाओं और रूढ़ियों से बंधा होता है। वे उन्हें तोडने या उनके स्थान पर नवीन कानूनों की स्थापना की बात नहीं सोचते। प्रथाओं एवं रूढ़ियों के वे अन्ध–भक्त होते हैं। प्रत्येक व्यक्ति उनका पालन

करता है चाहे उसे इनके पालन से हानि ही क्यों न उठानी पड़े। बाल–विवाह, मृत्यु–भोज, विधवा पुनर्विवाह का अभाव, छुआछूत, दहेज, आदि कुप्रथाएं हानिकारक होते हुए भी अभी तक इन लोगों में प्रचलित हैं।

(10) सामुदायिक भावना–ग्राम नगर की अपेक्षा छोटा होता है, अतः वहाँ के लोगों में अपने गाँव के प्रति लगाव और सभी में 'हम' की भावना पायी जाती है। नगरीय लोगों में व्यक्तिगत स्वार्थ की प्रधानता होती है तो ग्रामीण लोग सारे गाँव की भलाई की बात अधिक सोचते हैं। बाढ़, अकाल, महामारी और अन्य संकटकालीन अवसरों पर गाँव के सभी लोग सामूहिक रूप से इन संकटों का मुकाबला करते हैं। वे ऐसे अवसरों पर देवताओं के यज्ञ, अनुठान और पूजा कराते हैं। प्रत्येक व्यक्ति को इस बात का अभिमान होता है कि वह किसी एक गाँव का सदस्य है।

भारतीय ग्रामीण समुदाय की विशेषताएं

भारत एक ग्राम–प्रधान देश है जिसकी 72.22 प्रतिशत जनसंख्या गाँव में ही निवास करती है। ग्रामीण समुदाय की जिन विशेषताओं का उल्लेख किया गया है, वे तो भारतीय ग्रामीण समाज में भी पायी जाती है, किन्तु कई विशेषताएं ऐसी हैं जो भारतीय गाँवों में विशिष्ट और मौलिक हैं।

भारतीय ग्रामीण समुदाय की प्रमुख विशेषताएं निम्न हैं–

(1) संयुक्त परिवार–भारतीय गाँवों की सर्वप्रथम विशेषता है, संयुक्त परिवारों की प्रधानता। यहाँ पति–पत्नी व बच्चों के

परिवार की तुलना में ऐसे परिवार अधिक पाये जाते हैं जिनमें तीन या अधिक पीढ़ियों के सदस्य एक स्थान पर रहते हैं। इनका भोजन, सम्पत्ति और पूजा–पाठ साथ–साथ होता है। ऐसे परिवारों का संचालन परिवार के वयोवृद्ध व्यक्ति द्वारा होता है। वही परिवार के आन्तरिक और वाह्य कार्यों के लिए निर्णय लेता है। परिवार के सभी सदस्य उनकी आज्ञा का पालन करते हैं, उसका आदर और सम्मान करते हैं। संयुक्त परिवार प्रणाली भारत में अति प्राचीन है।

(2) कृषि मुख्य व्यवसाय–भारतीय ग्रामों में निवास करने वाले लोगों का मुख्य व्यवसाय कृषि है। 70 से 75 प्रतिशत तक लोग–प्रत्यक्ष अथवा अप्रत्यक्ष रूप से कृषि द्वारा ही अपना जीवन–यापन करते हैं। इसका तात्पर्य यह नहीं है कि गाँवों में अन्य व्यवसाय नहीं हैं। चटाई, रस्सी, मिट्टी एवं धातु के बर्तन बनाना, वस्त्र बनाना, गुड़ बनाना, आदि व्यवसायों का प्रचलन गाँवों में हैं। शिल्पकार जातियां अपने–अपने व्यवसाय करती हैं तो सेवाकारी जातियां कृषकों एवं अन्य जातियों की सेवा करती हैं।

(3) जाति प्रथा–जाति प्रथा भारतीय संस्कृति की मुख्य विशेषता हैं। जाति के आधार पर गाँवों में सामाजिक संस्तरण पाया जाता है। जाति एक सामाजिक संस्था और समिति दोनों ही हैं। जाति की सदस्यता जन्म में निर्धारित होती है। प्रत्येक जाति का एक परम्परागत व्यवसाय होता है। जाति के सदस्य अपनी ही जाति में विवाह करते हैं, जाति की एक पंचायत होती हैं जो अपने सदस्यों के जीवन को नियन्त्रित करती है। जाति अपने सदस्यों के

लिए खान–पान एवं सामाजिक सहवास के नियम भी बनाती है। जाति के नियमों का उल्लंघन करने पर सदस्यों को जाति से बहिष्कार, दण्ड अथवा जुर्माना, आदि की सजा भुगतनी होती है। जाति–व्यवस्था में सर्वोच्च स्थान ब्राह्मणों का है और सबसे नीचा स्थान अस्पृश्य जातियों का। इन दोनों के बीच क्षत्रिय और वैश्य जातियां हैं। जातियों के बीच परस्पर भेदभाव और छुआछूत की भावना पायी जाती है।

(4) जजमानी प्रथा–जाति प्रथा की एक विशेषता यह है कि प्रत्येक जाति निश्चित परम्परागत व्यवसाय करती हैं। इस प्रकार जाति तथा ग्रामीण समाज में श्रम–विभाजन का अच्छा उदाहरण पेश करती हैं। सभी जातियां परस्पर एक–दूसरे की सेवा करती हैं। ब्राह्मण, विवाह, उत्सव एवं त्यौहार के समय दूसरी जातियों के यहाँ अनुष्ठान करवाते हैं तो नाई बाल काटने, धोबी कपड़े धोने, ढोली ढोल बजाने, जूते बनाने, जुलाहा कपड़े बनाने का कार्य करते हैं। जजमानी प्रथा के अन्तर्गत एक जाति दूसरी जाति की सेवा करती हैं और उसके बदले में सेवा प्राप्त करने वाली जाति भी उसकी सेवा करती हैं अथवा वस्तुओं के रूप में भुगतान प्राप्त करती हैं। एक किसान परिवार में विवाह होने पर नाई, धोबी, ढोली, हरिजन, सुनार, सभी अपनी–अपनी सेवाएं प्रदान करते हैं। बदले में उन्हें कुछ नगद, कुछ भोजन, वस्त्र और फसल के समय अनाज, आदि दिया जाता है।

(5) ग्राम पंचायत–प्रत्येक गाँव में एक गाँव पंचायत होती है। इसका मुखिया गाँव का मुखिया होता है। ग्राम पंचायत अति

प्राचीन काल से भारत में विद्यमान रही है। ग्राम पंचायत का मुख्य कार्य गाँव की भूमि का परिवारों में वितरण, सफाई, विकास कार्य और ग्रामीण विवादों को निपटाना है। डॉ0 राधाकमल मुखर्जी ने अपनी पुस्तक 'डेमोक्रेसीज ऑफ द ईस्ट' में पंचायत को मूलतः मुण्डा–द्रविड़ संस्था माना है। ब्रिटिश शासन से पूर्व ग्राम समुदाय राजनैतिक दृष्टि से आन्तरिक मामलों में पूर्ण स्वतंत्र थे। चार्ल्स मेटकाफ ने इन्हें छोटे–छोटे गणराज्य कहा है। यद्यपि गाँवों को केन्द्रीय शासक को कर देना होता था, किन्तु वह गाँव के आन्तरिक कार्यों में कोई हस्तक्षेप नहीं करता था। आन्तरिक कार्यों को निपटाने का भार ग्राम–पंचायतो पर ही था।

(6) भाग्यवादी–भारतीय गाँवों के निवासियों में शिक्षा का अभाव है। अतः के अन्धविश्वासी और भाग्यवादी हैं। उनका दृढ़ विश्वास है कि व्यक्ति चाहे कितना ही यत्न करें, किन्तु उसे उतना ही प्राप्त होगा जो उसके भाग्य में लिखा है।

भाग्यवादी होने के कारण ही ग्रामीण लोग सभी प्रकार के कष्टों, अत्याचारों एवं शोषण को अब तक बर्दाश्त करते रहे है और अभी भी परिवर्तन और क्रान्ति की ओर अग्रसर नहीं हुए।

(7) सरल एवं सादा जीवन–भारत के ग्रामवासी सादा जीवन व्यतीत करते हैं। उनके जीवन में कृत्रिमता और आडम्बर नहीं हैं। उनमें ठगी, चतुरता और धोखेबाजी के स्थान पर सच्चाई, ईमानदारी और अपनत्व की भावना विद्यमान होती है। उनके भोलेपन का सेठ–साहूकार लाभ उठाकर उनका शोषण करते रहे हैं।

(8) जनमत का अधिक महत्व–ग्रामवासी जनमत का सम्मान करते और उससे डरते हैं। वे जनमत की शक्ति को चुनौती नहीं देते वरन् उसके सम्मुख झुक जाते हैं। पंच लोग जो कुछ कह देते हैं उसे वे शिरोधार्य मानते हैं। पंच के मुंह से निकला वाक्य ईश्वर के मुंह से निकला वाक्य होता है। जनमत की अवहेलना करने वाले की निन्दा की जाती है। ऐसे व्यक्ति की समाज में प्रतिष्ठा गिर जाती हैं। कोई भी ग्रामीण इस प्रकार की स्थिति को पसन्द नहीं करता।

(9) सामाजिक समरूपता–भारतीय ग्रामों में सामाजिक और सांस्कृतिक समरूपता देखने को मिलती है। उनके जीवन स्तर में नगरों की भांति जमीन–आसमान का अन्तर नहीं पाया जाता। सभी लोग एक जैसी भाषा, त्यौहार–उत्सव, प्रथाओं और जीवन–विधि का प्रयोग करते हैं। उनमें सामाजिक, आर्थिक, सांस्कृतिक और राजनैतिक जीवन में ज्यादा अन्तर नहीं पाया जाता। यहाँ अनेक प्रान्तों, वर्गों, प्रजातियों, भाषाओं और देशों के लोग निवास करते हैं। उनके जीवन में समानता और एकरूपता की धारा निरन्तर बहती हैं।

(10) प्रथाओं और धर्म का महत्व–भारतीय ग्रामवासी प्रथाओं एवं रूढ़ियों का अन्धानुकरण करते है। वे परिवर्तन और क्रान्ति में विश्वास नहीं करते। इसलिए वे कष्ट उठाकर भी अनेक बुरी प्रथाओं का बोझा ढो रहे हैं। बालविवाह, छुआछूत, दहेज, विधवा–विवाह निषेध, आदि की प्रथाएं अब भी बनी हुई हैं। अन्तर्जातीय विवाह, विधवा पुनर्विवाह जाति प्रथा की समाप्ति को वे

लोग स्वीकार नहीं करते। धर्म उनके जीवन का प्राण हैं। प्रत्येक नये कार्य का शुभारम्भ और समाप्ति किसी धार्मिक क्रिया से होती हैं। फसल बोनी या काटनी हो, नया व्यवसाय प्रारम्भ करना हो या दुकान का मुहूर्त, बच्चे का जन्म विवाह अथवा किसी का दाह संस्कार सभी तो धार्मिक क्रियाओं से बंधे हैं।

(11) स्त्रियों की निम्न स्थिति–भारतीय ग्रामीण समुदायों में नारी की स्थिति अत्यन्त निम्न हैं। उसे दासी के रूप में समझा जाता है। कन्या–वध, बाल–विवाह, पर्दा–प्रथा, विधवा पुनर्विवाह का अभाव, आर्थिक दृष्टि से पुरूषों पर निर्भरता, पारिवारिक सम्पत्ति में अधिकार न होना, विवाह विच्छेद का अभाव, आदि। ऐसे अनेक कारण हैं जो भारतीय ग्रामीण नारी की सामाजिक स्थिति को नगरीय स्त्रियों की तुलना में निम्न बनाये रखने में योग देते हैं।

(12) अशिक्षा–गाँवों की अधिकांश जनसंख्या अशिक्षित हैं। आजादी के 56 वर्षों बाद भी 2001 की जनगणना के अनुसार देश में शिक्षा का प्रतिशत 65.38 से ऊँचा नहीं हो पाया हैं। ग्रामों में तो यह प्रतिशत और भी कम है। पुरूषों की तुलना में स्त्रियों में शिक्षा का प्रतिशत तो काफी निम्न हैं। अज्ञानता और अशिक्षा के कारण उनका काफी शोषण हुआ है। वे अन्धविश्वासों और जादू टोने के चंगुल से मुक्त नहीं हुए हैं तथा अनेक कुरीतियों से अब भी चिपके हुए हैं।

(13) आत्म निर्भरता–भारतीय गाँवों को आत्मनिर्भर इकाई के रूप में परिभाषित किया गया है। यह आत्मनिर्भरता केवल

आर्थिक क्षेत्र में ही नहीं वरन् सामाजिक, सांस्कृतिक और राजनैतिक क्षेत्र में भी थी। जजमानी प्रथा द्वारा जातियां परस्पर एक–दूसरे के आर्थिक हितों की पूर्ति करती थीं। राजनैतिक दृष्टि से ग्राम पंचायत और ग्राम का मुखिया सभी विवादों को निपटाता था। प्रत्येक गाँव की अपनी एक संस्कृति और कुछ विशिष्टताएं पायी जाती थीं जिन्हें स्वयं ग्रामवासी और दूसरे ग्राम के लोग जानते थे। किन्तु वर्तमान में यातायात के साधनों के विकास, केन्द्रीय शासन की स्थापना, औद्योगीकरण, आदि के कारण गाँवों की आत्मनिर्भरता समाप्त हुई हैं। अब वे राष्ट्रीय अर्थव्यवस्था और राजनैतिक व्यवस्था के अंग बन गये हैं। दिनों दिन अन्यायोश्रितता बढ़ रही है।

4.नगरीय समुदाय

ई.बी. बर्गल ने उचित ही कहा है, "प्रत्येक व्यक्ति यह जानता है कि नगर क्या है, किन्तु किसी ने भी संतोषजनक परिभाषा नहीं दी है।"

नगर केवल एक निवास का स्थान ही नहीं वरन् एक विशिष्ट पर्यावरण का सूचक भी हैं। यह जीवन जीने का एक विशिष्ट ढंग और एक विशिष्ट संस्कृति का सूचक भी है। नगरों की जनसंख्या अधिक होती है, वहाँ जनघनत्व भी अधिक पाया जाता है। व्यवसायों की बहुलता एवं भिन्नता, औपचारिक व द्वैतीयक सम्बन्धों की प्रधानता, भोगवाद, भौतिकवाद, व्यक्तिवाद, कृत्रिमता, जटिलता, व्यस्तता, गतिशीलता, आदि नगरीय समुदायों

की प्रमुख विशेषताएं हैं। नगरों में हमें बेकारी, भिक्षावृत्ति; अपराध, नशाखोरी एवं वेश्यावृत्ति की बहुलता देखने को मिलती है। वहाँ परिवार, नातेदारी एवं पड़ोस का अधिक महत्व नहीं होता। वहाँ व्यक्ति अपनी विभिन्न आवश्यकताओं की पूर्ति के लिए अनेक द्वैतीयक संगठनों का सदस्य होता है।

कानूनी दृष्टिकोण से नगर वह स्थान है जिसे उच्च सत्ता के चार्टर द्वारा नगर घोषित किया गया हो। नगर की यह परिभाषा आधुनिक सन्दर्भ में तो ठीक है, किन्तु प्राचीन समय में चार्टर द्वारा किसी निवास स्थान को नगर घोषित करने की प्रथा नहीं थी। यदि हम शब्द रचना की दृष्टि से देखें तो 'शहर' या 'नगर' शब्द अंग्रेजी भाषा के सिटी (City) का हिन्दी अनुवाद है। स्वयं 'सिटी' शब्द लैटिन भाषा के 'सिविटाज' (Civitas) से बना है जिसका तात्पर्य है नागरिकता। अंग्रेजी भाषा 'Urban' का शब्द लैटिन भाषा के 'Urbanus' से बना है जिसका अर्थ है 'शहर'। लैटिन भाषा के श्न्तइेश का अर्थ भी 'City' अर्थात शहर ही है।

नगर की परिभाषा जनसंख्या के आधार पर भी की गई। अमरीका के जनगणना ब्यूरो ने नगर ऐसे स्थान को माना है जहाँ की जनसंख्या 25,000 या उससे अधिक हो। फ्राँस में 2,000 तथा मिस्र में 11,000 जनसंख्या वाले क्षेत्र को नगर माना है। **विलकॉक्स** (Willcox) ने ऐसे क्षेत्र को जहाँ का जनघनत्व 1,000 व्यक्ति प्रतिवर्ग मील तथा जेफरसन ने 10,000 प्रति वर्ग मील आबादी क्षेत्र को नगर कहा है।

नगरीय समुदाय की विशेषताएं

विभिन्न समाज वैज्ञानिकों ने शहर अथवा नगरीय समुदाय एवं जीवन की विशेषताओं का उल्लेख किया है :

(1) जनसंख्या की बहुलता–ग्राम एवं नगर का भेद प्रमुखतः जनसंख्या के आधार पर किया जाता है। शहरों में जनसंख्या एवं जनघनतव अधिक पाया जाता है। जनसंख्या की अधिकता के आधार पर ही नगरों का विभिन्न श्रेणियों में जैसे नगर एवं महानगर, आदि में वर्गीकरण किया जाता है। जनसंख्या की अधिकता ने शहरों में गन्दी बस्तियों, अपराध, प्रशासन, आवास, बेकारी एवं गरीबी, आदि से सम्बन्धित अनेक समस्याएं पैदा की हैं।

(2) जनसंख्या की विभिन्नता–नगरीय समुदायों में विभिन्न धर्मों, सम्प्रदायों, जातियों, वर्गों, प्रजातियों, भाषाओं एवं प्रान्तो से सम्बन्धित लोग निवास करते हैं। अतः यहाँ की जनसंख्या में विभिन्नता पायी जाती हैं। इस कारण शहरी लोगों के रहन–सहन, प्रथाओं, परम्पराओं, वेषभूषा एवं जीवन–स्तर, आदि में भिन्नताएं देखने को मिलती हैं।

(3) व्यवसायों की बहुलता एवं विभिन्नता–नगरीय समुदायों में कार्यों की बहुलता होती हैं वहाँ अनेक प्रकार के व्यवसाय पाये जाते हैं। सिगरेट, माचिस, दवाओं, कपड़ा, चमड़ा, ऊन, मशीन निर्माण, प्लास्टिक, बारूद, सीमेण्ट, लकड़ी, लोहा, ईंट, कागज, आदि से सम्बन्धित एवं अन्य हजारों प्रकार के व्यवसाय शहरों में देखने को मिलते हैं।

(4) श्रम–विभाजन एवं विशेषीकरण–नगरीय समुदाय में कार्य का बंटवारा देखने को मिलता है। यहाँ व्यक्ति अलग–अलग व्यवसायों में लगे होते हैं। साथ ही एक व्यक्ति किसी एक ही कार्य का विशेषज्ञ होता है। श्रम–विभाजन और विशेषीकरण के कारण पारम्परिक निर्भरता भी पैदा होती हैं।

(5) द्वैतीयक सम्बन्धों की प्रधानता– नगरों की जनसंख्या अधिक होती है यहाँ सभी लोगों से प्राथमिक व आमने–सामने के घनिष्ठ सम्बन्ध कायम करना कठिन होता है। नगरीय समुदाय के लोगों में औपचारिक एवं द्वैतीयक सम्बन्धों की प्रधानता पायी जाती है।

(6) कृत्रिमता–नगरीय लोगों का जीवन बनावट एवं आडम्बरयुक्त होता है। वे दिखावे में अधिक विश्वास करते हैं।

(7) गतिशीलता–नगरीय समुदाय में सामाजिक एवं भौगोलिक गतिशीलता अधिक पायी जाती है। शहरी लोग एक स्थान छोड़कर लाभ के लिए अन्य स्थानों पर जाने के लिए तैयार होते हैं। उनमें स्थान के प्रति कम लगाव पाया जाता हैं।

(8) विभिन्नता–नगर विभिन्नताओं का केन्द्र होता है। धर्म, भाषा, संस्कृति, प्रथा, रीति–रिवाज, व्यवसाय, पहनावा, रूचि, हित, आदि के आधार पर नगर में अनेक भिन्नताएं पायी जाती हैं।

(9) व्यक्तिवादिता–नगरीय समुदाय में सामूहिक एवं सामुदायिक जीवन की अपेक्षा व्यक्तिवादिता अधिक पायी जाती है। प्रत्येक व्यक्ति समुदाय की अपेक्षा स्वयं की अधिक चिन्ता करता हैं।

(10) सामाजिक समस्याएं–वर्तमान में नगरीय समुदाय अपराध, बाल–अपराध, वेश्यावृत्ति, बेकारी, गन्दी–बस्तियां, पागलपन, निम्न स्वास्थ्य, कुपोषण, वर्ग–संघर्ष, वायु प्रदूषण एवं बीमारी, आदि अनेक समस्याओं के केन्द्र बन गये हैं।

(11) शिक्षा एवं संस्कृति के केन्द्र–नगरीय समुदाय में विभिन्न प्रकार की शिक्षण संस्थाएं, विद्यालय, महाविद्यालय व विश्वविद्यालय तथा प्रशिक्षण संस्थान होने से सभी विषयों की शिक्षा एवं ज्ञान उपलब्ध होता हैं। कला, संगीत, चिकित्सा, विज्ञान, इंजीनियरिंग, प्रौद्योगिकी एवं मशीन से सम्बन्धित ज्ञान देने वाली शिक्षण संस्थाएं नगरों में ही पायी जाती हैं। नगर विभिन्न प्रकार की भाषा, साहित्य एवं ज्ञान का प्रतिनिधित्व करते हैं। वे मानव सभ्यता के विकास की कहानी को प्रकट करते हैं। नगर का पर्यावरण व्यक्ति के व्यक्तित्व के विकास में सहायक हैं।

(12) राजनीतिक गतिविधियों के केन्द्र–नगरीय समुदाय राजनीतिक दृष्टि से भी महत्वपूर्ण हैं। नगर में ही सरकार के विभिन्न विभाग एवं कार्यालय होते हैं। वहाँ पर राज्यों की राजधानियाँ, सैनिक छावनियां एवं विभिन्न राजनीतिक दलों के मुख्यालय होते हैं। अतः सरकार एवं राजनीतिक दल भी अपनी नीति एवं भावी कार्यक्रमों का निर्धारण नगरीय महत्व को ध्यान में रखकर करते हैं। अधिकांश राजनीतिक आन्दोलन नगरों से ही प्रारम्भ होते हैं। इस प्रकार नगरीय समुदाय लोगों को राजनीतिक प्रशिक्षण एवं जागरूकता प्रदान करते हैं।

(13) सुरक्षा—नगरीय समुदाय में पुलिस, गुप्तचर, जेल, न्यायालय, आदि होने के कारण लोगों को जीवन के खतरों, चोरी, हत्या, लूट—पाट, आदि से सुरक्षा प्राप्त होती है। आर्थिक संकट में भी रोजगार के विभिन्न अवसर उपलब्ध होने के कारण वहाँ आर्थिक सुरक्षा एवं मानसिक संतोष प्राप्त होता है। अतः व्यक्ति अपना जीवन रचनात्मक कार्यों में लगा सकता है और जीवन के संकटों के प्रति निश्चिन्त हो सकता है।

(14) स्वास्थ्य एवं मनोरंजन की सुविधा—नगरीय समुदायों में विभिन्न प्रकार की चिकित्सा एवं दवाओं की सुविधा उपलब्ध होने से लोगों को रोग की रोकथाम एवं मुक्ति में सहायता मिलती है। नगर में सिनेमा, रेडियो, टेलीविजन, इण्टरनेट, साइबर कैफे, नाट्यशाला, संगीत, नृत्य एवं कला केन्द्रों के कारण लोगों को मनोरंजन की पर्याप्त सुविधाएं उपलब्ध होती हैं जिससे कि वे दिनभर की थकान से मुक्ति पाकर ताजगी प्राप्त कर सकते हैं। नगर में ही बाग—बगीचे, उद्यान एवं विभिन्न प्रकार के खेलकूद की सुविधाएं उपलब्ध होती हैं जो स्वास्थ्य की दृष्टि से अत्यावश्यक है। आधुनिक वैज्ञानिक आविष्कारों ने मानव को रोगमुक्त करने में अभूतपूर्व सफलता प्राप्त की है और ये सुविधाएं नगरों में ही उपलब्ध हैं।

(15) मानव सभ्यता के पोषक—नगरीय समुदायों में विभिन्न प्रकार की शैक्षणिक एवं सांस्कृतिक संस्थाएं होने के कारण वहाँ सभ्यता का विकास होता रहा है। विश्व की उच्च एवं विकसित सभ्यताएं नगरों में ही फली एवं फूली हैं। नगर ही सभ्यता के

निर्माता एवं पोषक रहे हैं। अतः वे मानव–समाज के विकास के प्रतीक हैं। नगरों के विकास की कहानी सभ्यता के विकास की कहानी भी है।

(16) नगरीय समुदायों में धर्म, परिवार का कम महत्व पाया जाता है–शिक्षा के कारण लोग नगरों में कर्मकाण्ड, पूजा–पाठ, यज्ञ–हवन और अनुष्ठानों में अधिक रूचि नहीं रखते हैं। वे ईश्वर के बजाय अपनी स्वयं की शक्ति में विश्वास करते हैं। परिवार की तुलना में वे व्यक्ति को अधिक महत्व देते हैं।

(17) प्रतिस्पर्द्धा–नगरीय समुदायों में गाँवों की अपेक्षा जीवन के आर्थिक, सामाजिक, राजनीतिक, आदि सभी क्षेत्रों में प्रतिस्पर्द्धा दिखायी देती हैं। प्रत्येक व्यक्ति जीवन को आगे बढ़ाने की होड़ में भागता दिखाई देता है।

(18) आर्थिक विषमता–नगरीय समुदायों में हमें गरीब और अमीर के बीच गहरी खाई दिखाई देगी। एक तरफ ऐसे लोगों की बहुलता है जो भोजन, वस्त्र और मकान की सुविधाएं भी पूरी तरह नहीं जुटा पाते तो दूसरी तरफ बहुत सम्पन्न लखपति व करोड़पति नगरों में ही होते हैं। एक तरफ मजदूर वर्ग है तो दूसरी तरफ पूंजीपति वर्ग।

(19) यातायात एवं सन्देशवाहन की सुविधाओं की बहुलता भी नगरों में ही पायी जाती हैं।

(20) फैशन के प्रति लगाव नगरों की विशेषता मकान, वस्त्र, केश विन्यास व कला के क्षेत्र में नगरों में कई प्रकार का फैशन देखा जा सकता हैं।

(21) मुद्रा अर्थव्यवस्था–आधुनिक नगरों में मुद्रा अर्थव्यवस्था पायी जाती है। इसके फलस्वरूप व्यापार का कार्य सुविधा से होता है। विनियम के लिए सामान को लादकर एक स्थान से दूसरे स्थान पर नहीं ले जाना पड़ता। इसके कारण धन का संचय भी होने लगा जो व्यक्ति की शक्ति का परिचायक बन गया।

(22) लिखित आलेख–नगरों में मुद्रा के प्रचलन एवं व्यापार के प्रसार के साथ–साथ लेखन कार्य व कागज का प्रचलन बढ़ा। अब मनुष्य अपने हसतक्षर और मोहर से जाना जाने लगा, कागज पर समझौते होने लगे और आलेख अस्तित्व में आये। पुलिस एवं न्यायालय लिखित आलेखों को अधिक विश्वासनीय मानते हैं। अतः नगरों में अधिकांश कार्य लिखित रूप में ही होता है।

(23) आविष्कार एवं तकनीक–नगरों में विकसित तकनीकी शिक्षा एवं प्रशिक्षण पाया जाता है, फलस्वरूप वहाँ नित्य नये आविष्कार जन्म लेते हैं। अनेक प्रकार की समस्याओं का नगर के लोगों को सामना करना पड़ता है जिन्हें हल करने के लिए वे नये–नये आविष्कार एवं प्रविधियों की खोज करते रहते हैं।

(24) सुदृढ़ प्रशासन–नगरीय जीवन की जटिलता एवं समस्याओं के समाधान के लिए वहाँ सुदृढ़ प्रशासन की आवश्यकता महसूस होती है। सुरक्षा, न्याय, पुलिस, पानी, बिजली, शिक्षा, व्यापार, स्वास्थ्य, यातायात, संचार, सफाई एवं सार्वजनिक

कल्याण की देखरेख, आदि के लिए सुदृढ़ प्रशासन का होना आवश्यक है।

(25) सांस्कृतिक आविष्कार—नगरीय समुदाय सांस्कृतिक आविष्कार के भी जनक हैं और वहाँ से नये–नये सांस्कृतिक परिवर्तन ग्रामों की ओर जाते हैं। नगरों में विभिन्न संस्कृतियों के सम्पर्क एवं पर–संस्कृतिग्रहण ग्रामों की ओर जाते हैं। नगरों में विभिन्न संस्कृतियों के सम्पर्क एवं पर–संस्कृति ग्रहण की प्रक्रिया के कारण संस्कृति में परिवर्द्धन, परिष्कार एवं परिवर्तन होते रहते हैं।

सारिणी.1
भारत में ग्रामीण एवं नगरीय जनसंख्या

सारिणी में 1901 ई0 से 2001 ई0 तक भारत में बढ़ी हुई ग्रामीण एवं नगरीय जनसंख्या प्रदर्शित की गयी है:–

जनगणना वर्ष	जनसंख्या (मिलियन में)		कुल जनसंख्या का प्रतिशत	
	ग्रामीण	नगरीय	ग्रामीण	नगरीय
1901	213	26	89.2	10.8
1911	226	26	89.7	10.3
1921	223	28	88.8	11.2
1931	246	33	88.0	12.0
1941	274	44	86.1	13.9
1951	299	62	82.7	17.3
1961	360	79	82.0	18.0
1971	439	109	80.1	19.9

1981	524	159	76.7	23.3
1991	629	218	74.3	25.7
2001	735	286	76.7	25.3

स्रोत सेंशस–2001

5.ग्रामीण एवं नगरीय जीवन में अन्तर

ग्रामीण और नगरीय सामाजिक जीवन में भेद प्रकट करने के लिए विख्यात समाजशास्त्रियों ने अनेक कसौटियां निर्धारित की हैं।

डा. देसाई ने ग्रामीण एवं नगरीय जीवन में भेद करने के लिए निम्नांकित नौ आधारों का उल्लेख किया है : (क) व्यवसाय सम्बन्धी भेद, (ख) पर्यावरण सम्बन्धी भेद, (ग) समुदायों के आकार सम्बन्धी भेद, (घ) जनसंख्या के घनत्व सम्बन्धी भेद, (ङ) जनसंख्या में समरूपता तथा विभिन्नता सम्बन्धी भेद, (च) सामाजिक गतिशीलता सम्बन्धी भेद (छ) आवास–प्रवास की दिशा में भेद, (ज) सामाजिक विभेदीकरण तथा स्तरीकरण सम्बन्धी भेद (झ) सामाजिक अन्तर्क्रिया की पद्धति में भेद।

प्रो. सोरोकिन और **जिमरमैन** ने ग्रामीण एवं नगरीय जीवन में भेद प्रकट करने के लिए एक तालिका दी है जो निम्नांकित है :–

क्र. सं.	तुलना का आधार	ग्रामीण जगत	नगरीय जगत
1.	व्यवसाय	कृषि की	कृषि के अतिरिक्त

		प्रधानता	व्यवसाय, वाणिज्य एवं मशीनों द्वारा उत्पादन
2.	पर्यावरण	प्राकृतिक पर्यावरण से घनिष्ठता	प्राकृतिक पर्यावरण से पृथकता एवं कृत्रिम पर्यावरण
3.	समुदाय का आकार	लघु आकार	बड़ा आकार
4.	जनघनत्व	कम घनत्व	जनघनत्व की अधिकता
5.	जनसंख्या की समानता एवं भिन्नता	जनसंख्या में समानता अधिक पाई जाती है।	विभिन्नता अधिक
6.	सामाजिक विभेदीकरण एवं स्तरीकरण	कम पाया जाता है	अधिक पाया जाता है
7.	गतिशीलता एवं प्रवजन (आवास–प्रचार)	कम	अधिक
8.	अन्तक्रिया का प्रकार	कम सम्पर्क, संकुचित क्षेत्र, प्राथमिक सम्बन्धों की प्रधानता, सरल, निष्कपट	विस्तृत सम्पर्क, द्वैतीयक सम्बन्धों की प्रधानता, जटिलता, कृत्रिमता

विभिन्न कसौटियों के आधार पर ग्रामीण एवं नगरीय जीवन में निम्न भेद स्पष्ट हैं।

सामाजिक संगठन में अन्तर

ग्रामीण एवं नगरीय सामाजिक संगठन की प्रकृति एवं आधारों में भेद पाया जाता है :

(अ) परिवार–परिवार सामाजिक संगठन की एक महत्वपूर्ण इकाई है। गाँवों में परिवार अधिकांशतः संयुक्त होते हैं जिनमें मुखिया की सत्ता सर्वोपरि एवं महत्वपूर्ण होती है। परिवार ही वहाँ व्यक्ति की सामाजिक स्थिति निर्धारित करता है। वहीं व्यक्ति की सामाजिक, आर्थिक, मनोरंजनात्मक, सांस्कृतिक, धार्मिक एवं शैक्षणिक क्रियाओं का केन्द्र होता है। गाँवों में व्यक्ति पर परिवार के सदस्यों का प्रभाव एवं नियन्त्रण अधिक होता है।

दूसरी ओर नगरों में व्यक्तिवाद की प्रबलता के कारण छोटे–छोटे परिवारों की बहुलता पाई जाती है। परिवारिक दबाव एवं नियंत्रण की अपेक्षा व्यक्तिगत स्वतंत्रता अधिक पाई जाती है। अपने जीवन के अनेक महत्वपूर्ण निर्णय व्यक्ति स्वयं ही लेता है। पति–पत्नी एवं परिवार के अन्य सदस्यों के पारस्परिक सम्बन्धों में भी घनिष्ठता नहीं होती, त्याग के स्थान पर व्यक्तिगतहितों को अधिक महत्व दिया जाता है। गाँवों की अपेक्षा नगरों में वंश का महत्व भी कम होता है।

(ब) विवाह–गाँवों में विवाह दो परिवारों को जोड़ने वाली कड़ी होती है। विवाह के निर्धारण में परिवार–जनों एवं रिश्तेदारों का महत्वपूर्ण हाथ होता है। गाँव में अधिकांशतः व्यक्ति अपनी ही जाति में विवाह करता है। इसके विपरीत नगरों में विवाह दो व्यक्तियों का व्यक्तिगत मामला समझा जाता है और विवाह

निर्धारण में लड़के व लड़की की इच्छा को अधिक महत्व दिया जाता है। नगरों में प्रेम विवाह, अन्तर्जातीय विवाह, तलाक तथा विधवा पुनर्विवाह की संख्या गाँवों की अपेक्षा अधिक है। गाँवा में बाल–विवाह अधिक होते हैं जबकि नगरों में कम।

(स) स्त्रियों की स्थिति–गाँवों में स्त्रियों की सामाजिक स्थिति निम्न होती है। वे वहाँ पर्दा प्रथा का पालन करती हैं तथा उनकी दुनिया घर की चहार दीवारी तक ही सीमित होती हैं। स्त्री–शिक्षा का गाँवों में अभाव पाया जाता है। दूसरी ओर नगरों में स्त्रियाँ अधिक शिक्षित एवं स्वतंत्र होती है। स्वयं अर्जन करने के कारण वे आर्थिक रूप से आत्म–निर्भर होती हैं। अतः वे अपने जीवन से सम्बन्धित अनेक महत्वपूर्ण निर्णय लेने में सक्षम होती है। शहरी स्त्रियां गाँवों की स्त्रियों की तुलना में कम अन्धविश्वासी होती हैं।

(द) पड़ोस–गाँव में पड़ोस का अधिक महत्व होता है। आपत्ति के समय पड़ोसी एक–दूसरे की सहायता करते हैं। नगरों में पड़ोस अधिक महत्वपूर्ण नहीं होता यहाँ तक कि कई पड़ोसी तो एक–दूसरे को जानते तक नहीं। नीचे की मंजिल में रहने वाले के घर में मुर्दा पड़ा है तो ऊपर की मंजिल पर रहने वाले के यहाँ शादी की पार्टी हो रही है। नगरों में पड़ोसी–सम्बन्ध आत्मीय एवं घनिष्ठ न होकर औपचारिक होते हैं।

(घ) सामाजिक संस्तरण–गाँवों में सामाजिक संस्तरण का आधार जाति है। वहाँ अधिकांश लोग कृषि कार्य करते है। अतः संस्तरण का एक आधार कृषि व्यवस्था भी है जिसमें एक तरफ

किसान और दूसरी तरफ जमींदार होते हैं। नगरों में जाति अधिक महत्वपूर्ण नहीं है। वहाँ वर्ग व्यवस्था के आधार पर संस्तरण पाया जाता है। एक तरफ श्रमिक एवं मजदूर वर्ग है तो दूसरी तरफ पूंजीपति वर्ग। नगरों में विषमता अधिक है। बोगार्डस का कथन हैं कि "अत्यधिक वर्ग विषमताएं नगर का लक्षण है।" ग्रामों में नगरों की भांति वर्ग–विषमता नहीं हैं। वहाँ आये दिन मालिक और मजदूर के बीच संघर्ष नहीं होते।

सामाजिक नियंत्रण में अन्तर

ग्रामीण एवं नगरीय समुदायों में सामाजिक नियंत्रण के साधनों के प्रकारों एवं प्रकृति में भी अन्तर पाया जाता है। गाँवों मे सामाजिक नियंत्रण बनाये रखने में अनौपचारिक साधनों; जैसे परिवार, जाति, पंचायत, पड़ोस, प्रथा, जनरीति, धर्म, नैतिकता एवं जनमत, आदि का अधिक प्रभाव होता है। व्यक्तिगत एवं आमने–सामने के सम्पर्क के कारण वहाँ प्रत्येक व्यक्ति पुलिस मैन का कार्य करता है। **बीसेन्ज** और **बीसेन्ज** का कथन हैं, "गग्रमीण समुदाय में प्रजा राजा है, रीति–रिवाज और रूढ़ियां अधिकतर वयवहार को नियन्त्रित करती हैं।" नगर में नियन्त्रण बनाये रखने के लिए औपचारिक साधनों, जैसे पुलिस, जेल, कानून, न्यायालय, गुप्तचर विभाग, सरकार, संविधान एवं द्वैतीयक समूहों, आदि का सहारा लिया जाता है। नगर अपरिचित लोगों का क्षेत्र है, वह (नगरवासी) जब भी चाहे अपरिचितों के सागर में विलीन होकर किसी प्राथमिक समूह के कठोर नियंत्रण से बच सकता है।

सामजिक सम्बन्धों में अन्तर

गाँवों में जनसंख्या की कमी के कारण सभी लोग परस्पर एक–दूसरे को जानते हैं। उनमें प्रत्यक्ष, प्राथमिक, अनौपचारिक एवं वैयक्तिक सम्बन्ध पाए जाते हैं। वहाँ व्यक्ति को महत्व दिया जाता है। नगरों में स्थिति विपरीत है। गिस्ट और हेल्बर्ट का कथन हैं, "नगर वैयक्तिक सम्बन्धों की अपेक्षा अवैयक्तिक सम्बन्धों को अधिक प्रोत्साहन देता है।" नगरों में जनसंख्या की बहुलता के कारण व्यक्तिगत सम्पर्क का अभाव पाया जाता है, वहाँ व्यक्ति को महत्व दिया जाता। शहरी जीवन यन्त्रवत् चलता है। वहाँ अप्रत्यक्ष, औपचारिक, अवैयक्तिक एवं द्वैतीयक सम्बन्ध पाए जाते हैं। गाँवों में सम्बन्ध सरल एवं सच्चे होते हैं, किन्तु नगरों में बनावटी एवं ऊपरी। गाँवों में व्यक्ति का सम्बन्ध अधिकतर प्राथमिक समूहों; जैसे परिवार, पड़ोस, मित्र–मण्डली एवं नातेदारी समूहों से होता है जबकि नगरों में प्रमुखतः द्वैतीयक समूहों से। गाँवों में अपनी आवश्यकताओं की पूर्ति के लिए प्राथमिक समूहों पर निर्भर होता है जबकि नगरों में उसे अनेक द्वैतीयक समूहों एवं समितियों का सहारा लेना होता है।

सामाजिक अन्तःक्रिया में अन्तर

गाँवों एवं नगरों में सामाजिक अन्तःक्रिया के आधार पर भी भेद पाया जाता है। गाँवों में प्राथमिक एवं प्रत्यक्ष सहयोग अधिक पाया जाता है। नगरों में श्रम–विभाजन एवं विशेषीकरण के कारण द्वैतीयक एवं अप्रत्यक्ष सहयोग पाया जाता है। गाँवों में प्रतिस्पर्द्धा

बहुत कम अथवा नहीं पाई जाती है, क्योंकि वहाँ व्यक्ति का समाज में स्थान निर्धारण, परिवार, जाति एवं वंश के आधार पर होता है। नगर में धन एवं काम का अधिक महत्व होने के कारण प्रत्येक व्यक्ति अपनी स्थित को ऊँचा उठाने के लिए प्रतिस्पर्द्धा करता है। गाँवों में प्रत्यक्ष संघर्ष पाया जाता है और लोग शीघ्र ही मरने–मारने पर उतारू हो जाते हैं। वहाँ भूमि, स्त्री व संघर्ष देखने को लेकर संघर्ष अधिक होते हैं। कभी–कभी परिवार, जाति तथा ग्रामों में भी परस्पर संघर्ष देखने को मिलता है। नगरों में अप्रत्यक्ष संघर्ष अधिक पाया जाता है। अतः वहाँ मानसिक संघर्ष एवं शीतयुद्ध की स्थिति अधिक देखने को मिलती है। गाँव की अपेक्षा नगरों में सहिष्णुता अधिक होती है। वहाँ विभिन्न व्यक्तियों एवं समूहों के बीच सामंजस्य अधिक पाया जाता है। ग्रामीण लोग रूढ़िवादी एवं परम्परावादी होते हैं। वे नये कानूनों एवं परिवर्तन को शीघ्र स्वीकार नहीं करते हैं। नगरों में नये कानून एवं आविष्कार शीघ्र स्वीकार कर लिए जाते हैं। ग्रामों की अपेक्षा नगरों में राजनीति में अधिक रूचि पाई जाती है। गाँव परिवर्तन विरोधी होते हैं तो नगर प्रगतिशील। न्यूमेयर का कथन है कि "ग्रामीण संस्कृति रूढ़िवादिता की ओर झुकी रहती है।" रॉस का मत है "नगर जगत मित्र होता है जबकि गाँव राष्ट्रव्यापी और स्वदेशाभिमानी होता है।"

सामाजिक गतिशीलता और स्थायित्व में अन्तर

ग्रामीण जीवन स्थायित्व का प्रतीक है तो नगरीय जीवन गतिशीलता का। सोरोकिन और जिमरमैन लिखते हैं, "ग्रामीण

समुदाय एक घड़े में शान्त जल के समान है और नगरीय समुदाय केतली में उबलते हुए पानी के समान........स्थायित्व एक का विशेष लक्षण है, गतिशीलता दूसरे का गुण है।" नगरवासी साहसी होते हैं और किसी भी प्रकार का जोखिम उठाने को तैयार होते हैं। वे नवीनता, विकास एवं प्रगति के लिए एक स्थान से दूसरे स्थान पर गमन करते हैं जबकि गाँव के लोग स्थान त्यागना नहीं चाहते। बाढ़, भूकम्प, महामारी और प्राकृतिक विपदाओं के आने पर ही वे अपना स्थान छोड़ने को तैयार होते हैं।

आर्थिक जीवन में अन्तर

नगरीय एवं ग्रामीण आर्थिक जीवन में भी काफी अन्तर है। सिम्स का कथन हैं,–"जीविकोपार्जन की दो मौलिक रूप से भिन्न रीतियों ने ग्रामीण और नगरीय संसार को अलग कर दिया है।" गाँव मुख्य रूप से कृषि पर निर्भर है तो नगर व्यवसायों पर। गाँव वासियों का जीवन स्तर नगरवासियों की तुलना में भिन्न होता है। नगर के लोग गाँव वालों की अपेक्षा अधिक खर्चीले होते हैं। रॉस ने यही कहा है कि "ग्रामीण जीवन सुझाव देता है, 'बचाओ' नागरिक जीवन सुझाता है 'खर्च करो'।" नगर में ग्राम से खर्च के अवसर अधिक है। आराम और विलासिता पर नगर वाले अधिक खर्च करते हैं तो ग्राम वालों की खर्च की सीमा आवश्यकताओं तक ही होती है। गाँव की अपेक्षा नगरों में, श्रम–विभाजन एवं विशेषीकरण अधिक पाया जाता है।

सांस्कृतिक जीवन में अन्तर

गाँवों में सांस्कृतिक स्थिरता पाई जाती है जबकि नगर की संस्कृति परिवर्तनशील है। **नमजुल करीम** भारतीय गाँवों के बारे में लिखते हैं, "एक राजवंश के बाद दूसरा राजवंश खत्म होता गया, क्रान्ति के बाद क्रान्ति होती गई.........परन्तु ग्रामीण समुदाय वैसे ही हैं।" सांस्कृतिक स्थिरता ग्रामों में कूपमण्डूकता और रूढ़िवादिता को जन्म देती है जबकि नगरों में सांस्कृतिक परिवर्तनशीलता प्रगति की द्योतक हैं। ग्रामीण संस्कृति में पराम्परा का अधिक महत्व है जबकि नगरों में नवीनता एवं फैशन को अधिक महत्व दिया जाता है।

6.ग्रामीण एवं नगरीय परिवार

प्राणिशास्त्रीय सम्बन्धों के आधार पर बने हुए समूहों में परिवार सबसे–छोटी इकाई है। प्रत्येक मनुष्य किसी न किसी परिवार का सदस्य रहा है या है। "समाज में परिवार ही अत्यधिक महत्वपूर्ण समूह है।"[36] मानव की समस्त सामाजिक संस्थाओं में परिवार एक आधारभूत और सर्वव्यापी सामाजिक संस्था है। संस्कृति के सभी स्तरों में चाहे उन्हें उन्नत कहा जाये या निम्न किसी न किसी प्रकार का पारिवारिक संगठन अनिवार्यतः पाया जाता है।[37] शारीरिक आवश्यकताओं एवं कामवासना की पूर्ति ने ही परिवार को जन्म दिया। परिवार ही नवजात शिशुओं एवं गर्भवती माताओं की देखभाल करता है, यौन सम्बन्धों एवं सन्तानोत्पत्ति का नियमन कर उन्हें सामाजिक मान्यता प्रदान करता है। यह

---

[36] MacIver & Page, Society (Hindi), p. 143
[37] मानव और संस्कृति, श्यामाचरा दुबे, पृ. 99

भावात्मक घनिष्ठता का वातावरण प्रदान कर बच्चे के समुचित लालन–पालन, समाजीकरण और शिक्षण में योग देता है। यही नहीं, बल्कि–परिवार अपने सदस्यों की सामाजिक, धार्मिक, आर्थिक, सांस्कृतिक और राजनीतिक आवश्यकताओं की पूर्ति में भी योग देता है। परिवार मानव जाति के आत्म–संरक्षण, वंशवर्धन और जातीय जीवन की निरन्तरता बनाये रखने का प्रमुख साधन है। मनुष्य मरणशील है, किन्तु मानव जाति अमर है। मृत्यु और मररत्व इन दो विरोधी अवस्थाओं का समन्वय परिवार में ही हुआ है। मानव में सदैव जीवित रहने की इच्छा होती है। इसके लिए उसने अनन्त काल से अनेक उपाय किये, जड़ी–बूटियां ढूंढी, रसायन और अमृत की खोज की, अनेक परीक्षण भी किये, किन्तु वह परिवार के अतिरिक्ति इसका कोई अन्य हल नहीं खोज पाया। विवाह द्वारा परिवार का निर्माण कर सन्तानों के माध्यम से व्यक्ति का विस्तार होता है और वह मर कर भी अमर बना रहता है। मनुष्य को एक तरफ अपनी मृत्यु का दुख है तो दूसरी तरफ उसे यह भी संतोष है कि वह परिवार द्वारा अपने वंशजों के रूप में अनन्त काल तक जीवित रहेगा। हमारे जीवन में जो कुछ भी सुन्दरता है, परिवार ने उसकी सुरक्षा की है, उसी ने मानव को सांस्कृतिक समृद्धि प्रदान की है। स्त्री और पुरूष दोनों ही परिवार के मूल हैं, परिवार नये प्राणियों को जन्म देकर मृत्यु से रिक्त होने वाले स्थानों को भरता है तथा समाज की निरन्तरता बनाये रखता है। यही कारण है कि परिवार मानव के साथ प्रारम्भ से ही है। मैलिनोवस्की कहते हैं कि "परिवार ही एक ऐसा समूह है जिसे

मनुष्य पशु अवस्था से अपने साथ लाया है।"[38] मरडॉक ने 250 आदिम परिवारों का अध्ययन करने पर पाया कि कोई भी समाज ऐसा नहीं था जिसमें परिवार रूपी संस्था अनुपस्थित हो।

परिवार से आशय

'Family' शब्द का उद्‌गम लैटिन शब्द 'Famulus' से हुआ है, जो एक ऐसे समूह के लिए प्रयुक्त हुआ है जिसमें माता–पिता, बच्चे, नौकर और दास हों। साधारण अर्थों में विवाहित जोड़े को परिवार की संज्ञा दी जाती है, किन्तु समाजशास्त्रीय दृष्टि से यह परिवार शब्द का सही प्रयोग नहीं हैं। परिवार में पति–पत्नी एवं बच्चों का होना आवश्यक है। इनमें से किसी भी एक के अभाव में हम उसे परिवार न कहकर गृहस्थ कहेंगे। यह सम्भव है कि परिवार एवं गृहस्थ एक ही हों। प्रत्येक परिवार एक गृहस्थ भी है, किन्तु सभी गृहस्थी परिवार नहीं हैं।

मैकाइवर एवं पेज के अनुसार, "परिवार पर्याप्त निश्चित यौन सम्बन्ध द्वारा परिभाषित एक ऐसा समूह है जो बच्चों के जनन एवं लालन–पालन की व्यवस्था करता है।"[39]

डॉ. दुबे के अनुसार, "परिवार में स्त्री और पुरूष दोनों को सदस्यता प्राप्त रहती है, उनमें से कम–से–कम दो विपरीत यौन

[38] Malinowaski, Sex and Represantion is Savage Society

[39] "The family is a group defined by a sex-relationship sufficiently precise and enduring to provide for the proceating and up-bringing of the children."-Maclver & Page, Society, p. 238

व्यक्तियों को यौन सम्बन्धों की सामाजिक स्वीकृति रहती है और उनके संसर्ग से उत्पन्न सन्तान परिवार का निर्माण करते है।

जी0पी0 मरडॉक के अनुसार "परिवार एक ऐसा सामाजिक समूह है जिसके लक्षण सामान्य निवास, आर्थिक सहयोग और जनन है। इसमें दो लिंगों के बालिग शामिल है जिनमें कम–से–कम दो व्यक्तियों में स्वीकृत यौन सम्बन्ध होता है और जिन बालिग व्यक्तियों में यौन सम्बन्ध है, उनके अपने या गोद लिये हुए एक या अधिक बच्चे होते हैं।"[40]

लूसी मेयर के अनुसार, "परिवार एक ग्रार्हस्थ समूह है जिसमें माता–पिता और संतान साथ–साथ रहते हैं। इसके मूल रूप में दम्पत्ति और उसकी सन्तान रहती है।"[41]

मूल रूप में परिवार की संरचना पति–पत्नी और बच्चों से मिलकर बनी होती हैं। इस दृष्टि से प्रत्येक परिवार में कम–से–कम तीन प्रकार के सम्बन्ध विद्यमान होते हैं :

(क) पति–पत्नी के सम्बन्ध।

(ख) माता–पिता एवं बच्चों के सम्बन्ध।

(ग) भाई–बहिनों के सम्बन्ध

प्रथम प्रकार का सम्बन्ध वैवाहिक सम्बन्ध होता है। जबकि दूसरे एवं तीसरे प्रकार के सम्बन्ध रक्त सम्बन्ध होते हैं। इसी आधार पर परिवार के सदस्य परस्पर नातेदार भी हैं। एक परिवार

---

[40] Murdock, G.P., Social Structure. p. 1.

[41] लूसी, मेयर, सामाजिक नृ–विज्ञान की भूमिका, हिन्दी अनुवाद, पृ. 89.

में वैवाहिक एवं रक्त सम्बन्धों का पाया जाना आवश्यक है। इन सम्बन्धों के अभाव में परिवार का निर्माण सम्भव नहीं है।

प्रकार्यात्मक दृष्टि से परिवार का निर्माण कुछ मूल उद्देश्यों की पूर्ति के लिए किया जाता है। परिवार का उद्देश्य यौन सम्बन्धों का नियमन करना, संतानोत्पत्ति करना, उनका लालन–पालन, शिक्षण व समाजीकरण करना एवं उन्हें आर्थिक, सामाजिक और मानसिक संरक्षण प्रदान करना है। इन प्रकार्यों की पूर्ति के लिए परिवार के सदस्य परस्पर अधिकारों एवं कर्तव्यों से बंधे होते हैं। परिवार की सांस्कृतिक विशेषता यह है कि परिवार समाज की संस्कृति की रचना, सुरक्षा, हस्तान्तरण एवं संवर्धन में योग देता है।

ग्रामीण परिवार

प्रारम्भ में परिवार का निर्माण प्राणिशास्त्रीय आवश्यकताओं के कारण हुआ जो आगे चलकर मानव की अनेक सामाजिक सांस्कृतिक आवश्यकताओं की पूर्ति का साधन बन गया। परिवार के कारण ही आज मानव जाति अमर बनी हुई है। मानव के उद्विकास के साथ–साथ परिवार के अनेक रूप प्रकट हुए हैं। विभिन्न संस्कृतियों में हमें परिवार के अनेक रूप देखने को मिलेंगे। मैकाइवर एवं पेज परिवार को परिभाषित करते हुए लिखते हैं, **"परिवार वह समूह है जो कि लिंग सम्बन्ध पर आधारित होता है और यह काफी छोटा एवं इतना स्थायी है कि बच्चों की उत्पत्ति और पालन–पोषण करने योग्य है।"** परिवार ही वह समूह है जहाँ स्त्री–पुरूष के यौन सम्बन्धों को सामाजिक स्वीकृति प्राप्त

होती है। परिवार में ही सन्तानें जन्म लेती हैं और उनका भरण–पोषण किया जाता है।

ग्रामीण एवं नगरीय परिवारों में भी भेद पाया जाता है। ग्रामीण परिवार ग्रामीण पर्यावरण और कारकों से प्रभावित होते हैं। कृषि की प्रधानता एवं प्रकृति पर निर्भरता ग्रामीण समाज की मूल विशेषताएं हैं जो परिवार को भी प्रभावित करती हैं। ग्रामीण परिवार का सबसे छोटा रूप पति–पत्नी और बच्चों से मिलकर बनता है। समाज के विकास के साथ–साथ परिवार के अनेक रूप प्रकट हुए हैं। डॉ0 रिवर्स का मत है कि आखेट एवं भोजन संग्रह की अवस्था में गोत्र का प्रचलन रहा होगा। पशुपालन ओर खुरपी, कुदाली कृषि की अवस्था में मातृ–स्थानीय संयुक्त परिवार रहे होंगे। पशुपालन के साथ–साथ हल से कृषि कार्य किया जाने लगा तो पितृ–स्थानीय संयुक्त परिवार का उदय हुआ। वर्तमान औद्योगिक पूंजीवादी व्यवस्था ने केन्द्रीय अथवा नाभिक परिवार जिसमें माता–पिता और अवस्यक बच्चे होते हैं, को जन्म दिया है।

ग्रामीण परिवार की विशेषताएं

विश्व के सभी कृषि प्रधान समाजों में परिवार का संयुक्त रूप देखने को मिलता है। इसमें केन्द्रीय परिवार की तुलना में सदस्यों की संख्या अधिक होती है और दो तीन पीढ़ियों के सदस्य साथ–साथ रहते हैं। ग्रामीण परिवार अधिकांशतः पितृ–स्थानीय, पितृवंशीय एवं पितृसत्तात्मक होते हैं। ऐसे परिवारों में सम्पत्ति का हस्तान्तरण पिता से पुत्र को होता है, बच्चों का वंश परिचय पिता

के परिवार द्वारा दिया जाता है और विवाह के बाद पत्नी पति के घर पर आकर निवास करती है। ग्रामीण पर्यावरण ने ग्रामीण परिवारों को प्रभावित कर उन्हें एक विशिष्ट स्वरूप प्रदान किया है। यही कारण है कि ग्रामीण परिवार की विशेषताएं अन्य परिवारों से भिन्न हैं। ग्रामीण परिवार की मूल विशेषताएं इस प्रकार हैं :

(1) अधिकाधिक सजातीयता– ग्रामीण परिवार नगरीय परिवारां की तुलना में अधिक सजातीय, स्थिर, संगठित तथा सजीवन रूप से कार्य करने वाला होता है। परिवार के पति–पत्नी, माता–पिता और बच्चों के बीच पाए जाने वाले सम्बन्ध शहरी परिवारों की अपेक्षा अधिक स्थिर और प्रगाढ़ होते हैं। सदस्यों के विचारों, विश्वासों, आदर्शो, मूल्यों और कार्य करने के तरीकों में समानता पाई जाती है।

(2) संयुक्त परिवार की प्रधानता–ग्रामीण परिवारों में संयुक्त परिवार की प्रधानता होती है। ऐसे परिवारों में तीन या अधिक पीढ़ियों के सदस्य साथ–साथ रहते और खाते–पीते हैं। उनकी सम्पत्ति सामूहिक होती हैं और वे सभी सामान्य पूजा में भाग लेते हैं। ऐसे परिवारों में कई बार विवाह सम्बंधी व अन्य नातेदार भी आकर रहने लगते हैं। विधवा और परित्यक्ता बहिन और बेटियाँ भी पुनः पिता के संयुक्त परिवार में आकर रहने लगती हैं। परिवार के सभी सदस्य परस्पर अधिकारों एवं दायित्वों से बंधे होते हैं।

(3) कृषक–गृहस्थी पर आधारित–ग्रामीण परिवारों का मुख्य व्यवसाय कृषि है। परिवार के सभी सदस्य कृषि कार्य में लगे

होते हैं। इसलिए ही ग्रामीण परिवारों को कृषक परिवार भी कहते हैं। कृषक गृहस्थ को बल प्रदान करने में नातेदारी सम्बन्ध, सामूहिक निवास, सामूहिक भूमि तथा आर्थिक क्रियाओं का सामूहिक रूप से सम्पन्न करना महत्वपूर्ण कारण हैं। परिवार की भूमि सामूहिक होने से सभी सदस्य सहयोग द्वारा उस पर कार्य करते हैं। ग्रामीण परिवार एक आर्थिक इकाई भी है, जिसका संचालन परिवार का वयोवृद्ध व्यक्ति करता है। सामूहिक निवास सदस्यों में समान मनोवैज्ञानिक लक्षणों को उत्पन्न करता है।

(4) अनुशासन एवं अन्योन्याश्रितता–नगरीय परिवारों की तुलना में ग्रामीण परिवार अधिक अनुशासित होते हैं। वहाँ बड़े बुजुर्गों का पूरा सम्मान पाया जाता है और उनकी आज्ञा का उल्लंघन करने पर सामाजिक निन्दा का सामना करना होता है। परिवार का वयोवृद्ध व्यक्ति सभी सदस्यों पर नियंत्रण रखता है।

परिवार ही व्यक्ति की सामाजिक, आर्थिक, राजनीतिक व मनोरंजन सम्बन्धी आवश्यकतओं की पूर्ति करता है। अतः सदस्यों में परस्पर निर्भरता पाई जाती है। बीमारी, बुढ़ापा और कठिनाई के समय सभी सदस्य परस्पर एक–दूसरे की सहायता करते हैं। नगरों की तरह गाँवों में विशिष्ट हितों की पूर्ति करने वाली द्वैतीयक संस्थाएं नहीं हैं। परिवार के सदस्य ही एक–दूसरे की आवश्यकताओं की पूर्ति में सहयोग प्रदान करते हैं। इससे पारस्परिक निर्भरता बढ़ जाती है।

(5) पारिवारिक अहंमन्यता की प्रबलता–परिवार ही ग्रामीण सामाजिक संगठन की आधारशिला है। परिवार का प्रभाव सभी

सामाजिक, आर्थिक, राजनैतिक, शैक्षणिक, और धार्मिक क्षेत्रों में देखा जा सकता है। ग्रामीण परिवार के सदस्यों में पारस्परिक आश्रितता एवं व्यक्तिगत रूप से परिवार पर निर्भरता नगरीय परिवारों की तुलना में अधिक पाई जाती है। इसके परिणामस्वरूप सदस्यों में परस्पर सहयोग और एकता पाई जाती है। परिवार में व्यक्तिगत भावना के स्थान पर सामूहिक चेतना पाई जाती है। परिवार के गौरव को व्यक्ति अपना गौरव समझता है। परिवार के किसी सदस्य द्वारा घृणित एवं निन्दनीय कार्य करने पर सारे परिवार की प्रतिष्ठा को आंच आती है। इसी प्रकार से परिवार के किसी सदस्य द्वारा प्रशंसनीय कार्य करने पर परिवार की प्रतिष्ठा बढ़ जाती है।

(6) परिवार में पिता की सत्ता—ग्रामीण परिवार अधिक संगठित और अनुशासित होता है, क्योंकि परिवार के मुखिया का सदस्यों पर अत्यधिक नियंत्रण होता है। एक प्रकार से उसकी परिवार में निरंकुश सत्ता होती है। परिवार का मुखिया पिता अथवा कोई अन्य वयोवृद्ध पुरूष होता है। वही परिवार में आयु व लिंग के आधार पर कार्यों का विभाजन करता है। परिवार के सदस्यों के विवाह का प्रबन्ध, सम्पत्ति की देख–रेख, शिक्षा, भरण–पोषण, आदि सभी कार्यों का भार उसी पर होता है। गाँव पंचायत और जाति पंचायत में मुखिया ही परिवार का प्रतिनिधित्व करता है। पारिवारिक विवादों को भी वही तय करता है। ग्रामीण परिवार के मुखिया की विभिन्न भूमिकाओं का उल्लेख करते हुए ए0आर0देसाई लिखते हैं।, "परिवार के मुखिया को परिवार के

शासक, पुरोहित, गुरू, शिक्षक तथा व्यवस्थापक होने की सत्ता और अधिकार रहे हैं।"

(7) विभिन्न कार्यों में घनिष्ठ सहभागिता—ग्रामीण परिवार के सदस्य कृषि कार्य अथवा कुटीर व्यवसाय में परस्पर सहयोग करते हैं। प्रत्येक दिन को वे व्यावहारिक रूप में साथ–साथ व्यतीत करते हैं। हर व्यक्ति अपनी योग्यता एवं क्षमता के अनुसार कार्य को पूर्ण करने में प्रत्यक्ष योग देता है। इसके विपरीत, नगरीय परिवार के सदस्य विभिन्न व्यवसाय में लगे होने के कारण अधिकांश समय घर से बाहर ही रहते हैं और बहुत ही कम समय के लिए परिवार के सभी सदस्य साथ–साथ रहते है। उनके लिए तो परिवार रात्रि विश्राम स्थल ही है।

7.नगरीय परिवार

परिवार सर्वत्र पाए जाते हैं, चाहे वह ग्रामीण क्षेत्र हो, नगरीय क्षेत्र हो या जनजातीय क्षेत्र। नगरीय क्षेत्रों में भी परिवार का वही अर्थ है जो ग्रामीण क्षेत्रों में है। नगरों में एकाकी या नाभिक परिवार अधिकांशतः देखने को मिलते हैं।

केन्द्रीय या नाभिक परिवार

इस प्रकार के परिवार को एकाकी परिवार या प्राथमिक परिवार भी कहा जाता है। ऐसे परिवार आधुनिक, औद्योगिक और नगरीय समाजों की प्रमुख विशेषता है। औद्योगीकरण व नगरीकरण के बढ़ने के साथ–साथ इस प्रकार के परिवारों की संख्या भी बढ़ती जा रही है। जहाँ कृषि प्रधान समाजों में संयुक्त परिवार व्यवथा की प्रधानता पाई जाती रही है, वहीं औद्योगिक व नगरीय

समाजों में नाभिक या केन्द्रीय परिवारों की। आज की बदली हुई परिस्थिति में विशेषतः नगरीय क्षेत्रों में परिवार की संयुक्तता बनाए रखना कठिन हो गया है। आधुनिक सभ्यता एवं संस्कृति के प्रसार तथा भौतिकवादी व व्यक्तिवादी दृष्टिकोण के विकास ने एकाकी परिवारों को बढ़ाने में विशेष योग दिया है। आज व्यक्ति नाते–रिश्तेदारों की दृष्टि से विशेष न सोचकर अपनी पत्नी तथा बच्चों के दृष्टिकोण से ही सोचता है। यही कारण है कि संयुक्त परिवार में रहने वाले बहुत से लोग आज एकाकी या नाभिक परिवार स्थापित करने की दृष्टि से सोचते हैं।

केन्द्रीय या नाभिक परिवार, परिवार का सबसे छोटा रूप है जो एक पुरूष–स्त्री तथा उनके आश्रित बच्चों से मिलकर बना होता है। इस प्रकार के परिवार में अन्य रिश्तेदारों को सम्मिलित नहीं किया जाता। इसमें बच्चे भी अविवाहित रहने तक ही रहते हैं। विवाह के बाद वे अपना स्वयं का नाभिक परिवार बना लेते हैं। इस प्रकार की परिवार–व्यवस्था न केवल नगरीय क्षेत्रों में बल्कि जनजातियों तक में देखने को मिलती हैं। ऐसे परिवार में सदस्य सामान्यतः भावात्मक आधार पर एक–दूसरे से घनिष्ठ रूप से जुड़े होते हैं। ऐसे परिवारों का आकार बहुत ही सीमित होता है और इनका बच्चों के जीवन पर काफी रचनात्मक प्रभाव पड़ता है। आज अधिकांश देशों में परिवार में परिवर्तन की प्रवृत्ति संयुक्तता से नाभिकता की ओर है। भारत में हुए विभिन्न अध्ययन भी इस बात की पुष्टि करते हैं।

नगरीय परिवार की विशेषताएं

नगरीय परिवार की प्रमुख विशेषताएं निम्नलिखित है :

(1) सीमित आकार—जहाँ ग्रामीण परिवार में पति–पत्नी और उनके बच्चे पाए जाते हैं, वहाँ साथ ही रक्त और विवाह से सम्बन्धित कुछ अन्य सम्बन्धी भी रहते हैं, परन्तु नगरीय परिवार में साधारणतया पति–पत्नी और उनके अविवाहित बच्चे ही देखने को मिलते हैं।

(2) सम्बन्धों में औपचारिकता—नगरीय परिवारों में व्यक्तिवादिता की प्रबलता देखने को मिलती है। इसके फलस्वरूप परिवार तक में व्यक्ति निजी स्वार्थ की दृष्टि से सोचता है। परिणाम यह होता है कि परिवार जैसी प्राथमिक इकाई के सदस्यों में भी सम्बन्धों में औपचारिकता दिखाई देने लगती हैं।

(3) नाभिक परिवार—औद्योगीकरण के कारण नगरों में परिवार के स्वरूप में परिवर्तन आया है। यहाँ लोगों का झुकाव नाभिक परिवार की ओर हैं, जिसमें पति–पत्नी और उनके अविवाहित बच्चे ही होते हैं। नगरों में बड़े मकानों की कमी और किराये की अधिकता के कारण सामान्यतः एकाकी परिवार पाए जाते हैं। नगरों में ग्रामों की तुलना में संयुक्त परिवार का विघटन अधिक हुआ है। व्यक्तिवाद, स्वार्थपरता, भौतिकवाद तथा स्त्रियों की शिक्षा ने संयुक्त परिवारों के स्थान पर एकाकी परिवारों के निर्माण में विशेष योग दिया है।

(4) परिवार उपभोग की इकाई—जहाँ ग्रामीण क्षेत्रों में आज भी अनेक परिवार उत्पादन एवं उपभोग की इकाई हैं वहाँ नगरीय

क्षेत्रों में परिवार केवल उपभोग की इकाई रह गया है। वहाँ उत्पादन नहीं होता है। पेशेगत कार्य के लिए परिवार के सदस्यों को विभिन्न स्थानों पर जाना पड़ता है।

(5) स्त्रियों की उन्नत स्थिति—नगरीय परिवारों में स्त्रियों को सामान्यतः घर की चहारदीवारी में बन्द करके नहीं रखा जा सकता। वहाँ स्त्री शिक्षा का प्रचार–प्रसार हुआ है। उन्हें आर्थिक, राजनीतिक और सामाजिक आदि क्षेत्रों में कई अधिकार प्राप्त हे जो ग्रामीण क्षेत्रों में साधारणः उन्हें प्राप्त नहीं हैं। इसका मूल कारण ग्रामीण क्षेत्रों में स्त्री शिक्षा का अभाव तथा अधिकारों के प्रति जागरूकता की कमी है।

(6) नातेदारी का कम महत्व—नगरीय परिवार के सदस्य अपने नाते–रिश्तेदारों से अधिक सम्बन्ध रखने में विश्वास नहीं करते। अब वहाँ व्यक्ति अपनी सामाजिक स्थिति को उन्नत करने हेतु अपने नाते–रिश्तेदारों के नाम नहीं गिनाता बल्कि अपनी उपलब्धियों को ज्यादा महत्व देते हैं।

(7) अनुशासन तथा नियन्त्रण की कमी—ग्रामीण क्षेत्रों में परिवार के सदस्यों पर बुजुर्गों का नियन्त्रण रहता है। उन्हें उनके अनुशासन में रहना पड़ता है। नगरीय क्षेत्रों में रहने वाले लड़के–लड़कियां अपने माता–पिता के कठोर नियंत्रण से बच पाते हैं, क्योंकि वे घर से बाहर स्कूलों, कॉलेजों और विश्वविद्यालयों में पढ़ने जाते हैं। उनके लिए घर के बाहर गतिविधियों के और मनोरंजन के कई स्थान हैं।

(8) परम्परा का कम महत्व—नगरीय परिवारों में ग्रामीण परिवारों की तुलना में परम्पराओं का महत्व कम होता जा रहा है। नई पीढ़ी के लड़के—लड़कियां परम्पराओं से चिपके रहना, अन्धविश्वास या ढकोसला समझते है। वे इनको बनाए रखने के बजाये तोड़ने में अधिक रूचि लेते हैं। इसका एक प्रमुख कारण यह है कि नगरीय क्षेत्र के लोग घिसे—पिटे तरीके के बजाए अपने तरीके से जीना चाहते हैं।

(9) परिवार के कार्यों का स्थानान्तरण—यद्यपि परिवार अपने मौलिक कार्यों को आज भी करता है, लेकिन नगरीय क्षेत्रों में विभिन्न प्रकार की समितियों की स्थापना से इसके अनेक कार्य छिन गए हैं। आज बच्चों के लिए शिशुशालाओं एवं बालोद्यान हैं। मनोरंजन के लिए लोग क्लब, सिनेमा तथा अन्य साधनों का प्रयोग करने लगे हैं। जहाँ पति—पत्नी दोनों काम करते हैं वहाँ वे टिफिन सेवाओं के द्वारा भोजन—आवश्यकता की आपूर्ति करते हैं।

(10) सत्ता में माता और बच्चों की भागीदारी—ग्रामीण परिवारों में परिवार सम्बन्धी महत्वपूर्ण निर्णय पिता के द्वारा ही लिए जाते हैं और परिवार में उसकी ही सत्ता चलती है। यद्यपि यह बात नगरीय परिवारों के लिए भी सही है, परन्तु वहाँ पत्नी या माता भी सत्ता में भागीदार होती जा रही है। कई परिवार तो नगरीय क्षेत्रों में ऐसे मिलेंगें जहाँ पत्नी, पति से अधिक कमाती है, वह पति से अधिक शिक्षित है। कुछ नगरीय परिवार तो ऐसे देखने को मिलेंगे जहाँ बच्चों की अधिक चलती है वहाँ माता—पिता वहीं करते हैं जैसा उनके बच्चे चाहते हैं।

उपर्युक्त विशेषताओं के आधार पर हम यह कह सकने की स्थिति में हैं कि ग्रामीण क्षेत्रों की तुलना में नगरीय क्षेत्रों में परिवार व्यक्ति के जीवन में कम महत्वपूर्ण हैं।

8.परिवार में परिवर्तन : बदलता स्वरूप

परिवर्तन एक सार्वभौमिक तथ्य है। समाज और उसका कोई भी अंग परिवर्तन के प्रभाव से बच नहीं सका हैं। 18वीं सदी के अन्त से ही यूरोप में और भारत में 19वीं सदी से ही जबकि औद्योगीकरण एवं नगरीकरण में वृद्धि हुई; परिवार में अनेक परिवर्तन प्रारम्भ हुए। औद्योगीकरण से पूर्व परिवार एक उत्पादनशील इकाई था, किन्तु औद्योगीकरण होने पर उत्पादन कारखाने में होने लगा; पति, पत्नी और बच्चे सभी कारखानों में काम पर जाने लगे। इससे बच्चों की उपेक्षा हुई, पिता का परिवार पर नियंत्रण शिथिल हुआ एवं सदस्यों की स्वतंत्रता एवं व्यक्तिवादिता में वृद्धि हुई। औद्योगीकरण ने स्त्रियों को आर्थिक स्वतंत्रता प्रदान की। वे पुरूष की आर्थिक दासता से मुक्त हुई। अब स्त्री घर की चहारदीवारी से बाहर आयी और घर अस्त–व्यस्त हुआ। स्त्री–पुरूषों में समानता की मांग हुई। राज्य एवं उसके कार्यों के विस्तार ने भी परिवार के कई कार्य हथिया लिये। नगरीकरण के कारण लोग गाँव छोड़कर शहरों में जाने लगे। शहरों में एकाकी परिवारों की बहुतायत पायी जाती है तथा वहाँ परिवार में स्त्री–पुरूषों को अधिक स्वतंत्रता एवं अधिकार प्राप्त हैं। आधुनिक चिकित्सा एवं औषधि विज्ञान ने भी परिवार कल्याण

कार्यक्रय में सहयोग देकर परिवार के आकार को छोटा किया है। पश्चिमी सभ्यता एवं संस्कृति, व्यक्तिवादी विचार, यातायात से नवीन साधनों एवं विभिन्न प्रकार के संघों एवं संगठनों के निर्माण ने भी परिवार की संरचना एवं प्रकार्यों को प्रभावित किया है और उसमें अनेक परिवर्तन लाने में योग दिया है। परिवार में आने वाले प्रमुख परिवर्तन इस प्रकार हैं :

(1) अब परिवार केवल एक उपभोग की इकाई ही रह गया है, निर्माण एवं उत्पादक इकाई नहीं।

(2) परिवार का आकार छोटा हो गया है। माता–पिता और बच्चों के अतिरिक्त परिवार में अन्य सम्बन्धी साधारणतः नहीं रहते। परिवार में बच्चों की संख्या घटी हैं। अब निर्बाध गति से बच्चों को जन्म देना उचित नहीं माना जाता।

(3) परिवार के कार्यों में परिवर्तन हुआ है। पहले उत्पादन एवं उपभोग की इकाई था। सारा निर्माण कार्य परिवार में ही होता था। परिवार में ही व्यक्ति की आर्थिक आवश्यकताओं की पूर्ति होती है, शिक्षा–दीक्षा, लालन–पालन, बीमारी एवं वृद्धावस्था में सेवा–सुश्रूषा होती थी, किन्तु अब परिवार के इन कार्यों को अन्य संस्थाओं ने ग्रहण कर लिया है। लालन–पालन का कार्य अब नर्सरी में तथा शिक्षा प्रदान करने का कार्य स्कूलों में होता है। अनाथों एवं वृद्धों के लिए अनाथालय, पुअर होम एवं रैनबसेरों का प्रबन्ध किया गया है। खाने के लिए होटल एवं रेस्तारां तथा वस्त्र धोने के लिए लाउण्ड्री का उपयोग बढ़ा है। चिकित्सा तथा शिशु एवं मातृ–कल्याण का कार्य अस्पताल, आदि कर रहे हैं।

(4) परिवार के सहयोगी आधार में कमी आयी है। अब परिवार का सदस्य अन्य सदस्यों की तुलना में स्वयं के बारे में स्वयं के बारे में ही अधिक सोचने लगा है। वह व्यक्तिवादी होता जा रहा है।

(5) पति–पत्नी के सम्बन्धों में परिवर्तन हुआ है। अब पति परमेश्वर की धारणा के स्थान पर मित्र एवं साथी के भाव पनपे हैं। स्त्री अब पुरूष के पांव की जूती नहीं समझी जाती और न ही पति निरंकुश शासक।

(6) विवाह और यौन सम्बन्धों में परिवर्तन–अब विवाह एक धार्मिक संस्कार न रहकर समझौता मात्र रह गया है जिसे जब चाहे तोड़ा जा सकता है। अब अन्तर्जातीय विवाह व प्रेम विवाह होने लगे हैं। जीवन–साथी का चयन अब माता–पिता के स्थान पर स्वयं लड़के–लड़की करने लगे हैं।

(7) परिवार में पिता के अधिकारों में ह्रास हुआ है और पारिवारिक निर्णयों में परिवार के अन्य सदस्यों की भी सलाह ली जाने लगी हैं।

(8) स्त्रियों को सम्पत्ति में अधिकार मिला है। इससे पूर्व केवल पुरूष ही परिवार की सम्पत्ति में उत्तराधिकारी थे।

(9) स्त्रियों को गृह–बन्धन से मुक्ति मिली है, वे आर्थिक एवं सामाजिक दृष्टि से स्वतंत्र हुई हैं। अब पत्नियां एवं पुत्रियों को पिता व पति से स्वतन्त्र धनोपार्जन की छूट मिली है।

(10) परिवार में विघटन कुछ बढ़ा है। दिन–प्रतिदिन तलाकों में वृद्धि होने लगी हैं।

(11) नातेदारी का महत्व घटा है और लोग रिश्तेदारों से दूर भागने लगे हैं।

उपर्युक्त विवेचन से स्पष्ट है कि परिवार परिवर्तन के दौर से गुजर रहा है। उसकी संरचना और प्रकार्यों को आधुनिक परिवर्तनकारी शक्तियों ने परिवर्तित किया है फिर भी उसकी समाप्त होने की कोई सम्भावना नहीं हैं।

बी0के0 रामानुजम का कथन है कि वर्तमान में या तो आर्थिक आवश्यकताओं के कारण या व्यक्तिगत कारणों से नाभिक परिवार स्थापित करने की ओर झुकाव है।

पी0डी0 देवानन्दन एवं एम0एम0 थॉमस ने लिखा है कि परिवर्तन के इतने कारकों के कारण नाभिक परिवारिक प्रतिमान की ओर है, जिसमें एक पति–पत्नी अपने अविवाहित बच्चों के साथ पाए जाते हैं। यह प्रतिमान व्यक्तिगत स्वतंत्रता और सभी सदस्यों के विशेष रूप से स्त्रियों और बच्चों के स्वतंत्र निर्णय का अधिक मात्रा में आदर करेगा।

वर्तमान समय में बदलते हुए परिवारिक प्रतिमानों से सम्बन्धित कुछ नवीन समस्याएं भी सामने आई हैं। आज स्त्रियां आर्थिक कारणों से नौकरी करने लगी हैं और उनके पति भी उनके नौकरी करने को बुरा नहीं समझते। कठिनाई यह है कि पुरूष, परिवार में उनकी बदली हुई परिस्थितियाँ और भूमिका को स्वीकार करने को तैयार नहीं हैं। वे नहीं चाहते कि उनकी पत्नियाँ घरों में अपने परम्परागत दायित्वों की तनिक भी अवहेलना करें, जबकि वास्तविकता यह है कि नौकरी के कारण अब वे घर

में उतना समय नहीं दे पातीं और न ही उतनी कुशलता से सब पारिवारिक कार्यों को पूर्ण कर पाती हैं। स्त्री की इस नवीन भूमिका ने परिवार में तनाव की स्थिति पैदा कर दी है, क्योंकि वह नौकरी करती हुई पति, सास, ससुर, बच्चों तथा अन्य रिश्तेदारों की सब प्रकार की अपेक्षाओं को पूर्ण नहीं कर पाती। नगरीय क्षेत्रों में वर्तमान में एक ओर विवाह की आयु बढ़ रही है और दूसरी ओर स्कूलों एवं कालेजों में लड़के–लड़कियों को एक–दूसरे के सम्पर्क में आने का मौका मिला है। उन्हें आपस में भावात्मक सम्बन्ध स्थापित करने का सुअवसर प्राप्त हुआ है, परन्तु आज भी अधिकतर विवाह माता–पिता द्वारा ही निश्चित किए जाते हैं। लड़के लड़कियों को जीवन साथी के चुनाव में अपेक्षित स्वतन्त्रता प्राप्त नहीं है। अपने मनचाहे लड़के के साथ वैवाहिक सम्बन्ध स्थापित नहीं कर पाने के कारण आज अनेक लड़के–लड़कियों में निराशा पाई जाती है। यह निराशा आगे चलकर उनके पारिवारिक सम्बन्धों पर कुप्रभाव डालती है।

अब तक माता–पिता अपने लड़कों से सामान्यतः यह आशा करते हैं कि वे वृद्धावस्था में उनकी देखभाल करेंगे। परम्परागत मूल्यों के अनुसार माता–पिता की सेवा करना विशेषतः सन्तान का पवित्र कर्तव्य समझा जाता था। आज भी सिद्धान्त रूप में इस बात को स्वीकार अवश्य किया जाता है, लेकिन आज की आर्थिक कठिनाइयों के समय में विशेषतः नगरीय क्षेत्रों में कई लड़के यह दायित्व निभाने को तैयार नहीं हैं। यदि सभी पुत्र मिलकर इस दायित्व को पूरा करें तब तो कोई कठिनाई नहीं

आती, परन्तु यह भार जब एक पुत्र पर ही आ पड़ता है तो मानव की स्थिति पैदा हो जाती है।

माता–पिता की परिवार में सर्वोपरि सत्ता होती है, परन्तु व्यवहार में वे आश्रितों की स्थिति में पहुंच जाते हैं। यह स्थिति काफी सीमा तक पारिवारिक तनाव के लिए उत्तरदायी बन जाती है।

ग्रामीण क्षेत्रों से नगरों में शिक्षा प्राप्त करने हेतु आने वाले छात्र, कालान्तर में यह महसूस करने लगते हैं कि उनमें और उनके परिवार में कोई भी समानता नहीं रही। वे आधुनिक शिक्षा प्राप्त कर अपने आपको परिवार से भिन्न समझने लगते है। माता–पिता यह सोचते हैं कि उनकी आशा का केन्द्र उनका पुत्र उनसे दूर होता जा रहा है। यह स्थिति निराशा व तनाव को उत्पन्न करती हैं।

9.सामाजिक स्वरूप

भारत अपनी भौगोलिक सीमाओं के अन्दर विभिन्न, भाषाओं, मूल्यों और संस्कृति के विभिन्न वर्गों को समाए हुए है। भारतीय समाज हिन्दू, मुस्लिम, सिख और इसाईयों के साथ ही अन्य धार्मिक समूहों के अतिरिक्त विभिन्न जातीय समूहों में बंटा हुआ है।

देश के 72.22 प्रतिशत लोग ग्रामीण एवं जनजातीय क्षेत्रों में आवासित है शेष 27.88 प्रतिशत लोग जिन्हे शहरी कहा जाता है, उनका अच्छा खासा हिस्सा गन्दगी एवं झोपड़ी वाले उपनगरीय

भू–भाग में आवासित हैं।[42] अधिकांश भारतीय निर्धनता एवं अशिक्षा जैसी समस्याओं से ग्रसित हैं। ग्रामीण एवं जनजातीय क्षेत्र के लोगों की आर्थिक क्रियाएं मुख्य रूप से कृषि, जंगली क्षेत्रों से सम्बन्धित व्यवसाय एवं कौशल पूर्ण रोजगार से सम्बन्धित हैं।

निःसन्देह आर्थिक एवं सांस्कृतिक कार्य तथा विश्वास वृद्धों के प्रति दृष्टिकोण को प्रभावित करते हैं। इन सब में आर्थिक तथ्य प्रभावपूर्ण एवं निर्णायक कारक होता है।

विभिन्न राष्ट्रों में वृद्ध व्यक्तियों का परिवार में सम्मान पूर्ण स्थान रहा है उन्हें सम्मान की दृष्टि से देखा जाता रहा है। वे समाज में उच्च सम्मान पाते रहे हैं। वृद्ध व्यक्ति विशेषकर दक्षिण एशियाई हिन्दू समाज में जो भारत एवं नेपाल में बहुतायत हैं, विशिष्ट स्थान रखते हैं। बुजुर्गों या वृद्धों के सम्मान के कारण ही हिन्दू समाज ने मूल्यों, चारित्रिक पद्धति सामाजिक संगठन एवं अनुशासन जैसे सामाजिक व्यवस्था के महत्वपूर्ण घटकों की खोज की है। सामाजिक व्यवस्था का यह आदर्श जो वृद्ध व्यक्तियों के सामाजिक मूल्यों को परिचित कराता है प्रतिदिन के जीवन में सांस्कृतिक क्रियाकलापों में अभिव्यक्त होता है।

यह व्यवस्था हिन्दू समाज की नैतिक, सामाजिक, वर्णाश्रम व्यवस्था से अलग नही है। वृद्ध व्यक्ति का ज्ञान और अनुभव हमारे हिन्दू धर्मशास्त्रों में व्यक्त होता है। वास्तव में विद्वता का सम्पूर्ण वैदिक वंशानुक्रम अंगों से गुरू शिष्य परम्परा के रूप में

---

[42] सेंसस–2001, पूर्वोक्त

हस्तान्तरित होता आया है। वैदिक ऋषि और प्रथम काव्य वैदिक श्लोकों के लेखक ऐसे व्यक्ति माने जाते हैं जो उम्र एवं वुद्धि के साथ विभूषित और चाँदी की तरह सफेद दाढ़ी की धारा से चित्रित किए गये हैं। उनमें से कुछ ऋषि दोहरे जन्म की जातियों के वंश कुल (गोत्र व प्रवर) के संस्थापक पूर्वज माने जाते हैं जिनकी वंशावली का निरन्तर सम्बन्ध स्थापित किया गया है।

एक हिन्दू परिवार का मुखिया प्रतिदिन की पूजा के रूप में अपने पूर्वजों को नैवेद्य चढ़ाकर प्रसन्न होता है और उनके प्रति कृतज्ञता प्रकट करता है इस तरह से परम्परा एवं निरन्तरता की धारणा युग की पूजा और सम्मान के साथ गहरे से जुड़ी होती है। वृद्धावस्था एक घटना के रूप में सामाजिक एवं धार्मिक अवसरों के द्वारा चिन्हित है।

भारत के गांवों में गांव के वृद्ध व्यक्ति एक महत्वपूर्ण भूमिका का निर्वाह करते रहे हैं। उम्र और सम्मान के आधार पर ग्रामीण विवादों, विशेषकर जातिय संघर्ष, सम्पत्ति के विवाद जैसे मुद्दों के निर्णय हेतु ग्राम पंचायतें गठित होती हैं।

ये पंचायतें सामाजिक जीवन को सकारात्मक रूप से प्रभावित करती हैं। वृद्ध व्यक्ति भारतीय सामाजिक संरचना में महत्वपूर्ण भूमिका निभाते हैं। वृद्ध व्यक्ति जो घर का मुखिया होता है उसके निर्णयों पर प्रश्न नहीं उठाया जाता है। वह सम्पत्ति का मालिक होता है, वह पारिवारिक गतिविधियों से सम्बन्धित निर्णय करता है, पारिवारिक दायित्वों का निर्वहन करने वाला होता है। पारिवारिक सदस्यों की उम्र का ध्यान दिये बिना उन्हें एक छत के

नीचे लाता है और मृत्यु तक उन्हें अपने अनुभवों के आधार पर मार्गदर्शन देता रहता है और अपने कर्त्तव्यों का निर्वहन करता है। भारत जैसे राष्ट्र में सामाजिक, आर्थिक, राजनैतिक, जीवन के अधिकांश क्षेत्रों में उनकी संख्या के अनुपात से भी अधिक वृद्धों का प्रभाव होता है।

भारतीय सामाजिक आदर्श और मूल्य वृद्ध या वृद्ध व्यक्तियों का ध्यान रखने एवं सम्मान करने पर जोर डालते हैं। परिणाम स्वरूप परिवार के वृद्धों की चिन्ता परिवार के सदस्यों द्वारा की जाती है।

10.जाति एवं धर्म

सामाजिक विभिन्नता तथा उनके साथ ही होने वाले समूहों तथा व्यक्तियों की प्रस्थिति का प्रथक्करण मानव समाज का एक विशाल लक्ष्य है। बहुसंख्यक समुदायों में यह प्रस्थिति व्यक्ति के उन क्षेत्रों के किए गए क्रिया–कलापों की उपलब्धता पर निर्भर करती है। जिनको वे समुदाय अधिक प्रदान करते हैं। ऐसे क्रिया कलापों का विस्तार किन्हीं प्रकार की अलौकिक अनुभूतियों की सामर्थ्य से लेकर धनोपार्जन की योग्यता तक फैला हुआ है। इस विभिन्नता के प्रत्यक्ष चिन्ह वेशभूषा, व्यवसाय तथा भोजन सम्बन्धी कुछ समूहों के विशेषाधिकार एवं दूसरों की असमर्थताएं हैं।

अन्य समुदायों में व्यक्ति की प्रस्थिति जन्म से निर्धारित होती हैं। भारतीय यूरोपियन भाषायें बोलने वाले लोग जन्म द्वारा प्रस्थिति के इस सिद्धान्त को अन्य लोगों की अपेक्षा और भी

अधिक सीमा तक ले गये और ये न केवल समाज के मध्य विभिन्न समूहों की संख्या में ही अपितु उनके अधिकारों तथा असमर्थताओं में था। उन्होंने तो ऐसे आदेश दे दिये कि एक समूह का सदस्य अपने ही समूह में विवाह करेगा। इस प्रकार यह देखा गया कि हिन्दू व्यवस्था इस विषय में एक मात्र ऐसी है जिसमें कुछ समूहों का स्पर्श्य रूप में तथा कुछ का अस्पर्श रूप में वर्गीकरण किया।

भारत में पुष्पित तथा पल्लवित होने वाली अनेक संस्कृतियों में से भारतीय आर्य संस्कृति के साहित्यिक अभिलेख न केवल सबसे प्राचीनतम हैं अपितु उनमें उन कारकों का प्रथम उल्लेख तथा सत्त प्रवाहमान इतिहास उपलब्ध होता है जो जाति का निर्माण करते हैं।

भारतीय समाजिक संस्थाओं में जाति एक सर्वाधिक महत्वपूर्ण संस्था है। आदिकाल से ही भारत में जाति प्रथा का प्रचलन रहा है। पश्चिमी देशों में सामाजिक स्तरीकरण का आधार वर्ग रहा है तो भारत में जाति एवं वर्ण।[43]

डा0 आर0एन0 सक्सेना का मत है कि जाति हिन्दू सामाजिक संरचना का एक मुख्य आधार रहा है जिससे हिन्दुओं का सामाजिक, सांस्कृतिक, आर्थिक और राजनैतिक जीवन प्रभावित होता रहा है। हिन्दुओं के सामाजिक जीवन के किसी भी क्षेत्र का अध्ययन बिना जाति के विश्लेषण के अपूर्ण ही रहता है।[44]

---

43. घुर्रे, जी.एस.–जाति वर्ग एवं व्यवसाय, पृ.सं. 31

44 गुप्ता, एम.एल. तथा शर्मा डी.डी., भारतीय सामाजिक संस्थाएं, पृ0सं0 65

श्रीमती इरावती कर्वे का भी मत है कि यदि हम भारतीय संस्कृति के तत्वों को समझना चाहते हैं तो जाति प्रथा का अध्ययन नितान्त आवश्यक है।[45]

यही कारण है कि समय–समय पर इतिहासकारों, समाजशास्त्रियों, जनगणना आयुक्तों मानवशास्त्रियों एवं अन्य देशी तथा विदेशी विद्वानों ने जाति प्रथा का अध्ययन किया और अपने अपने दृष्टिकोण प्रकट किए। भारत में जाति की व्यापकता एवं महत्व को स्पष्ट करते हुए प्रो0 डी0एम0 मजूमदार लिखते हैं "जाति व्यवस्था भारत में अनुपम हैं।" सामान्यतः भारत जातियों एवं सम्प्रदायों की परम्परात्मक स्थली माना जाता है। ऐसी मान्यता है कि जाति यहां की हवा में घुली मिली है ओर यहां तक कि मुसलमान तथा ईसाई भी इससे अछूते नहीं बचे हैं।[46]

भारतीय समाज धर्म–प्राण समाज कहलाता रहा है, यहां धर्म को प्रत्येक क्षेत्र में महत्ता प्राप्त रही है। धर्म, व्यक्ति, परिवार, समाज और सम्पूर्ण राष्ट्र के जीवन को अगणित रूपों में प्रभावित करता रहा है। यहां भौतिक सुख प्राप्ति को जीवन का परम लक्ष्य न मानकर धर्म संचय को प्रधानता दी गयी है। भारतीय समाज व्यवस्था मूलतः धर्म पर आधारित है। यहां धर्म के आधार पर जीवन के समस्त कार्यों की व्यवस्था करने का प्रयास किया गया है भारतीय समाज में व्यक्ति, ज्ञान भक्ति अथवा कर्म के द्वारा परमेश्वर के स्वरूप को समझाने का प्रयत्न करता रहा है।

---

45 कर्वे, इरावती–भारत में नातेवारी व्यवस्था पृ.सं. 15

46 मजूमदार डी0एन0–भारतीय जनसंस्कृति, पृ0सं0 20

डॉ0 राधाकृष्णन ने लिखा है–धर्म की अवधारणा के अन्तर्गत हिन्दू उन अनुष्ठानों एवं गतिविधियों को करता है जो मानवीय जीवन को गढ़ती एवं बनाए रखती है। हमारे पृथक–पृथक हित होते हैं, विभिन्न इच्छाएं होती है और विरोधी आवश्यकताएं होती हैं, जो बढ़ती हैं और बढ़ने की दशा में परिवर्तित हो जाती हैं उन सभी को घेर घार कर समूचे रूप में प्रस्तुत कर देना धर्म का प्रयोजन है।[47]

सारिणी–2

आयु समूहवार वृद्ध व्यक्तियों की स्थिति

आयु समूह (वर्षों में)	आयु समूहवार वृद्ध व्यक्तियों की स्थिति			
	नगरीय		ग्रामीण	
	संख्या	प्रति0	संख्या	प्रति0
55–60	88	44.00	96	48.00
60–65	74	37.00	51	25.50
65–70	23	11.50	27	13.50
70–75	12	06.00	18	09.00
75–से ऊपर	03	01.50	08	04.00
योग	**200**	**100.00**	**200**	**100.00**

स्रोत–क्षेत्रीय सर्वेक्षण के आधार पर

[47] गुप्ता एवं शर्मा–पूर्वोक्त–पृ0सं0 10

सारिणी में आयु समूहवार नगरीय एवं ग्रामीण के वृद्ध व्यक्तियों का वर्गीकरण प्रस्तुत किया गया है। हमीरपुर एवं नगरीय क्षेत्र में आयु समूह (55–60वर्ष) के वृद्ध व्यक्तियों का प्रतिशत 44. 00 है जो सर्वाधिक है तथा 75 वर्ष से ऊपर आयु समूह के वृद्ध व्यक्तियों का प्रतिशत 01.50 है जबकि आयु समूह 60–65 वर्ष के वृद्ध व्यक्तियों की संख्या 200 में से 74 हैं। नरायच एवं कुण्डौरा (ग्रामीण क्षेत्र) में आयु समूह (55–60वर्ष) के वृद्ध व्यक्तियों की संख्या 96 (48.00 प्रतिशत) है जो सर्वाधिक है तथा 75 वर्ष के ऊपर की आयु समूह के वृद्ध व्यक्तियों की 200 में संख्या मात्र 08 हैं।

सारिणी के विश्लेषण से स्पष्ट होता है की नगरीय क्षेत्र की तुलना में ग्रामीण क्षेत्र में 75 वर्ष से अधिक आयु के व्यक्तियों का प्रतिशत अधिक है संभवतः ग्रामीण पर्यावरणीय परिवेश का प्रभाव व्यक्ति के जीवन काल को प्रभावित करता है अभी भी ग्रामीण पर्यावरण को नगरीय पर्यावरण की तुलना में अधिक स्वच्छ माना जाता है और ऐसा है भी।

क– हिन्दू

ख– मुस्लिम

ग– सिख

घ– ईसाई

नगरीय एवं ग्रामीण वृद्धों की जाति/धर्म के अनुसार स्थिति को वर्गीकृत किया गया है। नगरीय क्षेत्र के 200 में से 126 वृद्ध हिन्दू हैं। जिनका प्रतिशत 63.00 तथा सबसे कम संख्या

ईसाई वृद्धों की (06) है, यह संख्या सबसे कम है। जबकि सिख वृद्धों का प्रतिशत 12.00 है जो मुस्लिम वृद्धों के बाद आते हैं। मुस्लिम वृद्धों की संख्या 44 (22.00) है। यह हिन्दू वृद्धों के बाद संख्या के आधार पर आते हैं। वर्ष 2011 की जनगणना के अनुसार यही क्रम नगरीय जनपद की जनसंख्या का आता है। इस क्षेत्र में सर्वाधिक संख्या हिन्दुओं की इसके पश्चात मुस्लिम, सिख और ईसाई आते हैं।

ग्रामीण क्षेत्र में 72.00 प्रतिशत हिन्दू तथा ईसाई और सिखों की संख्या शून्य है जबकि मुस्लिम वृद्धों का प्रतिशत 28.00 (56) है। इस जनपद में सिख और ईसाई धर्मावलम्बियों की जनसंख्या तो है किन्तु वे नगरीय क्षेत्रों में ही अधिवासित हैं, वर्ष 2011 की जनगणना के अनुसार इस जनपद में सिख और ईसाईयों की जनसंख्या क्रमशः 453 एवं 301 है।[48]

नगरीय क्षेत्र में आयु–समूह (60–65वर्ष) के अनुसार सर्वाधिक वृद्ध 72.97 प्रतिशत है। इस आयु समूह के ईसाई वृद्धों की संख्या मात्र 01 है। 75 वर्ष से अधिक आयु–समूह का कोई भी सिख वृद्ध नहीं है। ग्रामीण क्षेत्र में आयु समूह (55–60) में सर्वाधिक संख्या हिन्दुओं की है, इनका प्रतिशत 78.12 है, तथा 75 वर्ष से ऊपर आयु समूह में सबसे कम प्रतिशत मुस्लिम वृद्धो का 37.50 है। 55–60 वर्ष आयु समूह के पश्चात् वृद्ध व्यक्तियों के प्रतिशत में क्रमशः कमी दिखाई देती है।

---

[48] भारत की जनगणना 2001, पूर्वोक्त, पृ0सं0 73 / 138

मानव के जीवन काल क्रम में 55 वर्ष के पश्चात् जीवन की प्रत्याशा में निरन्तर कमी दिखाई देती है जिसका प्रभाव अध्ययन में भी परिलक्षित हो रहा है। व्यक्ति की शारीरिक प्रतिरोधक क्षमता में गिरावट आती जाती है।

वर्ष 2011 की जनगणना के अनुसार 75 वर्ष से अधिक आयु के व्यक्तियों का नगरीय तथा ग्रामीण की जनगणना में क्रमशः 0.63 तथा 0.72 प्रतिशत है।[49]

11.शिक्षा

मानव द्वारा आदिकाल से ही ज्ञान का संचय किया जाता रहा है प्रत्येक नयी पीढ़ी को पुरानी द्वारा कुछ ज्ञान सामाजिक, विरासत से प्राप्त होता है और कुछ वह स्वयं ज्ञान वृद्धि करता है। मानव की प्रत्येक पीढ़ी में सीखने की प्रक्रिया और हस्तान्तरण द्वारा ज्ञान की वृद्धि होती गयी है। ज्ञान की यह परम्परात्मक श्रृंखला ही शिक्षा है जिसके द्वारा मानव ने अपनी मानसिक, आध्यात्मिक और सामाजिक प्रगति की है। शिक्षा ने ही मानव को पशु स्तर से ऊँचा उठाया है और श्रेष्ठ सांस्कृतिक प्राणी बनाया है।

चीनी सन्त कन्फ्यूशस ने कहा था–अज्ञानता एक ऐसी रात्रि के समान है जिसमें न चाँद है न तारे।

शिक्षा का उद्देश्य ज्ञान रूपी प्रकाश को प्राप्त कर अज्ञान रूपी अन्धेरी रात्रि के अन्धकार को दूर करना है। शिक्षा के अभाव में ज्ञान और विज्ञान दोनों का अभाव होगा। ज्ञान एवं सांस्कृतिक

---

49 Data census 2001. D.C.O.U.P.

विरासत के हस्तान्तरण का कार्य शैक्षणिक संस्थाओं द्वारा किया जाता है। ज्ञान एवं सांस्कृतिक सामाजिक विरासत को हस्तान्तरित करने वाली संस्थाएं शिक्षण संस्थाएं कहलाती हैं। फिलिप्स कहते है–कि शिक्षा वह संस्था है जिसका केन्द्रीय तत्व ज्ञान का संग्रह है।

आदिम एवं आधुनिक समाजों में पायी जाने वाली शिक्षा की पद्धति, स्वरूप, साधन एवं उद्देश्य में अन्तर पाया जाता है। आदिम समाजों में शिक्षा तथा संस्कृति का घनिष्ठ सम्बन्ध पाया जाता है। आदिम समाजों में शिक्षा तथा संस्कृति का घनिष्ठ सम्बन्ध पाया जाता है। आदिम समाजों में शिक्षा का तात्पर्य पुस्तकीय ज्ञान प्राप्त करने से नहीं था बल्कि समाज एवं संस्कृति से अनुकूलन स्थापित करने से था। आदिम समाजों में शिक्षा प्रदान करने वाली विशिष्ठ शिक्षण संस्थाएं नहीं थी। परिवार, पड़ोस, नातेदारी समूह एवं अनौपचारिक साधनों द्वारा शिक्षा प्रदान की जाती थी। आदिम समाजों में शिक्षा मौखिक निर्देशों, दन्त कथाओं, लोकगीतों, संगीत एवं आपसी वार्तालाप द्वारा दी जाती थी और यह कार्य प्रमुख रूप से परिवार द्वारा ही किया जाता था। इन समाजों में धर्म एवं नैतिकता की प्रधानता थी। वृद्ध व्यक्ति भी सुझाव, आलोचना, हँसी–मजाक, दण्ड–पुरस्कार के द्वारा बच्चे को शिक्षा देते हैं।

आदिम शिक्षा, सार्वभौमिक न होकर केवल कुछ लोगों/वर्गों तक ही सीमित थी। भारत में केवल द्विज जातियों को

ही पठन–पाठन एवं शिक्षा का अधिकार प्राप्त था। आदिम समाजों में शिक्षा का एक तरीका अवलोकन द्वारा सीखना भी था।

मैलिनोवस्की कहते हैं कि ट्रिबियाण्डा द्वीप में बच्चे यौन क्रियाओं का प्रशिक्षण बचपन में ही माता–पिता को यौन क्रिया में लिप्त देखकर कर लेते थे।[50]

किन्तु आधुनिक समाजों में औद्योगिकरण के कारण शिक्षा, शिक्षण एवं संस्थाओं के स्वरूप में भिन्नता आयी है। अब शिक्षा सार्वभौमिक बन गयी है और सभी जातियों एवं वर्गों के लिए उपलब्ध है। शिक्षा देने का कार्य अब औपचारिक रूप से शिक्षण संस्थानों द्वारा किया जाता है। शिक्षा में विशेषीकरण की प्रवृत्ति पनपी है। आज चिकित्सा, कानून, व्यापार, विज्ञान एवं तकनीकी का ज्ञान आदि की शिक्षा देने वाली विभिन्न संस्थाएं हैं। शिक्षा में धर्म एवं नैतिकता का प्रभाव कम हुआ है, शिक्षा अब धर्म निरपेक्ष हो गयी है। शिक्षा वैयत्तिक के स्थान पर समूहवादी हो गयी है। लिखित रूप में शिक्षा कार्य अधिक किया जाने लगा है।

बोटोमोर का कथन है कि–आदिम एवं पूर्व कालीन समाजों में शिक्षा का सम्बन्ध अधिकांशतः रहन सहन के तरीकों से ही था जबकि आधुनिक समाजों में शिक्षा का विषय साहित्य कम और वैज्ञानिक अधिक है। प्राचीन समाजों में शिक्षा का तात्पर्य संग्रहित ज्ञान को हस्तान्तरित करने में था। जबकि आधुनिक शिक्षा वैज्ञानिक ज्ञान में परिवर्तन में भी रूचि रखती है।

---

[50] मजूमदार, डी.एन. –पूर्वोक्त–पृ0सं0

शिक्षा के द्वारा ही व्यक्ति को समाज के मूल्यों, मानदण्डों, नियमों कानूनों एवं आदर्शों आदि का ज्ञान कराया जाता है। समाज द्वारा निर्धारित एवं स्वीकृत नियमों का पालन करने से समाज में नियंत्रण एकता एवं समरूपता तथा सामंजस्य बना रहता है।

आज की शिक्षा तर्क एवं विज्ञान पर आधारित है। वह मानव मस्तिष्क का विकास करती है। ज्ञान के द्वार खोलती है, मनुष्य को चिन्तनशील बनाती है। बुद्धिमान एवं सज्जन व्यक्ति से यह अपेक्षा की जाती है कि वह उचित एवं अनुचित में भेद करें, समाज सम्मत व्यवहार करें। शिक्षा व्यक्ति के गुणों में वृद्धि करती है। ज्ञान एवं सामाजिक प्रगति एवं नियंत्रण दोनों के लिए ही आवश्यक है।

अ– अशिक्षित

क– हाईस्कूल

ख– इण्टरमीडिएट

ग– स्नातक

घ– परास्नातक

नगरीय क्षेत्र में वृद्धों की शैक्षणिक स्थिति के विश्लेषण से स्पष्ट होता है कि इस क्षेत्र के 12.00 प्रतिशत वृद्ध अशिक्षित है तथा स्नातक स्तर तक शिक्षित वृद्धों का प्रतिशत 37.00 है। 27.00 प्रतिशत वृद्ध इण्टरमीडिएट तथा 33 वृद्ध हाईस्कूल तक की शिक्षा प्राप्त किए हुए हैं ।

ग्रामीण क्षेत्र के वृद्धों में अशिक्षा का प्रभाव अधिक है। 56.00 प्रतिशत वृद्ध अशिक्षित है। जबकि हाईस्कूल तक की शिक्षा प्राप्त वृद्धों का प्रतिशत 26.5 है। मात्र 8.0 प्रतिशत वृद्ध ही स्नातक है स्नातकोत्तर तक की शिक्षा प्राप्त वृद्धों का प्रतिशत शून्य है। जो वृद्ध स्नातक तक की शिक्षा प्राप्त है उनका तथा उनके पूर्वजों का सम्पर्क नगरीय तथा जागरूक वर्ग से है। ग्रामीण क्षेत्र में शैक्षणिक पिछड़ेपन का कारण शिक्षा की समुचित व्यवस्था न होना है, वर्तमान में भी ग्रामीण भू–भाग अभी भी शैक्षणिक सुविधाओं में नगरीय क्षेत्रों से बहुत पीछे है। नगरीय क्षेत्र लम्बे समय से जनपद एवं तहसील मुख्यालय रहे है जिससे पूर्व से ही ग्रामीण की तुलना में शैक्षणिक सुविधाओं की प्रचुरता रही है। जिसका प्रभाव वृद्धों की शैक्षणिक स्थिति में परिलक्षित होता है।

आयु–समूह (55–60वर्ष) के नगरीय क्षेत्र के 12.50 प्रतिशत वृद्ध अशिक्षित है। जबकि ग्रामीण क्षेत्र के 40.62 प्रतिशत वृद्ध अशिक्षित है। इस वर्ग के नगरीय क्षेत्र के सर्वाधिक 34.09 प्रतिशत वृद्ध स्नातक है जबकि ग्रामीण क्षेत्र के सर्वाधिक 33.34 प्रतिशत वृद्ध हाईस्कूल तक की ही शिक्षा प्राप्त किए है।

सारिणी संख्या 3.11.1 के विश्लेषण से यह स्पष्ट होता है कि आयु समूह के बढ़ते जाने से वृद्धों के शैक्षणिक स्तर में अवरोह दृष्टिगत होता है जो पूर्व की शैक्षणिक सुविधाओं की ओर इंगित करता है साथ ही जागरूकता की कमी को भी दर्शाता है।

12.पारिवारिक संरचना

परिवार, सार्वभौमिक, सार्वकालिक संस्था के रूप में समाज की निरंतरता को बनाये रखने वाली समाज की एक मूलभूत संस्था है। यह समूह के जीवन एवं उनकी सांस्कृतिक विशेषताओं की, जो कि जीवन के संदर्भ में विकसित होती है, बनाये रखता है।

परिवार नामक संस्था की उत्पत्ति और विकास निश्चित बता पाना तो असम्भव है। परन्तु फिर भी कुछ विद्वानों ने इसकी उत्पत्ति एवं विकास के सम्बन्ध में अपने सिद्धान्त प्रस्तुत किये है। समनर, केलर एवं राबर्ट ब्रीफाल्ट 1927 के अनुसार परिवार का विकास बाद में हुआ, पहले मानव छोटे–छोटे समूहों में रहता था। ब्रीफाल्ट ने आर्थिक कारणों से मातृ–सत्तात्मक परिवार के विकास को सर्वप्रथम माना है। मैलिनॉस्की के अनुसार परिवार व जनजाति दोनों ही एक साथ रहे। अतः यह निर्धारित करना कठिन है। कि किसने किसको जन्म दिया। वेस्टर मार्क 1922 के अनुसार परिवार मूल रूप से समाज का केन्द्र रहा है। जब से मानव समाज की स्थापना हुई है उसी दिन से मनुष्य परिवार में रहता आया है। वेहाफन का विचार है कि सर्वप्रथम मानव कामगार की स्थिति में रहता था धीरे–धीरे स्त्री ने परिवार का विकास किया है। मार्गन 1877 ने परिवार को एक निश्चित विकास प्रक्रिया से विकसित होने वाला समूह माना है। इनके अनुसार सर्वप्रथम कामाचार था। धीरे–धीरे विवाह की प्रणाली विकसित हुई जिससे परिवार का प्रचलन हुआ। महाभारत में भी कुछ इस प्रकार का विवरण प्राप्त

होता है। जिसमें कामाचार की स्थिति को सिद्ध करने का प्रयास किया गया है।

परिवार की उत्पत्ति कैसे भी हुई हो किन्तु इतना तो स्पष्ट है कि परिवार, समाज के संरक्षण एवं सम्वर्धन में अपना महत्वपूर्ण योगदान प्रदान करता है। यही कारण है कि समाजों में चाहे सभ्य हो अथवा सभ्य परिवार नामक संस्था अवश्य पाई जाती है क्योंकि परिवार में ही रहकर व्यक्ति का समाजीकरण होता है। परिवार में ही रहकर व्यक्ति अतीत को ग्रहण करता है, वर्तमान में संबर्धन करता हुआ चलता है और भविष्य के लिए नवीन पीढ़ी को तैयार करता है।

लावी का मत है कि परिवार मनुष्य के सामाजिक जीवन में चार महत्वपूर्ण कार्यों—आर्थिक, यौन सम्बन्धी, संतान एवं शिक्षा सम्बन्धी को नियंत्रित करता है। किंग्सले डेविस के अनुसार परिवार प्रजनन, संरक्षण, समाज के स्थान का निर्धारण व समाजीकरण जैसे कार्यों की पूर्ति में अपनी महत्वपूर्ण भूमिका का निर्वह करता है। यही कारण है कि सभी समाजों में और विशेषकर जनजातीय समाजों में परिवार का स्थान अन्य समाजों की तुलना में कम महत्वपूर्ण नहीं है। परिवार नामक संस्था विभिन्न रूपों में दिखाई पड़ती है जैसे कहीं एकाकी परिवार के रूप में कहीं मातृ सत्तात्मक परिवार के रूप में कही पितृसत्तात्मक परिवार के रूप में।

परिवार नामक सामाजिक ईकाई रक्त सम्बन्धी सामाजिक ईकाईयों में सबसे निचली सीढ़ी पर परन्तु सबसे अधिक निकट

सम्बन्धों वाली होती है। सदस्यता के आधार पर सबसे प्रारम्भिक स्तर पर जिस पारिवारिक समूह को देखते हैं उसकी सदस्य माता पिता तथा सामाजिक मान्यता प्राप्त सन्तानों तक सीमित होती है। ऐसे परिवार को केन्द्रीय या एकाकी परिवार नाम दिया जाता है। परिवार का दूसरा रूप वह है जिससे परिवार के सदस्यों के अतिरिक्त कुछ निकट सम्बन्धियों को भी सम्मिलित कर लिया जाता है। जनजाति समाजों में कुछ ऐसे परिवार भी मिलते हैं। जिसमें रक्त सम्बन्धियों के अनेकों परिवार मिला दिये जाते हैं। इस परिवार की सदस्यता जन्म प्राप्त होती है और आयु कोपरिक्वता अथवा विवाह सम्बन्धों की समाप्ति से इस परिवार की सदस्यता पर कोई प्रभाव नहीं पड़ता। उदाहरण के रूप में मालावर के नायर लोगों में ऐसे परिवार को पाटवाद के नाम से जाने जाते हैं जिसके अतिरिक्त आदिम जातिय समाजों में ऐसे परिवार भी मिलते हैं। जिनमें एक से अधिक पति पत्नी तथा उनके बच्चे और कुछ निकट सम्बन्धी आते हैं। इस परिवार को विवाह सम्बन्धी परिवार कहा जाता है। क्योंकि इसमें विवाह सम्बन्ध पर अधिक बंटा रहता है। भारतीय परिवेश में ऐसे परिवार काफी संख्या में मिलते हैं। इसमें विवाह वंश परम्परा के अनुसार पति अथवा पत्नी को जन्म से प्राप्त परिवार की सदस्यता का परित्याग करना पड़ता है।

परिवार को विवाह के आधार पर भी कुछ भागों में विभाजित किया जा सकता है। जिन समाजों में परिवार की स्थापना के लिए एक पत्नी अथवा एक पति प्राप्त करने का विधान

होता है उसे एक विवाही परिवार का नाम दिया जाता है और जहां बहुविवाह की प्रथा होती है उसे बहुविवाही परिवार की संज्ञा दी जाती है।

परिवार नामक संस्था की कुछ ऐसी सर्वमान्य विशेषतायें हैं जो प्रत्येक प्रकार के परिवार में पाई जाती है। मैकाइवर तथा पेज (1961) के अनुसार सार्वभौमिकता, परिवार के भावनात्मक आधार, रचनात्मक प्रभाव सामाजिक संरचना में परिवार की केन्द्रीय स्थिति सीमित आकार सदस्यों का उत्तरदायित्व सामाजिक नियमन परिवार का स्थायी अथवा अस्थायी स्वरूप में सभी विशेषतायें भारतीय आदिवासी परिवारों में पाई जाती हैं।

किंग्सले डेविस, मैकाइवर एण्ड पेज, लावी आदि के द्वारा परिवार की विशेषताओं को स्पष्ट किया गया है।

हमीरपुर जनपद में पितृसत्तात्मक परिवार व्यवस्था पायी जाती हैं। इस परिवारों में पितृ वंश परम्परा का निर्वाह किया जाता है। पितृवंशीय परिवार वे परिवार होते हैं जिनमें पिता की सत्ता सर्वोपरि होती है। बच्चे पिता के कुल अथवा वंश के नाम से जाने जाते हैं। पारिवारिक सम्पत्ति पर भी पुत्रों का अधिकार होता है। विवाह के बाद कन्या अपने माता के घर न रहकर अपने पति के घर जाकर रहती है। पति ही परिवार का मुखिया होता है।

सारिणी –3

वृद्ध व्यक्तियों की पारिवारिक स्थिति

आयुसमूह (वर्षो में)	वृद्ध व्यक्तियों की पारिवारिक स्थिति					
	नगरीय			ग्रामीण		
	कुल संख्या	संयुक्त	एकाकी	कुल संख्या	संयुक्त	एकाकी
55–60	88	72 (81.81)	16 (18.19)	96	90 (93.75)	06 (6.25)
60–65	74	63 (85.13)	11 (14.87)	51	46 (90.19)	05 (9.81)
65–70	23	19 (82.60)	04 (17.40)	27	19 (70.37)	08 (29.63)
70–75	12	11 (91.66)	01 (8.34)	18	13 (73.22)	05 (27.78)
75से ऊपर	03	02 (66.66)	01 (33.34)	08	07 (87.50)	01 (12.50)
योग	**200(100)**	**167(83.50)**	**33 (16.50)**	**200 (100)**	**175 (87.50)**	**25 (12.50)**

स्रोत–क्षेत्रीय सर्वेक्षण के आधार पर

क– संयुक्त

ख– एकाकी

सारिणी संख्या में वृद्ध व्यक्तियों की पारिवारिक स्थिति को वर्गीकृत किया गया है। अध्ययन क्षेत्र के नगरीय क्षेत्र के सर्वाधिक 83.50 प्रतिशत वृद्ध संयुक्त परिवार में निवास करते हैं जबकि 16. 50 प्रतिशत वृद्ध एकाकी जीवन व्यतीत करते हैं।

ग्रामीण क्षेत्र के 87.50 प्रतिशत वृद्ध संयुक्त परिवार में तथा 12.50 प्रतिशत व्यक्ति एकाकी परिवार में निवास करते हैं। सारिणी के विश्लेषण से स्पष्ट होता है कि नगरीय क्षेत्र की तुलना में ग्रामीण क्षेत्र के वृद्ध अधिक प्रतिशत में संयुक्त परिवारों में निवास करते हैं तथा एकाकी परिवारों में रहने वाले वृद्धों का प्रतिशत नगरीय क्षेत्र में अधिक है। संयुक्त परिवार भारतीय हिन्दू

सामाजिक व्यवस्था की विशेषता रहे हैं। बदलते सामाजिक आयामों के चलते इस अनुपम व्यवस्था के भविष्य को लेकर विद्वानों में मत–विभेद चलते रहे हैं कि 'सामाजिक बीमा' कहीं जाने वाली यह व्यवस्था आज भी अपने अस्तित्व में विद्यमान है। नगरीय एवं ग्रामीण क्षेत्रों के वृद्धों की पारिवारिक संरचना से यह तथ्य और भी प्रमाणित हो जाता है।

अध्ययन क्षेत्र में निरीक्षण के दौरान यह तथ्य उभर कर सामने आए कि हिन्दुओं में जहाँ संयुक्त परिवार प्रथा का व्यापक प्रभाव दिखाई देता है वहीं मुस्लिम, ईसाई और सिख परिवारों के वृद्धों से साक्षात्कार के दौरान यह स्पष्ट हुआ कि इन समूहों (नगरीय एवं ग्रामीण) में भी संयुक्त परिवार व्यवस्था के महत्व के तार्किक पक्ष उपलब्ध है।

सदियों से संयुक्त परिवार का शास्त्रीय स्वरूप भारतीय समाज में प्रचलित रहा है। इसके पीछे सुख एवं दुःख की अवधारणा निहित प्रतीत होती है। सुख एवं दुःख जीवन के दो पहलू हैं। जिसके बिना यह जीवन अधूरा सा है। प्रत्येक मनुष्य के जीवन में सुख के साथ–साथ दुःख भी पाए जाते हैं ये दुःख किसी भी प्रकार के हो सकते हैं जैसे–दुर्घटना, बीमारी, शारीरिक एवं मानसिक अक्षमता अथवा बेरोजगारी आदि। इन सभी अवस्थाओं में वृद्धों की शरण स्थली संयुक्त परिवार ही होते हैं जो अपने वृद्ध एवं अक्षम व्यक्तियों को यथा संभव आर्थिक सुरक्षा प्रदान कर चिन्ता मुक्ति दिलाते है। यही कारण है कि वृद्धों में संयुक्त परिवार की सदस्यता ग्रामीण एवं नगरीय क्षेत्रों दोनों में ही अधिक है

जैसे–जैसे आयु वृद्धि होती जाती है वृद्धों की पर निर्भरता बढ़ती जाती है और उन्हें 'सहारे' की आवश्यकता और अधिक हो जाती है।

❋❋❋❋❋

सारिणी

वृद्ध व्यक्तियों की जाति/धर्म के अनुसार स्थिति

आयुसमूह (वर्षों में)	जाति/धर्म									
	नगरीय					ग्रामीण				
	कुल	क	ख	ग	घ	कुल	क	ख	ग	घ
55–60	88	52 (59.09)	22 (25.00)	12 (13.63)	02 (2.28)	96	75 (78.12)	21 (21.88)	00 (00.00)	00 (00.00)
60–65	74	54 (72.97)	12 (16.21)	07 (9.45)	01 (1.37)	51	33 (64.70)	18 (32.30)	00 (00.00)	00 (00.00)
65–70	23	14 (60.86)	04 (17.39)	03 (13.14)	02 (8.61)	27	18 (66.66)	09 (33.34)	00 (00.00)	00 (00.00)
70–75	12	05 (41.66)	05 (41.66)	02 (16.68)	00 (00.00)	18	13 (72.22)	05 (34.48)	00 (00.00)	00 (00.00)
75से ऊपर	03	01 (33.33)	01 (33.33)	00 (00.10)	01 (33.53)	08	05 (62.50)	03 (7.50)	00 (00.00)	00 (00.00)
योग	**200 100.00**	**126 (63.00)**	**44 (22.00)**	**24 (12.00)**	**06 (03.00)**	**200 100.00**	**144 (72.00)**	**56 (28.00)**	**00 (00.00)**	**00 (00.00)**

स्रोत–क्षेत्रीय सर्वेक्षण के आधार पर

सारिणी

वृद्धजनों की शैक्षणिक स्थिति

आयुसमूह (वर्षों में)	वृद्धजनोंकी शैक्षणिक स्थिति											
	नगरीय						ग्रामीण					
	योग	अ	क	ख	ग	घ	योग	अ	क	ख	ग	घ
55–60	11 (12.50)	88	14 (15.90)	23 (26.13)	30 (34.09)	10 (11.38)	39 (40.62)	90	32 (33.34)	17 (17.70)	08 (8.34)	00 (00.00)
60–65	09 (12.16)	74	08 (10.80)	21 (28.37)	32 (43.27)	04 (5.40)	42 (82.15)	51	07 (13.73)	02 (3.92)	00 (00.00)	00 (00.00)
65–70	02 (8.69)	23	08 (34.78)	04 (17.39)	08 (34.78)	01 (4.36)	16 (59.25)	27	05 (18.51)	06 (22.24)	00 (00.00)	00 (00.00)
70–75	01 (8.34)	12	02 (16.56)	06 (50.00)	03 (25.00)	00 (00.00)	10 (55.55)	18	06 (33.33)	02 (11.12)	00 (00.00)	00 (00.00)
75से ऊपर	1 (33.33)	03	01 (33.33)	00 (00.00)	01 (33.33)	00 (00.00)	05 (62.50)	08	03 (37.50)	00 (00.00)	00 (00.00)	00 (00.00)
योग	**24 (12.00)**		**33 (16.5)**	**54 (27.00)**	**74 (37.00)**	**15 (7.5)**	**112 (56.00)**		**53 (26.5)**	**27 (13.5)**	**08 (4.0)**	**00 (00.00)**

स्रोत–क्षेत्रीय सर्वेक्षण के आधार पर

4—वृद्धजनों की आर्थिक निर्भरता

समाज की सभी अवस्थाओं में मानव भोजन, वस्त्र, निवास और सुरक्षा की आवश्यकता अनुभव करता रहा है। समाज में आर्थिक क्रियाएं और आवश्यकताएं मूलभूत हैं। मनुष्य अपनी आवश्यकताओं की पूर्ति इच्छानुसार नहीं कर सकता है। समाज के सदस्य के रूप में व्यक्ति अपनी आवश्यकताओं की पूर्ति परम्पराओं, नियमों तथा कार्य प्रणालियों के अनुरूप करता है। संस्था का अर्थ मान्य नियम और कार्य पद्धति से है। इस तरह आर्थिक क्रियाओं और आवश्यकताओं से सम्बन्धित परम्परा, नियम प्रणाली और कार्य पद्धति को आर्थिक संस्था की संज्ञा दी जाती है।

आर्थिक आवश्यकताओं की प्रबन्ध आपूर्ति से सम्बन्धित कार्यों को मानव का आर्थिक पक्ष माना जाता है।

आदिम, कृषक और औद्योगिक सभी समाजों में उत्पादन, वितरण, उपभोग सम्पत्ति, श्रमविभाजन और उत्तराधिकार से

सम्बन्धित परम्पराएं नियम प्रणाली और कार्य–पद्धतियाँ पायी जाती हैं।

1.आदिम अर्थव्यवस्था

आदिम अर्थ व्यवस्था में प्राकृतिक पर्यावरण पर निर्भरता पाई जाती है। आर्थिक क्रियाएं भौगोलिक परिस्थितियों जैसे–वर्षा, धूप, बाढ़ आदि पर निर्भर करती हैं। हर्षको विट्स और लोवी ने इसका विस्तार से विवेचन किया है। आदिम समाजों में आर्थिक क्रियाएं और श्रम विभाजन की पद्धति काफी सरल थी। श्रम विभाजन आयु और लिंग पर आधारित था। व्यक्तिगत संपत्ति की धारणा अत्यन्त आरम्भिक अवस्था में थी। परिवार, नातेदारी, समूह और समुदाय उत्पादन के साधनों के स्वामी थे।

आदिम समाज अपनी आर्थिक आवश्यकताओं की पूर्ति के लिए आत्मनिर्भर था। अतः उसमें व्यापार की पद्धति का विकास नहीं हुआ था। इन समुदायों में भेंट देने की प्रथा एक ओर तो सामाजिक दायित्व के रूप में विकसित हुई और दूसरी ओर एक प्रकार से यह आदिम व्यापार का भी एक रूप था। आतिथ्य एक प्रकार की आर्थिक सेवा का अंग था। आखेट तथा खाद्य संकलन में जो कुछ भी बच सकता था, उसने आदिम समाजों में निम्नलिखित प्रथाएं विकसित हुई।

1. उपहार अथवा भेंट
2. आतिथ्य
3. मुफ्त उधार लेना
4. मुफ्त उधार देना

5. सामान्य उपयोग

इन समुदायों में संपत्ति की तुलना में व्यक्तिगत अथवा पारिवारिक सम्मान अधिक महत्वपूर्ण माना जाता था।

2.कृषि अर्थव्यवस्था

आदिम समुदायों में धीरे–धीरे जंगली जानवरों तथा पौधों के स्थान पर मनुष्य ने जमीनों का उपयोग तथा पौधों को उगाने का ज्ञान विकसित किया। इस स्थिति में भी भूमि पूरे वंश समूह अथवा समुदाय की संपत्ति थी। धीरे–धीरे व्यक्तिगत संपत्ति की अवधारणा विकसित हुई। समुदाय में सभी लोग खेती के काम घर बनाने जंगल को काटने अथवा आखेट में एक दूसरे को सहयोग करते थे। पशुओं और पौधों के पालन तथा सामूहिक प्रयत्न से जंगल की सफाई के कारण कृषि व्यवस्था विकसित हुई। कृषि व्यवस्था के साथ हल का विकास हुआ। मानवीय श्रम के साथ–साथ पशुओं के श्रम का उपयोग करना भी मनुष्य ने सीखा। उपयोग से अधिक उत्पादन की शुरूआत हुई। इस अतिरिक्त उत्पादन के कारण एक परिवार अथवा एक समुदाय का दूसरे परिवारों और समुदायों से अपने अतिरिक्त उत्पादन का विनियम आरंभ हुआ। विनियम के लिए बिचौलियों की प्रथा विकसित हुई। कृषि पर आधारित अर्थव्यवस्था की निम्नलिखित विशेषताएं थीं :–

1. उत्पादन के मुख्य स्रोत के रूप में भूमि का उपयोग,
2. भूमि का सामुदायिक, पारिवारिक अथवा व्यक्तिगत स्वामित्व,

3. अतिरिक्त उत्पादन के लिए पारस्परिक विनियम की पद्धति का विकास,

4. नियमित हाटों का विकास,

5. स्थानीय व्यापार के केन्द्र के रूप में ग्रामीण बाजारों का विकास,

6. ग्रामों के मुखियों अथवा कई ग्रामों के सरदारों की प्रथा का विकास,

खेती हस्तशिल्प, पूर्व औद्योगिक नगर और क्षेत्रीय एकीकरण के फलस्वरूप सामन्तवाद की नींव पड़ी। इस व्यवस्था में उत्पादन की इकाई परिवार थी। भूमि उत्पादन का मुख्य स्रोत थी। सामन्तों के पास आर्थिक और राजनीतिक स्वामित्व दोनो थे। इस व्यवस्था में केन्द्रीय सत्ता नहीं थी। भूमि और संपत्ति के स्वामी ग्राम समुदायों और किसानों से रुपया तथा सेवाएं प्राप्त करते थे। इसके बदले में वे आक्रमणकारियों तथा लुटेरों से ग्रामीण एवं किसानों की रक्षा करते थे। इस व्यवस्था में श्रमविभाजन का स्वरूप और भी विकसित हुआ।

उत्पादित वस्तुओं की विविधता बढ़ी। नगरों का विकास हुआ। इस सामंतों और स्वामियों के राजनीतिक प्रभाव क्षेत्रों से धीरे–धीरे आधुनिक राष्ट्र पर आधारित राज्यों का उदय हुआ। भूमि पर आधारित कृषि अर्थव्यवस्था में धातुओं का उपयोग आरंभ हुआ। इसमें मुख्य धातुएं थी–

1. ताँबा

2. चाँदी

3. सोना

4. लोहा

लकड़ी और लोहे के कारण हिए पर चलने वाले रथों और बैलगाड़ियों का विकास हुआ। बैल, घोड़ों ऊँटों एवं भैसों की शक्ति का उपयोग कृषि, यातायात और व्यापार आदि के लिए हुआ। विश्व के अनेक हिस्सों में हाथियों का भी उपयोग हुआ। उत्पादन और यातायात में पशुओं के उपयोग से आदमी के श्रम की बचत हुई।

सामाजिक संरचना के श्रम विभाजन के विकास के साथ सामंत कृषक, शिल्पी कृषि श्रमिक अथवा दास आदि वर्गों की उत्पत्ति हुई। कृषि के विस्तृत क्षेत्र, अतिरिक्त उत्पादन, हस्तशिल्प के विकास और राजनैतिक सत्ता के विस्तार के साथ व्यापारिक और पूर्व औद्योगिक नगरों की अर्थव्यवस्था विकसित हुई।

आदिम और कृषि पर आधारित दोनों अर्थव्यवस्था, भौगोलिक पर्यावरण पर निर्भर थीं। दोनों में वस्तुओं एवं सेवाओं के विनियम के जरिए तथा जनरीतियों से होता था। कृषि पर आधारित व्यवस्था में भाषा, लिपि, संगठित धर्म तथा स्थायी ठिकानों का विकास हुआ। इस काल में गृह–निर्माण की पद्धति में काफी परिष्कार हुआ। बड़े भवन और किले बनाने की क्षमता विकसित हुई। संगीत के सुरों और वाद्यों का विकास हुआ। नृत्य और नाटक की कला विकसित हुई।

इस तरह कृषि पर आधारित अर्थव्यवस्था में सांस्कृतिक क्षेत्र में भी काफी परिष्कार आया। पाल वाली नावों के

कारण समुद्रों को पार कर दूर के देशों से व्यापार की पद्धति इस काल में विकसित हुई। इस काल में आर्थिक क्रिया की एक अन्य महत्वपूर्ण विनियम के लिए मुद्रा का प्रचलन था।

3.औद्योगिक क्रांति

कृषि हस्तशिल्प वाणिज्य में अतिरिक्त उत्पादन से हुए लाभ या सामंती राजनीतिक पद्धति द्वारा स्थापित शांति और व्यवस्था के चलते यूरोप में औद्योगिक क्रांति की शुरूआत हुई। सामंती व्यवस्था में कृषि और शिल्प के औजार छोटे थे। इनमें मानवीय श्रम अधिक जमता था। उत्पादन में समय भी अधिक लगता था और उत्पादन की मात्रा सीमित होती थी।

औद्योगिक क्रांति और शुरूआत के मूल में मानव तथा पशु श्रम के स्थान पर यंत्रों की शक्ति का उपयोग था। औद्योगिक क्रांति के साथ विशाल यंत्र, कोयला से उत्पादित भाप द्वारा संचालित होने लगे। भाप की जगह प्रायः एक सदी बाद बिजली ने ली। उत्पादन में यंत्रों के बढ़ते प्रयोग के कारण उत्पादन यातायात और वितरण की प्रणाली में इतने व्यापक परिवर्तन हुए कि इस प्रक्रिया को औद्योगिक क्रांति कहा जाता है। औद्योगिक क्रांति ने आधुनिक अर्थव्यवस्था इसकी उत्पादन पद्धति, संगठनों और नए मानवीय संबंधों को जन्म दिया है।

यहाँ एक प्रश्न विचारणीय है कि औद्योगिक क्रांति की शुरूआत इग्लैण्ड और पश्चिमी यूरोप में ही क्यों हुई? इस प्रश्न का उत्तर कार्ल मार्क्स और मैक्स वेबर ने दिया है।

कार्ल मार्क्स के अनुसार जर्जर सामंती समाज के पतन के साथ ही औद्योगिक पूँजीवादी व्यवस्था का अभ्युदय हुआ। इसके विकास के पीछे सामंती व्यवस्था के क्रांतिकारी तत्वों के अतिरिक्त कुछ अन्य सामाजिक परिस्थितियाँ भी थीं। अमेरिका की खोज एवं अफ्रीका के दक्षिणी किनारे से होकर यातायात की शुरूआत ने उभरते हुए पूँजीपति वर्ग के लिए उद्योगों और बाजार के नए द्वार खोल दिए। भारत और चीन के बाजार अमेरिका का उपनिवेशीकरण, अन्य उपनिवेशी से व्यापार विनिमय ओर वस्तुओं के उत्पादन के साधनों में वृद्धि ने वाणिज्य, नौ–परिवहन तथा उद्योग को ऐसी तेज गति से विकसित किया, जो इतिहास में इसके पहले कभी नही हुआ था।

नए बाजारों की बढ़ती आवश्यकता की पूर्ति, श्रेणियों के चतुर्दिक संगठित सामंती उत्पादन प्रणाली के द्वारा संभव नहीं था। सामंती उत्पादन की पद्धति यंत्रों पर आधारित उत्पादन की व्यवस्था के सम्मुख न टिक सकी। परिवार तथा श्रेणी पर आधारित श्रम विभाजन कारखानों के श्रम विभाजन के साथ ही लुप्त हो गया। भाप और यंत्रों के कारण औद्योगिक उत्पादन में क्रांतिकारी परिवर्तन हुआ। मार्क्स की मान्यता है कि अठारहवीं सदी में घटित इंग्लैण्ड की औद्योगिक क्रान्ति ने सम्पूर्ण विश्व को बाजार में बदल दिया। सामंती व्यवस्था को समाप्त कर पूँजीपति वर्ग के मार्क्स के अनुसार अत्यंत क्रान्तिकारी भूमिका निभाई। इस व्यवस्था के अन्तर्निहित दोष भी हैं। यह व्यवस्था मुक्त व्यापार और शोषण पर आधारित है। इस व्यवस्था ने अब तक के अत्यंत सम्मानित पेशेवरों

जैसे डाक्टर, वकील, धर्म, पुरोहित, कृषि तथा वैज्ञानिकों को वेतन पाने वाले मजदूर में बदल दिया है। इसने उत्पादन के साधनों उत्पादन के सम्बन्धों और फलस्वरूप समस्त सामाजिक संबंधों को ही बदल दिया है।

मार्क्स के अनुसार उपनिवेशों के शोषण, यातायात की नई सुविधाओं उद्योग और वाणिज्य के विकास तथा सामंती व्यवस्था के अंतर्विरोध के कारण औद्योगिक पूँजीवादी व्यवस्था अठारहवीं सदी के मध्य के इंग्लैण्ड में विकसित होने लगी। इसके बाद तो, विश्व बाजार की लूट और उपनिवेशों के शोषण के चलते औद्योगिक विकास की इस प्रक्रिया का कोई अन्त ही नहीं था। यह व्यवस्था पूँजी और लाभ की भावना पर आधारित है। इसे पूँजीवादी व्यवस्था कहते हैं। मार्क्स के मत के ठीक विपरीत मैक्स वेवर के अनुसार औद्योगिक व्यवस्था और पूँजीवादी प्रणाली विवेकशीलता, संचय की प्रवृत्ति, प्रतिस्पर्धा कठिन श्रम, समय के मूल्य तथा कर्तव्य भावना पर आधारित है। पूँजीवाद की उपरोक्त वर्णित घटना के मूल में प्रोटेस्टैण्ट धर्म के आचारशास्त्र का हाथ है। प्रोटेस्टैण्ट धर्म अपने अनुयायियों को कर्तव्य द्वारा समय के मूल्य तथा बचत के नैतिक पक्ष की सीख देता है। अपने तर्क की पुष्टि में मैक्स वेबर का कहना है कि आरंभिक उद्योगीकरण और पूँजीवाद का विकास प्रोटेस्टैण्ट धर्म के मानने वाले देशों इंग्लैण्ड और अमेरिका में हुआ। औद्योगिक क्रांति के बाद प्रौद्योगिकी, ऊर्जा तथा उत्पादन पद्धति में हुए व्यापक परिवर्तन ने आधुनिक आर्थिक व्यवस्था को जन्म दिया है।

4.औद्योगिक आर्थिक व्यवस्था

उन्नीसवीं सदी के मध्य के बाद से औद्योगिक क्रांति के बाद के उद्योगीकरण ने एक निश्चित व्यवस्था का रूप ले लिया है। प्रौद्योगिकी, उत्पादन तथा संगठन की दृष्टि से इसकी कुछ विशेषताएं हैं।

औद्योगीकरण पर आधारित अर्थव्यवस्था अत्यन्त जटिल है। इस व्यवस्था में मनुष्य पर्यावरण से नियमित और प्रभावित होने के स्थान पर पर्यावरण को यथाशक्ति नियमित करने की चेष्टा करता है। औद्योगिक अर्थव्यवस्था, विशेषीकरण, जटिल श्रमविभाजन, बड़े पैमाने पर उत्पादन तथा विशाल यंत्रों पर आधारित है। मूर का कथन है कि इस व्यवस्था में उत्पादन की इकाई के रूप में परिवार की भूमिका समाप्त हो गई है। यंत्रों का प्रभाव कारखानों तक सीमित नहीं रह गया है। बल्कि इसने खेती की पद्धति को भी प्रभावित किया है। इस तरह मनुष्य अपनी भौतिक परिस्थितियों पर आश्रित होने के स्थान पर प्रौद्योगिकी द्वारा निर्मित परिस्थितियों पर अधिक निर्भर होता जा रहा है। जनजातीय और कृषक समाजों में उत्पादन की पद्धति और मात्रा वर्षा, धूप, भूमि की प्रकृति, उर्वरा शक्ति तथा मानवीय श्रम पर निर्भर करती थी। आधुनिक औद्योगिकी व्यवस्था तथा प्रौद्योगिकी ने मनुष्य और उसके पर्यावरण के संबंध को बदल दिया है। आधुनिक व्यवस्था के अन्तर्गत भाप, बिजली, आणविक शक्ति तथा इनके द्वारा संचालित प्रौद्योगिकी ने तापमान तथा वर्षा पर निर्भरता को काफी हद तक कम किया है। नए उपकरणों के कारण मानवीय श्रम में बचत हुई है और थोड़े

समय में मनुष्य अधिक उत्पादन कर सकता है। इस तरह नए यंत्रों ने पुरानी परिस्थितियों को न केवल बदल दिया है बल्कि नई परिस्थिति को भी जन्म दिया है जिसके अंतर्गत प्रकृति प्रदत्त पर्यावरण के स्थान पर मानव निर्मित परिस्थितियाँ और पर्यावरण विकसित हुए हैं।

आधुनिक प्रौद्योगिकी और मानवनिर्मित परिस्थितियों ने उत्पादन की पद्धति और उसकी मात्रा में परिवर्तन के साथ ही उत्पादन के संबंधों में परिवर्तन किया है। पुरानी सरल व्यवस्था के अन्तर्गत आर्थिक संगठन अत्यंत सीमित था। परिवार ही भूमि अथवा दस्तकारी के उपकरणों का स्वामी होता था। परिवार के लोग ही अपने श्रम से उत्पादन करते थे। अपने उत्पादन के साधनों जैसे–हल, बैल, करघा, भट्ठी तथा उत्पादित वस्तुओं अनाज, कपड़ा, औजार आदि का प्रबंध परिवार करता था। उद्योगों के कारण वह अब नए रूप, नई विशेषताओं के साथ हमारे सामने उपस्थित हुआ है। औद्योगिक आर्थिक व्यवस्था की निम्नांकित विशेषताएं हैं–

1. श्रम के स्थान पर पूँजी का महत्व,
2. उत्पादन की इकाई के रूप में परिवार
3. मानवीय और पशुओं के श्रम के स्थान पर विशाल यंत्रों का उपयोग
4. मानवीय तथा पशुश्रम पर आधारित ऊर्जा के स्थान पर भाप, बिजली तथा आणविक ऊर्जा का उत्पादन में उपभोग,

5. जीविका के लिए किए गए उत्पादन के स्थान पर विनिमय और लाभ की भावना से किया गया उत्पादन।
6. स्थानीय हाट और बाजार के स्थान पर विश्व बाजार का उदय।
7. सहयोग के स्थान पर प्रतिस्पर्धा।
8. यातायात तथा संचार की समुन्नत साधन।
9. वेतन पर आश्रित श्रमिक और पेशेवर वर्ग।
10. मुद्रा पर आधारित अर्थव्यवस्था।
11. विशाल कंपनियों तथा निगमों का जन्म।
12. उद्योगपतियों के स्थान पर प्रबंधकों द्वारा उद्योगों का संचालन।
13. ग्रामीण समुदायों एवं कृषक व्यवस्था के स्थान पर नगरों और प्रौद्योगिकी पर आधारित अर्थव्यवस्था।
14. अत्यंत जटिल श्रमविभाजन की पद्धति।

आधुनिक औद्योगिकी व्यवस्था में कंपनी, निगम, शेयर बाजार, बहुराष्ट्रीय कम्पनियों, बैंक उद्योगपतियों तथा श्रमिकों के संघ आदि को जन्म दिया है। समाजशास्त्री इन विशाल आर्थिक समूहों को औपचारिक संगठन कहते है। ये आर्थिक संगठन नियम, प्रणाली, अवैयक्तिक राज्य तथा आर्थिक हित की पूर्ति की भावना पर आधारित है। इन आर्थिक संगठनों की निम्नांकित विशेषताएं हैं :—

1. इनकी सदस्यता निश्चित नियमों पर आधारित होती है। एक निश्चित अवधि के बाद इनके पदाधिकारियों का चुनाव होता है।

2. इनके सदस्यों की संख्या कभी–कभी इतनी अधिक होती है और इनका आकार इतना बड़ा होता है कि सदस्यों के बीच व्यक्तिगत और प्रत्यक्ष संपर्क का अभाव पाया जाता है।

3. ये संगठन उत्पादन, वितरण अथवा विनिमय के निश्चित उद्देश्यों की पूर्ति के लिए सोच समझ कर बनाये जाते हैं।

4. इनके आकार की विशालता तथा निश्चित उद्देश्यों के कारण इनके सदस्यों के पारस्परिक संबंध भावना के स्थान पर औपचारिक और विधि सम्मत नियमों पर आधारित होते हैं।

5. इन संगठनों के सदस्यों के बीच निश्चित अवधि के बाद होने वाली बैठकों, परिपत्रों और समाचार पत्रों आदि के द्वारा सम्पर्क स्थापित होता है।

आधुनिक आर्थिक संगठन में सामूहिकता की भावना प्रभावित हुई सी प्रतीत होती है। जहाँ तक वृद्धों की आर्थिक निर्भरता का प्रश्न है तो इनकी स्थिति का विश्लेषण सारणी के अवलोकन से स्पष्ट हो जाता है।

क– कृषि

ख– सेवा

ग– उद्योग

घ– दुकानकारी

ङ– पेंशन

च– कुछ भी नहीं

सारिणी–1 में वृद्ध व्यक्तियों के आय के स्रोतों की स्थिति का उल्लेख किया गया है। नगरीय क्षेत्र के आयु समूह (55–60) वर्ष के सर्वाधिक वृद्ध (37) दुकानदारी से जुड़े हुए हैं। इनका प्रतिशतांक अपने आयु समूह मे 42.04 है। इसके पश्चात् सेवा क्षेत्र (शासकीय एवं अशासकीय) से 29 वृद्ध सम्बद्ध हैं। 13 वृद्ध व्यक्ति, जो आयु समूह 60–55 वर्ष के हैं, सर्वाधिक पेंशन पाने वाले वृद्ध हैं इनका प्रतिशतांक 17.56 है। इस क्षेत्र में 8 वृद्ध कृषि कार्य से सम्बद्ध हैं। इनका प्रतिशतांक 10.82 है।

75 वर्ष से ऊपर आयु समूह के 02 वृद्धों के आय का स्रोत उन्हें मिलने वाली पेंशन हैं। 10 वृद्ध व्यक्ति ऐसे हैं जिनकी आय का स्रोत कुछ भी नहीं है। यह संख्या सर्वाधिक है जो आयु समूह 60–65 वर्ष के अन्तर्गत है। वैसे तो सभी आयु समूह के कुछ न कुछ वृद्ध ऐसे हैं। जिनकी आय का स्रोत कुछ भी नहीं है और वे पूरी तरह से अपने परिवार के सदस्यों पर आर्थिक रूप से निर्भर हैं।

नगरीय क्षेत्र के 200 वृद्ध में सर्वाधिक 64 सेवा क्षेत्रों से सम्बन्धित हैं तथा सबसे कम 14 वृद्ध उद्योगों में कार्य करते हैं।

10.00 प्रतिशत वृद्ध ऐसे हैं जो किसी प्रकार का कोई भी कार्य करते हैं।

ग्रामीण क्षेत्र के 57.50 प्रतिशत वृद्ध कृषि कार्यो से सम्बद्ध हैं। इस क्षेत्र के मात्र 8(4.00) वृद्ध उद्योगों में कार्य करने के लिए समीपस्थ क्षेत्रों में जाते हैं। 6.00 प्रतिशत वृद्धों को पेंशन प्राप्त होती है। वृद्धों को प्राप्त होने वाली पेंशन में सेवा निवृत्ति के पश्चात् मिलने वाली पेंशन तथा वृद्धावस्था पर मिलने वाली दोनों ही प्रकार की पेंशन सम्मिलित हैं। आयु समूह (55–60) वर्ष के 57 वृद्ध कृषि कार्यों से सम्बद्ध हैं। ग्रामीण क्षेत्र के सर्वाधिक 5 वृद्धों को पेंशन प्राप्त होती है जो आयु समूह 60–65 वर्ष के अन्तर्गत आते हैं।

नगरीय एवं ग्रामीण दोनों ही क्षेत्रों के वृद्धों के आय के स्रोतों के विश्लेषण से स्पष्ट होता है कि जैसे–जैसे आयु में वृद्धि होती जाती है। उनके आय के स्रोतों से सम्बद्धता समाप्त होती जाती है। ग्रामीण क्षेत्र की तुलना में नगरीय क्षेत्र के व्यक्ति पेंशन प्राप्त कर पाने में अधिक सफल होते हैं। क्योंकि उन्हें सुविधाओं का ज्ञान होता है। जिसका लाभ वे प्राप्त कर लेते हैं।

नगरीय क्षेत्र की तुलना में ग्रामीण वृद्धों की कृषि कार्यों से संलग्नता अधिक होती है क्योंकि भारतीय समाज कृषि प्रधान है और इसकी अर्थ व्यवस्था कृषि आधारित है। आयु में वृद्धि के साथ नगरीय वृद्धों की कार्य करने की क्षमता ग्रामीण वृद्धों की तुलना में पहले से ही कम होने लगती हैं क्यों कि ग्रामीण व्यक्तियों में प्रकृति से प्रत्यक्ष सानिध्य का लाभ उनकी शारीरिक क्षमता पर

पड़ता है। यही कारण है कि 70–75 वर्ष आयु समूह के 11.11 प्रतिशत वृद्ध ग्राम के जमींदारों के यहाँ अभी भी सेवा कार्यों में लगे हुए हैं। नगरीय समाज के 25.00 प्रतिशत व्यक्ति जो इसी आयु समूह के हैं। अपने द्वारा संचालित दुकानदारी, जो अब उनके पुत्रों के अधिकार क्षेत्र में हैं उसी में कभी–कभी बैठते तो हैं किन्तु किसी प्रकार का शारीरिक श्रम नहीं करते हैं जबकि ग्रामीण वृद्ध को दिन पर्यन्त शारीरिक श्रम करना पड़ता है।

सारिणी .2

शिक्षित वृद्धजनों के आय के स्रोतों से सम्बद्धता की स्थिति

आयुसमूह (वर्षों में)	शिक्षित वृद्धजनों के आय के स्रोत से सम्बद्धता की स्थिति					
	नगरीय			ग्रामीण		
	कुल संख्या	शिक्षित वृद्धजनों की संख्या	क	कुल संख्या	शिक्षित वृद्धजनों की संख्या	क
55–60	88	77	72 (93.50)	96	57	49 (59.37)
60–65	74	65	55 (84.61)	51	09	06 (66.66)
65–70	23	21	19 (90.47)	27	11	04 (36.36)
70–75	12	11	09 (81.81)	18	08	08 (100.00)
75से ऊपर	03	02	01 (50.00)	08	03	03 (100.00)
योग	**200**	**176 (100.00)**	**56 (88.63)**	**200**	**88 (100.00)**	**70 (79.54)**

स्रोत–क्षेत्रीय सर्वेक्षण के आधार पर

क–आय के स्रोतों से सम्बद्ध वृद्धों की संख्या

नगरीय क्षेत्र के 200 वृद्ध व्यक्तियों में से 176 वृद्ध शिक्षित हैं। इनका प्रतिशत 88.00 है। इनमं से 156 वृद्ध ऐसे हैं जो आय के किसी न किसी स्रोत से सम्बद्ध रहकर आय अर्जित करते हैं। आयु समूह 55–60 वर्श के सर्वाधिक 77 शिक्षित वृद्धों में से 72 वृद्ध आय के किसी न किसी स्रोत से सम्बद्ध हैं। इनका प्रतिशतांक

93.50 है। आयु समूह 75 वर्ष से अधिक आयु का मात्र 01 वृद्ध व्यक्ति आय के स्रोत से सम्बद्ध है। (सारिणी संख्या 4.4.2)।

ग्रामीण क्षेत्र के 200 वृद्धों में मात्र 88 शिक्षित हैं। इन शिक्षित वृद्धों में मात्र 70 वृद्ध आय के किसी न किसी स्रोत से सम्बद्ध हैं।

सारिणी के अवलोकन से स्पष्ट होता है कि नगरीय क्षेत्र के 20 तथा ग्रामीण क्षेत्र के 18 वृद्ध जो शिक्षित होने के बावजूद किसी प्रकार की आय अर्जित नहीं कर पा रहे हैं। ऐसे वृद्ध कार्य करने की इच्छा तो रखते हैं किन्तु संसाधनों तथा पारिवारिक सहयोग के अभाव में ऐसा करने में सफल नहीं हो पा रहे हैं। क्योंकि नयी पीढ़ी के युवा, चाहे वे नगरीय हो या ग्रामीण, अपने बुजुर्गों की व्यावसायिक अवधारणा के अनुरूप कार्य करना उचित नहीं समझते हैं। युवाओं की मान्यता है कि नये युग में प्रतिस्पर्धा के चलते पुरानी विचारधारा तथा व्यावसायिक अवधारणा के अनुरूप न तो व्यवसाय में सफल हुआ जा सकता है और न ही प्रतिस्पर्धा में आगे बढ़ा जा सकता है।

जो वृद्ध आय के स्रोतों से सम्बद्ध रहे हैं उन्होंने अपनी आय की अधिकांश बचत को पारिवारिक आवश्यकताओं को पूरा करने में व्यय किया है।

सारिणी .3

वृद्धजनों को उपलब्ध सुविधाओं की स्थिति

आयु समूह वर्षों में	वृद्धजनों की उपलब्ध सुविधाओं की स्थिति											
	नगरीय						ग्रामीण					
	कुल संख्या	क	ख	ग	घ	ङ	कुल संख्या	क	ख	ग	घ	ङ
55–60	88	78	80	63	59	35	96	15	13	01	01	00
60–65	74	63	60	53	49	21	51	10	04	01	01	00
65–70	23	19	17	11	09	04	27	03	01	01	01	00
70–75	12	08	05	09	05	02	18	01	01	00	00	00
75 से ऊपर	03	01	01	01	01	00	08	01	01	00	00	00
योग	**200** (100.00)	**169** (84.5)	**163** (81.5)	**137** (68.5)	**123** (61.5)	**62** (31.00)	**200** (100.00)	**30** (15.00)	**20** (10.00)	**03** (1.50)	**03** (1.50)	**00** (00.00)

स्रोत–क्षेत्रीय सर्वेक्षण के आधार पर

क–　पत्र–पत्रिका

ख–　रेडियो

ग–　टीवी / वी.सी.आर. / सीडी.

घ–　फ्रिज / कूलर

ङ–　स्कूटर / कार

सारिणी .3 में वृद्ध व्यक्तियों को उपलब्ध घरेलू सुविधाओं की स्थिति को वर्गीकृत किया गया है। अध्ययन क्षेत्र (नगरीय) के 84.50 प्रतिशत वृद्ध व्यक्तियों को पत्र–पत्रिकाओं की सुविधा उपलब्ध है। आयु समूह 55–60 वर्ष के सर्वाधिक 80 वृद्धों को रेडियों की सुविधा उपलब्ध है। इसी आयु समूह के 78 वृद्धों को पत्र–पत्रिकाओं की सुविधा प्राप्त है। 75 वर्ष से ऊपर के आयु समूह किसी भी वृद्ध को वाहन की सुविधा उपलब्ध नहीं है। वाहन की सुविधा 35 वृद्ध व्यक्तियों को उपलब्ध है। जो आयु समूह 55–60 वर्ष के हैं। अध्ययन क्षेत्र के सभी आयु समूहों के कुल वृद्धों में मात्र 31.00 प्रतिशत वृद्धों को ही वाहन की सुविधा

उपलब्ध है। ग्रामीण क्षेत्र के मात्र 15.00 प्रतिशत वृद्ध व्यक्तियों को पत्र–पत्रिकाओं की सुविधाएं उपलब्ध है। इस क्षेत्र के मात्र 1.50 प्रतिशत वृद्धों को फ्रिज या कूलर की सुविधा प्राप्त है। ग्रामीण क्षेत्र के किसी भी वृद्ध को वाहन की सुविधा उपल्ध नहीं है।

यही प्रतिशत टीवी की सुविधा प्राप्त करने वाले वृद्ध व्यक्त्यिों का है। आयु समूह 55–60 वर्ष के वृद्धों को प्राप्त सुविधाएं अन्य आयु समूह वाले वृद्ध व्यक्तियों से अधिक है।

सारिणी के अवलोकन से स्पष्ट होता है कि नगरीय वृद्ध व्यक्तियों की तुलना में ग्रामीण वृद्धों को कम सुविधाएं प्राप्त होती हैं। जो वृद्ध आय के किसी न किसी स्रोत से सम्बद्ध रह कर आय अर्जित करते हैं, उन्हें तो सुविधाएं स्वतंत्र रूप से प्राप्त होती हैं। किन्तु जो वृद्ध आय अर्जित कर पाने में सक्षम नहीं हैं। उन्हें मिलने वाली सुविधाएं सांकेतिक मात्र हैं। क्योंकि वे स्वतंत्र रूप से इन सुविधाओं का उपभोग कर पाने की स्थिति में नहीं हैं। जहाँ तक पत्र–पत्रिकाओं की उपलब्धता की स्थिति है तो सभी परिवारों में पत्र–पत्रिकाएं नियमित रूप से नहीं आती हैं कभी–कभी पड़ोस में आने वाली पत्र–पत्रिकाओं का उपयोग किया जाता है। ग्रामीण क्षेत्रों में तो पत्र–पत्रिकाओं की पहुँच तो अभी भी कठिन है गाँवों में जागरूक व्यकितयों के यहाँ आने वाले पत्र–पत्रिकाओं को उपयोग गाँव के लोगों द्वारा अनियमित रूप से किया जाता है।

अध्ययन के दौरान यह भी स्पष्ट हुआ कि जिन सुविधाओं को स्वयं वृद्धों ने अपनी कठिन कमाई के द्वारा अर्जित किया है

वे भी अब उनके पुत्रों तथा पुत्र. बंधुओं के अधिकार क्षेत्र में हैं जिनका उपयोग मात्र औपचारिक सा प्रतीत होता है।

5.वृद्धजनों की आर्थिक पर निर्भरता

वृद्धजनों की संख्या और कुल जनसंख्या के मुकाबले उनके अनुपात में वृद्धि का एक खतरनाक परिणाम यह भी हो रहा है कि उनकी सामाजिक पर निर्भरता बड़ी तेजी से बढ़ रही है। इस स्थिति को सामाजशास्त्रीय शब्दावली में वृद्धावस्था निर्भरता अनुपात कहा जाता है। इसका अभिप्राय है कि 15 से 59 वर्ष तक के कामकाजी लोगों पर 60 वर्ष या उससे अधिक उम्र के लोगों की निर्भरता का अनुपात।

जनगणना वर्ष 1961 से 2011 के बीच इस निर्भरता अनुपात में लगातार बढ़ोत्तरी हुई है। 1961 मे यह अनुपात 10.93 था। वर्तमान वृद्धि दर के हिसाब से वृद्धावस्था निर्भरता अनुपात सन् 2016 तक 14.12 हो जायेगा। इसमें यह तथ्य ध्यान देने योग्य है महिलाओं का निर्भरता अनुपात पुरूषों से अधिक है।

वृद्धावस्था निर्भरता का मुख्य कारण यह है कि वृद्धजन शारीरिक दुर्बलता के साथ–साथ आर्थिक रूप से भी पराश्रित हो जाते हैं। अधिकतर बड़े बूढ़े नौकरी और वयवसाय आदि से निवृत्त हो जाते हैं तथा उनके बच्चे काम धंधा संभाल लेते हैं। बड़ी संख्या में वृद्धजन पहले की तरह सक्रियता के साथ काम कर पाने में असमर्थ हो जाते हैं। ग्रामीण लोगों विशेषकर महिलाओं में निरक्षरता की दर ऊँची होने के कारण भी बड़ी उम्र के लोग कोई सम्मानजनक तथा अपनी शारीरिक क्षमता के उपयुक्त रोजगार

नहीं पा सकते। नौकरी से मुक्त होने वाले व्यक्ति अवश्य अपने पास थोड़ा बहुत पैसा बचा कर कुछ बेहतर स्थिति में रह सकते हैं। किन्तु इनमें भी जो लोग अपनी जमा पूँजी बच्चों की शिक्षा विवाह या मकान आदि पर लगा देते हैं उनकी परनिर्भरता बनी रहती है। रोजगार और काम धंधा न होने का प्रभाव उनकी मानसिक स्थिति पर भी पड़ता है। आर्थिक परनिर्भरता से उनके आत्मसम्मान को चोट पहुँचती है और वे हीनभावना से ग्रस्त रहते हैं।

कहने की आवश्यकता नहीं कि वृद्धजनों को हताशा, हीनभावना, अकेलेपन की चिंता तथा आर्थिक परनिर्भरता के दुष्प्रभाव से बचाना है तो उनके लिए छोटे मोटे काम धंधे चलाने पर ध्यान देना होगा। इससे वे व्यस्त भी रहेंगे और अपने आत्मसम्मान की भी रक्षा कर सकेगें। वास्तव में काम में व्यस्तता वृद्धजनों के लिए मानसिक और शारीरिक दोनों तरह से उपयोगी है। काम में लगे रहने से मानसिक तनाव में कमी आती है और उनकी शारीरिक सक्रियता भी कायम रहती है। इससे एक और महत्वपूर्ण लाभ यह होता है कि उनके अनुभव और ज्ञान को समाज की भलाई के लिए सदुपयोग किया जा सकता है।

वृद्ध व्यक्तियों के कल्याण को समर्पित राष्ट्रीय स्तर के प्रमुख स्वयंसेवी संगठन हेल्पेज इंडिया ने अनेक स्थानीय स्वयंसेवी संस्थाओं को अपने क्षेत्र में वृद्धों के लिए रोजगार जुटाने की परियोजनाओं के लिए व्यापक पैमाने पर वित्तीय सहायता तथा परामर्श सेवाएं उपलब्ध कराई है। इनमें ऐसी गतिविधियाँ भी

शामिल हैं जिनमें बड़े–बूढों को रोजगार मिलने के साथ–साथ उनके क्षेत्र के विकास में भी मदद मिलती है। उदाहरण के लिए पिछले दिनों राजस्थान के जोधपुर जिले के 5 रेगिस्तानी गाँवों में पीने के पानी का इंतजाम करने की एक योजना के लिए हेल्पेज इंडिया ने 14 लाख रुपये की सहायता दी। इसी तरह एक और परियोजना के अंतर्गत महिलाओं को भेड बकरी पालने के लिए आसान किश्तों पर ऋण उपलब्ध कराये गये। इस योजना से कुछ ही महीनों में इन महिलाओं की माली हालत सुधर गई। केरल में वायनाड जिले के तीन गाँवों में समुदाय भवन और पाँच कुएं बनाने की परियोजना के लिए लगभग 8 लाख रुपये की सहायता दी गई जिससे वृद्धजनों को रोजगार तो मिला ही उन्हें एक साथ मिल बैठने और सुख–दुःख बाँटने की जगह भी मिल गई तथा कुँओं से पानी की भी व्यवस्था हो गई जिससे उनका पारिवारिक जीवन सुखी हो गया।

वृद्ध व्यक्तियों को विभिन्न काम धंधों का प्रशिक्षण देने के कार्यक्रम भी लाए जा रहे हैं। इनमें लिफाफे बनाना, मुर्गी पालन, दरी बुनना, दुधारू पशु पालन, सब्जी उगाना जैसे काम शामिल हैं। एक संस्था ने जड़ी बूटियाँ उगाने की परियोजना चलाई है। रोजगार का वृद्धजनों के जीवन में कितना महत्व है, इसका अनुमान इसी तथ्य से लग जाता है कि 2001 की जनगणना के अनुसार 60 वर्ष से अधिक उम्र के ऐसे लोगों की संख्या काफी है जो रोजगार की तलाश में हैं। हाँ, रोजगार चाहने वालों में महिलाओं की संख्या पुरूषों की तुलना में काफी कम है। इसका

कारण है कि महिलायें घर परिवार का काम करने तथा पोते–पोतियों को पालने में व्यस्त रहती हैं और पारंपरिक रूप से महिलाओं की आर्थिक आत्मनिर्भरता को महत्व नहीं दिया जाता।

सन् 2011 की जनगणना में वृद्धों की संख्या में वृद्धि की नई तश्वीर पेश हुई हैं किन्तु वृद्धों की समस्या को उनके समाधान के प्रति हम अभी भी सचेत और सक्रिय नहीं हुए हैं हालत हाथ से निकलते से नजर आते हैं। समाज, सरकार और वृद्धजनों तथा वृद्धावस्था की ओर बढ़ रहे लोगों को आने वाले समय की चुनौतियों को न केवल पहचानना होगा बल्कि अपने व्यक्तिगत पारिवारिक, आर्थिक तथा सामाजिक आचरण एवं परिस्थितियों में तदनुरूप परिवर्तन करने की ओर ध्यान देना होगा। युवा तथा अधेड़ उम्र के लोगों में चेतना लाना और अधिक आवश्यक है। क्योंकि उन्हें वृद्धों की समस्याओं, दुर्बलताओं तथा विवशताओं को समझकर सहानुभूति के साथ उनसे निपटना भी है और अपने जीवन में आने वाली वृद्धावस्था को सुखी और कष्ट रहित बनाने की तैयारी भी करनी है। वह समय चला गया जब व्यवस्था की समस्या एक व्यक्ति या ज्यादा से ज्यादा परिवार तक सीमित थी। आज यह समस्या सामाजिक और राष्ट्रीय सीमाओं को लांघ कर समूचे विश्व की समस्या बन चुकी है। अतः इससे निपटने के प्रयास भी व्यक्तिगत, सामाजिक, राष्ट्रीय और अंतर्राष्ट्रीय स्तर पर करने होंगे।

❋❋❋❋❋

5–वृद्धजनों की युवा वर्ग के साथ वैचारिक स्थिति

1.युवा वर्ग

युवा वर्ग सभी कालों और सभी स्थानों पर समाज का एक गतिषील व प्रगतिषील घटक होता है । विश्व इतिहास में इस बात के पर्याप्त प्रमाण है कि युवा अनेक राष्ट्रों के भाग्य विधाता व व्यवस्थापक रहे हैं। सभी कालों में सभ्यता की उत्पत्ति युवाओं के जोखिम, साहस, कल्पना व त्याग में परिलक्षित होती है। युवा निश्चित रूप से शक्ति, आदर्श, बेचैनी , निश्चय और त्याग का प्रतीक एवं मूर्त रूप है। "युवा वास्तव में उत्साह और सर्वागीण क्रियाओं के सम्पादन की क्षमता से परिपूर्ण है जो ऊर्जा के उपयोग अथवा अभिव्यक्ति का मार्ग प्रशस्त करता है।"

रामचन्द्र उपाध्याय ने लिखा है कि हिन्दुस्तान की परम्पराएं और जीवन के नजरिये को देखकर, यह भविष्यवाणी बड़ी आसानी से की जा सकती है कि इस देष में यदि क्रान्ति सम्भव है तो

युवा क्रान्ति । आज इस देष के कोने–कोने से हमारे युवक वर्ग में जो असीम असन्तोष, निराषा व तनाव एवं उसी के फलस्वरूप युवा आन्दोलन देखने को मिल रहा है वह सम्भवतः उसी क्रान्ति की पूर्व सूचना है और ऐसा क्यों न हो ? आजादी मिले 65 वर्ष के बाद भी जब युवा वर्ग को जीवित रहने का एक स्वस्थ आधार, अपने व्यक्तित्व को निखारने के लिए आवश्यक सुविधाएं और डिग्रियां प्राप्त करने के बाद भी रोजगार का कोई, ठिकाना प्राप्त नहीं हो सकता है तो उसमें असन्तोष व विद्रोह की आग भड़क उठना स्वाभाविक ही है।

2.युवाओं की स्थिति

अब वह जमाना नहीं रहा, जब युवा वर्ग आंख मूदकर अपने बड़े–बूढों का अनुसरण या अनुकरण मात्र ही करते थे। षिक्षा का विस्तार, यातायात और संचार के साधनों में उन्नति, युवा संगठन आदि के कारण अब युवा वर्ग केवल अपने अधिकारों के सम्बन्ध में ही नहीं अपितु अपने चारों ओर की परिस्थितियों विषेषकर षिक्षा सम्बन्धी आर्थिक तथा राजनीतिक परिस्थितियों व समस्याओं के सम्बन्ध में वह उत्तरोत्तर, सचेत होता जा रहा है। सम्भवताः ही उसे अपने लिए कुछ चीजों या अवस्थाओं की जरूरत होती है और जब वर्तमान परिस्थितियों में वह चीज उसे यूँ ही प्राप्त नहीं होती है तो उसे बाध्य होकर उन्हें प्राप्त करने के लिए युवा वर्ग को क्रियात्मक कदम उठाना या आन्दोलन करना पड़ता है चाहे वह क्रियात्मक कदम राजनीतिक नेताओं या कुलपति का घेराव करना हो अथव जलूस और नारेबाजी हो अथवा हड़ताल और हत्याएं हों। वास्तव में युवा क्रियावाद वह आन्दोलनात्मक विचारधारा व कर्म पद्धति है जो युवा वर्ग में

वर्तमान परिस्थितियों के प्रति असन्तोष, अपने भविष्य के सम्बन्ध में घोर निराषा और कुछ सीमा तक राजनीतिक पार्टियो द्वारा उन्हें गुमराह कर देने के फलस्वरूप पनपता है और जो अपने उद्देष्यों की पूर्ति के लिए अहिंसात्मक एवं हिंसात्मक दोनों ही तरीकों को अपनाते हैं। इसी से युवा क्रिया व वाद या छात्र अषान्ति व हिंसा की प्रकृति स्पष्ट है।

सामाजिक जीवन के विभिन्न क्षेत्रों में युवाओं की स्थिति निम्नवत है –

षिक्षा के क्षेत्र में

षिक्षा के क्षेत्र में युवा क्रियावाद सबसे उग्र और स्पष्ट है जोकि इस देश के प्रत्येक प्रान्त के स्कूलों, कालेजो तथा विष्वविद्यालयों में हर सत्र में दाखिले के प्रष्न को लेकर प्रारम्भ होता है, छात्र संघ के चुनाव के समय उग्र स्तर पर पहुचता है, किसी प्रिन्सिपल या उप कुलपति या पुलिस की किसी अन्यायपूर्ण कार्यवाही या नीति के ही प्रष्न को लेकर हड़ताल, तोड–फोड़ आदि हिंसात्मक कार्यो में बल जाता है और सबसे आखिर में परीक्षाओं का बहिष्कार अथवा नकल करने से रोकने वाले षिक्षकों को धमकी या उनकी पिटाई के साथ युवा क्रियावाद अथवा आन्दोलन का एक सत्र समाप्त होता है। रामचन्द्र उपाध्याय ने ऐसी ही विभिन्न आन्दोलनात्मक घटनाओं व उनके कारणों का बड़ा रोचक वर्णन इस प्रकार प्रस्तुत किया है – काषी विष्वविद्यालय का आंदोलन कुछ छात्र नेताओं के निष्कासन को वापस करने के लिये हुआ, गोरखपुर विश्वविद्यालय का आन्दोलन शुरू में गोली चलने और उसके बाद पुलिस प्रवेश को लेकर हुआ, बिहार का आन्दोलन पुलिस जुल्म के कारण हुआ, लखनऊ का छात्र आन्दोलन कुछ स्थानीय मांगों को लेकर हुआ, कानपुर

का आन्दोलन कक्षाओं में छात्रों की संख्या बढ़ाने को लेकर हुआ, देवरिया में आन्दोलन अध्यापक की कोतवाल द्वारा पिटाई पर हुआ, फैजाबाद व पिथौरागढ़ में आन्दोलन पृथक विश्वविद्यालय खोलने के सवाल पर हुआ, इलाहाबाद में आन्दोलन एक छात्र नेता के निष्कासन के सवाल पर हुआ।

आर्थिक क्षेत्र में युवा

आर्थिक क्षेत्र में युवा आन्दोलन मुख्य रूप से रोजगार की समस्या को लेकर घटित होता है। अधिकांष युवक षिक्षा समाप्ति के बाद किसी न किसी नौकरी में लग जाना, अपने तथा परिवार के लिए आर्थिक सुरक्षा प्राप्त करना चाहता है।

राजनीतिक क्षेत्र में युवा

राजनीतिक क्षेत्र भी युवा से अछूता नहीं है। छात्रों के द्वारा राजनीतिक में सक्रिय भाग लेना आज एक आम घटना बन गई है। इसका उज्जवल दृष्टान्त आम चुनाव में कई छात्र नेताओं का विधानसभा तथा लोकसभा के सदस्य चुना जाना है। छात्रों के लिए अब चुनावों में खुलकर भाग लेने के प्रति झुकाव राजनीतिक दल के प्रत्याषी अपने पक्ष में छात्र नेताओं का समर्थन प्राप्त करने का भरसक प्रयत्न करते हैं और इन्हीं के द्वारा चुनाव प्रचार कार्य भी करते हैं और इन्हीं के द्वारा चुनाव प्रचार कार्य भी करते हैं। इतना नहीं, एक युवा वर्ग तो आज शासन के अन्दर प्रत्यक्ष रूप से घुस बैठा है और यह चाहता है कि वयोवृद्ध नेताओं को हटाकर स्वयं शासन की बागडोर को संभाल ले। उसका यह मत है कि वर्तमान परिस्थितियों को वे जितना अच्छी तरह से समझते हैं उतना और कोई नहीं। इसलिए शासन सत्ता उनको मिलनी चाहिए। इस दिषा में शासन के

अन्दर और बाहर आज भारत के सभी राज्यों में तैयारियां चल रही हैं। इसी का बहुत ही उग्र रूप नक्सलवादी आन्दोलन के रूप में कुछ समय पहले तक पष्चिमी बंगाल में एक आतंक व अराजकता की सृष्टि कर लेने में सफल हुआ था और भी पश्चिमी बंगाल है। इस आन्दोलन के सभी प्रमुख कार्यकर्ता युवक वर्ग के ही थे और ये लोग तोड़–फोड़, लूट–पाट और बड़े पैमाने में हत्याओं के माध्यम से एक राजनीतिक उथल–पुथल लाने के लिए सक्रिय है। राजनीतिक क्षेत्र में युवा आन्दोलन का एक अत्यन्त उग्र रूप वी.पी. सरकार द्वारा 07 अगस्त 1990 को मण्डल आयोग की सिफारिषों को लागू करने के तुरन्त बाद देखने को मिला।

सार्वजनिक क्षेत्र में युवा

सार्वजनिक सभाओं, संगीत समारोह, कवि सम्मेलनों, सिनेमाघरों तथा खेलकूद के मैदानों में अनेक क्रिया–कलापों के बारे में अक्सर सुनने को मिलता है। कहीं पर उन्हें प्रवेष का उचित अधिकार नहीं मिला और कहीं पर उन्हें टिकट न मिलने की शिकायत हैं, कहीं पुलिस अफसरों द्वारा उन पर अत्याचार की घटना है तो कहीं सिनेमा या खेलकूद के टिकटों का ब्लैकमेल किये जाने के विरूद्ध उनकी शिकायत हैं पर केवल शिकायत करने तक ही उनका क्रियावाद समाप्त नहीं हो जाता है, शिकायत के साथ ही साथ हुल्लड़ मचाया जाता है जलूस निकाले जाते हैं, नारे लगाए जाते हैं, विरोध सभाएं होती हैं, सिनेमा के मैनेजर को पीटा जाता है अथवा सिनेमाघर में आग लगा दी जाती है, खेल के मैदान के फर्नीचर को तोड़ा जाता है और यदि पुलिस उनके इस कार्यो की रोकथाम करने आती है तो ईंटों, पत्थरों तथा सोड़े की बोतलों से उनका स्वागत किया जाता है। लखनऊ, इलाहाबाद, दिल्ली, बनारस, कलकत्ता, कानपुर,

चेन्नई, मुम्बई आदि सभी प्रमुख नगरों में इस प्रकार की कितनी ही घटनाएं अक्सर होती रहती हैं।

2.युवाओं की समस्याएं

युवा वर्ग भी सम्पूर्ण समाज व्यवस्था का एक अंग हैं और इसीलिए युवा क्रियावाद भी उस समाज व्यवस्था की वर्तमान परिस्थितियों का परिणाम है। भारत में कुछ वर्तमान सामाजिक परिस्थितियां युवाओं की समस्याओं को बढ़ावा देती हैं। वे परिस्थितियां या कारक निम्न हैं :–

आर्थिक असमानता एवं प्रतिस्पर्द्धा

समाजवादी की ओर बढ़ने का प्रयत्न किए जाने पर भी आधारभूत रूप में भारत में पूंजीवादी अर्थ व्यवस्था की ही प्रधानता है। फलतः इस देष में आर्थिक असमानताएं बहुत अधिक हैं। आज के युवा वर्ग इस असमानता का स्वयं ही शिकार है और इसके पंजे से छुटकारा पाने के लिए वह कई ढंग से छटपटाता है। यहीं युवा असंन्तोष व आन्दोलन का श्री गणेष होता है। इतना ही नहीं, आज हर क्षेत्र में गला काट व अनैतिक प्रतिस्पर्द्धा का बोलबाला है। दूसरी ओर हमारी षिक्षा इतनी अव्यवहारिक है कि अधिकांष युवक इस प्रतिस्पर्धा से जूझ नहीं पाते हैं। फलतः उसमें तनाव उत्पन्न होता है। वे एक तरह से चिढ़कर आन्दोलनात्मक कार्यवाही को ही चुन लेते हैं।

भयंकर बेराजगारी तथा मंहगाई

भारत में बेरोजगारी की समस्या दिन–प्रतिदिन गम्भीर होती जा रही है। सबसे दयनीय स्थिति है उच्च षिक्षा प्राप्त व कुषल षिक्षित बेराजगारों की । जब शिक्षा, सामर्थ्य और इच्छा तीनों रहते हुए भी देष के असंख्य युवकों को काम करने का अवसर नहीं मिलता तो

आन्दोलनात्मक कदम उठाने के अलावा उनके सामने दूसरा विकल्प ही क्या रह जाता है ? यूँ भी खाली मस्तिष्क शैतान का घर होता है, उस पर जब भीषण मंहगाई का चाबुक उस शैतान पर पड़ता है तो वह करो या मरो का बीड़ा भी उठा लेता है। हमें डिग्री नहीं, रोजी–रोटी चाहिए, बेकारों को काम दो या बेकारी का दाम दो, का उनका नारा और उस दिषा में उनके द्वारा उग्र प्रदर्शन आदि इसी परिस्थिति का परिणाम होता है।

उचित षिक्षा व्यवस्था अभाव

अंग्रेजो से विरासत में प्राप्त, हमारी आज की सम्पूर्ण षिक्षा व्यवस्था ही दोषपूर्ण और अनुचित है। वह हमारी वर्तमान आवश्यकताओं व उद्‌देष्यों को पूरा करने में पूर्णतया असफल है। फिर भी उसी व्यवस्था को हम जबरजस्ती घसीट रहे हैं। फलतः हमारे युवक वर्ग को केवल किताबी ज्ञान ही प्राप्त हो पाता है और शायद वह भी नहीं, विषेषकर उस अवस्था में जबकि दोषपूर्ण परीक्षा पद्धति के अन्तर्गत वह नकल करके पास होता है अथवा होना चाहता है। आज की षिक्षा उन्हें वास्तविक परिस्थितियों का सामना करने लायक अथवा रोजी–रोटी कमाने के मामले में स्वयं अपने पैरों पर खड़े होने योग्य नहीं बनाती है। इसका स्वाभाविक परिणाम उनमें असन्तोष व निराषा की भावना का पनपना ही होता है। लक्ष्यहीन षिक्षा आज के युवा वर्ग को भी लक्ष्य भ्रष्ट कर देती है। साथ इस षिक्षा के सम्बन्ध में सरकार की नीति भी कुछ अजीब व अनिष्चित है। वह छात्रों की वास्तविक समस्याओं को न तो समझते हैं और न ही समझने की कोषिष करते हैं। इससे भी असन्तोष व आन्दोलन को बढ़ावा मिलता है।

असुरक्षा की भावना

आज के नवयुवकों में एक अजीब असुरक्षा की भावना घर कर गई है। मनोवैज्ञानिक तौर पर वह किसी पर भरोसा नहीं कर पाता है – न तो दोस्तों पर, न षिक्षक पर और न ही परिवार या समाज पर । वह अपने जीवन की दिशा व लक्ष्यों को सुनिश्चित नहीं कर पाता है, वह नहीं जानता है कि षिक्षा प्राप्त करने के बाद उसे वास्तव में क्या करना है। उसके लिए स्वयं उसका ही भविष्य अन्धकारमय दिखता है। अतः वह एक मानसिक तनाव की स्थिति में होता है जोकि उसे उग्र और विघटनकारी कार्यो की ओर खींच ले जाता है।

औद्योगीकरण व नगरीकरण

औद्योगीकरण व नगरीकरण की प्रक्रिया ने केवल शहरों के ही नहीं, अपितु गांव के युवक वर्ग को भी प्रभावित किया है। नगरीकरण व औद्योगीकरण ने यदि एक ओर षिक्षा व नौकरी की सुविधाओं को बढ़ाया है तो दूसरी ओर ग्राम उद्योगों को नष्ट भी किया है। इन दोनों ही कारणों से गांव के अनेक युवक शहर में आकर बस जाते हैं और बेरोजगारी की समस्या को बढ़ाते हैं । साथ ही नगरीकरण व औद्योगीकरण ने संयुक्त परिवार को विघटित किया, परिवार के महत्व को कम किया, व्यापारिक मनोरंजन को पनपाकर युवा वर्ग के दिल व दिमाग को दूषित किया, बुरी आवास व्यवस्था को उत्पन्न कर शारीरिक व नैतिक पतन का रास्ता साफ किया और नगर के अन्य प्रलोभनों ने युवकों को अपनी बांहो में समेटकर भ्रष्ट किया। परिणाम जो कुछ हुआ असन्तोष व आन्दोलन के रूप में हमारे सामने है।

पारिवारिक नियंत्रण का ह्रास

व्यक्तिवादी मनोभाव, रोजी–रोटी की विकट समस्या, बेरोजगारी, महंगाई आदि ने आज परिवार के नियंत्रणात्मक प्रभाव को बहुत दूर कर दिया क्योंकि केवल पिता को ही नहीं, आज माता को भी पारिवारिक आवश्यकताओं की पूर्ति के लिये नौकरी करनी पड़ती है। फलतः बच्चों पर उनका नियंत्रण ढीला पड़ जाता है। साथ ही आज युवा वर्ग की अधिकांश आवश्कताओं की पूर्ति परिवार के द्वारा नहीं अपितु बाहरी संस्थाओं द्वारा होती है। इस कारण उसका अधिकतर समय परिवार से बाहर ही व्यतीत होता है जिसके कारण उसके लिए परिवार का महत्व व नियंत्रण अपने आप ही घट जाता है। जब परिवार के बड़े–बूढ़े, युवा सदस्यों पर उचित निगरानी व नियंत्रण नहीं रख पाते हैं और न ही उनका सही मार्ग निर्देषन करते हैं, तो उसके लिए युवा अवस्था के उग्र बहाव में बह जाना भी स्वाभाविक है।

उचित मनोरंजन के साधनों का अभाव

हमारा समाज युवा वर्ग के लिए उचित मनोरंजन की भी व्यवस्था नही करता। यह बात विशेषकर औद्योगिक नगरों पर लागू होती है जहां कि भूमि के अत्यन्त अभाव के कारण पार्क, खेलकूद के मैदान, सार्वजनिक मनोरंजन के अभाव में आज का युवा वर्ग मनोरंजन का कोई न कोई जोशीला, जोखिम युक्त व उमंग भरा उपाय चुन लेता है। हम निश्चित रूप से जानते हैं कि जलूस, नारेबाजी, प्रदर्षन, तोडफोड, हड़ताल आदि कार्यवाहियों में अनेक युवक–युवतियां केवल मनोरंजन या मखौल के लिए ही भाग लेते हैं।

राजनीतिक प्रभाव

आज के युवा वर्ग में राजनीतिक जागरूकता तेजी से बढ़ती जा रही है इसीलिए वह खुलकर राजनीति में भाग भी ले रहा है। फलतः देश में आज युवा नेतृत्व का विकास हो रहा है। यह कालेज के छात्रसंघ का चुनाव लड़ने और उस चुनाव को अच्छे बुरे किसी भी तरीके से जीतने से प्रारम्भ होता है और फिर लोकसभा या विधानसभा के चुनाव की ओर आगे बढ़ाता है। इसके प्रत्येक स्तर पर युवा आन्दोलन ही सामने आता है। इसके लिए कुछ राजनीतिक दल व नेता भी समान रूप से उत्तरदायी होते हैं जोकि अपने दलगत व व्यक्तिगत स्वार्थो की पूर्ति के लिए युवकों को भड़काते व काम में लगाते रहते है। इन नेताओं के कहने में आकर भी युवा वर्ग जुलूस, प्रदर्षन, तोड़फोड़, हड़ताल आदि करता है।

सरकार की गलत नीति

सरकार की गलत नीति के कारण भी युवा असन्तोष व आन्दोलन को बढ़ावा मिलता है। उदाहरणार्थ, उत्तर प्रदेश में चौ0 चरण सिंह मंत्रिमण्डल ने छात्रसंघ की सदस्यता को ऐच्छिक बनाने के लिए कानून बनाया तो उसके विरोध में काला कानून वापस लो नारे के साथ छात्र आन्दोलन की आग भड़क उठी। इसी प्रकार तीन विषय पढ़ाए जाएं या चार, ऐसे कानूनों द्वारा जानबूझकर सरकारी तौर पर आन्दोलन कराया जाता है। केवल इतना ही नहीं जब सरकार द्वारा किसी ऐसे व्यक्ति को विष्वविद्यालय का कुलपति बना दिया जाता है जो स्वयं से रिटायर हो चुका है और जो आजीवन शिक्षा मित्र से दूर रहा है तो ये लोग विश्वविद्यालयों में पहुॅचते ही अंग्रेजी का प्रयोग, चाटुकारिता को बढ़ावा तथा तमाम सही निर्णयों को रद्द कर अनाप–शनाप निर्णय लेना आरम्भ

कर देते हैं तो विश्वविद्यालय के छात्र आसानी से बेकार को काम दो कहना भूलकर कुलपति की तानाशाही नहीं चलेगी कहना प्रारम्भ कर देते हैं।

गलत नेतृत्व

आज के युवा क्रियावाद या आन्दोलन का एक महत्वपूर्ण कारण यह भी है कि युवा वर्ग को उचित नेतृत्व नहीं मिल रहा है। पिछले कई वर्षो से विश्वविद्यालयों का नेतृत्व चिन्तनशील समझदार युवा से वंचित होता जा रहा है, क्योंकि यह नेतृत्व उसी के पास रहेगा जो छात्रसंघ का चुनाव जीतकर आए और छात्रसंघ का चुनाव जीतकर आ सकता है जिसके पास धन संग्रह की कला हो, जिसके पास पर्याप्त शक्ति हो, जिसकी जाति बिरादरी की अच्छी खासी तादाद हो और जो वाणी को तेज चलाने की कला जानता हो, भले कर्म से उसका कोई मतलब न हो। ऐसे छात्र नेता युवा वर्ग केवल गुमराह ही करते हैं और अपने व्यक्तिगत व दलगत स्वार्थ सिद्ध के लिए युवकों को प्रदर्षन, तोडफोड़, मारकाट, हड़ताल आदि के लिए भड़काते रहते हैं।

3.वृद्धजनों की युवाओं के साथ वैचारिक स्थिति

युवाओं एवं परिवार के वृद्धजनों के मध्य एक पीढ़ी का अन्तर होता है। यह अन्तर दोनो ही वर्गो के मध्य वैचारिक असन्तुलन का परिदृश्य उपस्थित करता है फलस्वरूप दोनों के मध्य सामान्यतः सामान्य स्थिति का रह पाना कठिन हो जाता है। ष्षोधार्थिनी द्वारा सर्वेक्षण के दौरान वृद्धों और युवाओं के मध्य विद्यमान वैचारिक स्थिति को जानने का प्रयास किया है जिन्हें विभिन्न सारिणियों के माध्यम से विश्लेषित किया गया है।

सारिणी–1

वृद्धजनों के प्रति युवा सदस्यों का लगाव

आयु समूह	वृद्धजनों के प्रति युवा सदस्यों का लगाव					
	नगरीय			ग्रामीण		
	योग	हॉ	नहीं	योग	हॉ	नहीं
55–60	88	58 (66.0)	30 (34.0)	96	55 (57.3)	41 (43.7)
60–65	74	32 (43.3)	42 (56.7)	51	28 (55.0)	23 (45.0)
65–70	23	15 (65.3)	08 (34.7)	27	05 (18.6)	22 (81.4)
70–75	12	07 (58.4)	05 (41.6)	18	06 (33.4)	12 (66.6)
75 से ऊपर	03	00 (0.00)	03 (100.0)	08	00 (0.00)	08 (100.0)
योग	**200**	**112 (56.0)**	**88 (44.00)**	**200**	**94 (47.0)**	**106 (53.0)**

स्रोत – क्षेत्रीय सर्वेक्षण के आधार पर

सारिणी में परिवार के वृद्धजनों के मध्य युवा सदस्यों के लगाव की स्थिति को दर्शाया गया है। अध्ययन क्षेत्र के नगरीय उत्तरदाताओं (वृद्धजन) ने स्वीकार किया कि उनके परिवार के युवक–युवतियों उनके प्रति लगाव या अपनत्व की भावना रखते हैं , इनका प्रतिशतांक 56.0 है। ग्रामीण क्षेत्र के 53.0 प्रतिशत वृद्धजनों की व्यथा है कि उनके परिवार के युवा सदस्य उनके प्रति कोई लगाव नहीं रखते हैं तथा अपने ऊपर हमें बोझ समझते हैं।

नगरीय क्षेत्र के युवाओं का वृद्धों के प्रति लगाव के पीछे छिपे कारणों को शोधार्थिनी द्वारा जानने का प्रयास किया गया जिसमें

स्पष्ट हुआ कि अधिकांश वृद्ध अपने परिवार के जिन सदस्यों के साथ रहते हैं उनके परिवार छोटे है तथा वृद्धजनों द्वारा घरेलू जिम्मेदारियों में कुछ न कुछ सहयोग प्रदान किया जाता है जिससे उनके प्रति युवाओं का लगाव बना रहता है। ग्रामीण क्षेत्रों में परिवार का आकार अपेक्षाकृत बड़ा होने से युवाओं द्वारा वृद्धों को हाशिए में डाल दिया जाता है।

सारिणी .2

युवाओं द्वारा परम्पराओं के निर्वहन की स्थिति

आयु समूह	युवाओं द्वारा परम्पराओं के निर्वहन की स्थिति					
	नगरीय			ग्रामीण		
	योग	हाँ	नहीं	योग	हाँ	नहीं
55–60	88	40 (45.5)	48 (54.5)	96	63 (65.7)	33 (34.3)
60–65	74	29 (39.2)	45 (60.8)	51	36 (70.6)	15 (29.4)
65–70	23	09 (39.2)	14 (60.8)	27	18 (66.7)	09 (33.3)
70–75	12	01 (8.4)	11 (91.6)	18	05 (27.3)	13 (72.2)
75 से ऊपर	03	00 (0.00)	03 (100.0)	08	03 (37.5)	05 (62.5)
योग	**200**	**79 (39.8)**	**121 (60.2)**	**200**	**125 (62.5)**	**75 (37.5)**

स्रोत – क्षेत्रीय सर्वेक्षण के आधार पर

सारिणी संख्या में युवाओं द्वारा अपने परिवार की परम्पराओं के निर्वहन करने की स्थिति को शोधार्थिनी द्वारा विश्लेषित किया गया है। ''पीढ़ियाँ संस्कृति की संवाहक होती है'' की भावना को दृष्टिगत रखकर वृद्धजनों द्वारा अपने परिवार की युवा पीढ़ी को अपनी पारिवारिक परम्पराओं के निर्वहन करने की सलाह/ आदेश दिया जाता

है। अध्ययन क्षेत्र के ग्रामीण युवा अपने वृद्धों द्वारा परम्पराओं के निर्वहन की सलाह को स्वीकार करते हैं तथा परम्पराओं का निर्वहन करते हैं। इनका प्रतिशतांक 62.5 है जो सर्वाधिक है। जबकि नगरीय क्षेत्र में यह प्रतिशतांक मात्र 39.8 है। ग्रामीण युवाओं में सामाजिक दबाब परिलक्षित होता है क्योंकि प्राथमिक सम्बन्धों के केन्द्र ग्रामों में सामाजिक उपहास के पात्र न बनें इसीलिए युवाओं द्वारा अपनी पारम्परिक जिम्मेदारियों का निर्वहन किया जाता है। नगरीय क्षेत्र में एकाकीपन तथा अपने आप में केन्द्रित रहने की प्रवृत्ति से सामाजिक दबाब का भय नहीं रहता है, साथ किसी भी कार्य को कम समय में यानि ''शार्टकट'' रूप में करने की प्रवृत्ति दिखाई देती है। नगरीय युवा तर्को का सहारा लेकर सभी प्रकार की परम्पराओं को पालन करने में कोई विशेष रूचि नहीं रखता है।

सारिणी .3

वृद्धजनों द्वारा युवाओं के कार्यो में हस्तक्षेप करने की स्थिति

आयु समूह	वृद्धजनोंद्वारा युवाओं के कार्यो में हस्तक्षेप करने की स्थिति					
	नगरीय			ग्रामीण		
	योग	हॉ	नहीं	योग	हॉ	नहीं
55–60	88	58 (66.0)	30 (34.0)	96	60 (62.5)	36 (37.5)
60–65	74	44 (59.5)	30 (40.5)	51	45 (88.3)	06 (11.7)
65–70	23	15 (65.3)	08 (34.7)	27	20 (74.0)	07 (26.0
70–75	12	02 (16.7)	10 (83.3)	18	11 (61.1)	07 (38.9)
75 से ऊपर	03	01 (33.4)	02 (66.6)	08	05 (62.5)	03 (37.5)
योग	**200**	**120 (60.0)**	**80 (40.00)**	**200**	**141 (70.5)**	**59 (29.5)**

स्रोत – क्षेत्रीय सर्वेक्षण के आधार पर

परिवार के वृद्धजनों द्वारा परिवार के युवाओं (युवक–युवतियों) के कार्यो में हस्तक्षेप करने की स्थिति को सारिणी संख्या 5.3.3 में दर्शाया गया है। ग्रामीण क्षेत्र के वृद्धजनों द्वारा परिवार के युवाओं के कार्यो, जो उनकी (वृद्धों) की दृष्टि या विचार में उचित नहीं होता है उनमें सर्वाधिक हस्तक्षेप किया जाता है। इनका प्रतिशतांक 70.5 है जबकि नगरीय क्षेत्र के 60.0 प्रतिशत वृद्धों द्वारा युवाओं के कार्यो में हस्तक्षेप किया जाता है।

इस स्थिति का ताजा उदाहरण जो शोधार्थिनी के प्रकाश में आया है – बजाज समूह के मुखिया राहुल बजाज द्वारा बजाज चेतक स्कूटर का उत्पादन दिसम्बर 2009 से बन्द करने की घोषणा की गयी। इस खबर से जब मीडिया कर्मियों ने राहुल बजाज के पिता से इस पर कमेण्ट देने को कहा तो राहुल के पिता ने अपने पुत्र के इस निर्णय से व्यथित होकर कहा कि 'बजाज चेतक' तो हमारी पहचान है इसका उत्पादन बन्द नहीं होना चाहिए। इसका जबाब उसी क्रम में राहुल बजाज ने देते हुए कहा कि हमें व्यापार में भावनाओं के आधार पर नहीं तार्किक आधार पर निर्णय लेने चाहिए जिससे राहुल बजाज के पिता व्यथित हैं। ऐसी स्थितियां कमोवेश हमारी वर्तमान पारिवारिक संरचना में विद्यमान हैं जहॉ वृद्धों की सलाह को ''दकियानूसी विचार'' कहकर युवाओं द्वारा दरकिनार कर दिया जाता है। आयु वृद्धि के साथ वृद्ध हस्तक्षेप बन्द कर देते हैं जैसा कि सारिणी से स्पष्ट हो रहा है।

सारिणी .4

वृद्धजनों द्वारा युवाओं को राजनीतिक सलाह देने की स्थिति

आयु समूह	वृद्धजनों द्वारा युवाओं को राजनीतिक सलाह देने की स्थिति					
	नगरीय			ग्रामीण		
	योग	हॉ	नहीं	योग	हॉ	नहीं
55—60	88	60 (68.2)	28 (31.8)	96	40 (41.7)	56 (58.3)
60—65	74	65 (87.9)	09 (12.1)	51	20 (39.3)	31 (60.7)
65—70	23	16 (69.5)	07 (58.3)	27	07 (26.0)	20 (74.0)
70—75	12	05 (41.7)	07 (58.3)	18	05 (27.8)	13 (72.2)
75 से ऊपर	03	02 (66.7)	01 (33.3)	08	00 (0.00)	08 (100.0)
योग	**200**	**148 (74.0)**	**52 (26.00)**	**200**	**72 (36.0)**	**128 (64.0)**

स्रोत — क्षेत्रीय सर्वेक्षण के आधार पर

राजनीतिक क्षेत्र में घटित एवं सम्पादित होने वाले कार्यकलापों के संदर्भ में वृद्धजनों द्वारा युवाओं को राजनीतिक सलाह देने की स्थिति को सारिणी संख्या में दर्षाया गया है। नगरीय क्षेत्र के 74.0 प्रतिशत वृद्ध राजनीति के सम्बन्ध में अपने परिवार के युवा वर्ग को सलाह देते हैं जबकि ग्रामीण क्षेत्र के 64.0 प्रतिषत वृद्ध किसी प्रकार की राजनीति सलाह नहीं देते हैं। वृद्धजनों की युवा वर्ग के सदस्यों को राजनीतिक सलाह देने या न देने की स्थिति आयु वृद्धि के साथ प्रभावित होती जाती है जैसा कि सारिणी में प्रदर्षित किया गया है।

ग्रामीण क्षेत्र के वृद्धों द्वारा राजनीतिक सलाह न देने की स्थिति के पीछे मुख्य कारण षिक्षा एवं जागरूकता की कमी दिखाई देती है।

सारिणी .5

वृद्धजनों एवं युवा वर्ग के सदस्यों के साथ वार्तालाप की स्थिति

आयु समूह	वृद्धजनों एवं युवा वर्ग के सदस्यों के साथ वार्तालाप की स्थिति					
	नगरीय			ग्रामीण		
	योग	हॉ	नहीं	योग	हॉ	नहीं
55–60	88	58 (66.0)	30 (34.0)	96	55 (57.3)	41 (43.7)
60–65	74	65 (87.9)	09 (12.1)	51	20 (39.3)	31 (60.7)
65–70	23	18 (78.3)	05 (21.7)	27	09 (33.4)	18 (66.6)
70–75	12	03 (25.0)	09 (75.0)	18	02 (11.2)	16 (88.8)
75 से ऊपर	03	00 (0.00)	03 (100.0)	08	01 (12.5)	07 (87.5)
योग	**200**	**144 (72.0)**	**56 (28.00)**	**200**	**87 (43.5)**	**113 (56.5)**

स्रोत – क्षेत्रीय सर्वेक्षण के आधार पर

सारिण वृद्धों एवं युवा वर्ग के पारिवारिक सदस्यों के साथ वार्तालाप की स्थिति को दर्षाया गया है। नगरीय क्षेत्र के 72.0 प्रतिषत वृद्धों ने स्वीकार किया उनके परिवार के युवा वर्ग के सदस्य समय–समय पर उनके साथ वार्तालाप करते हैं। ग्रामीण क्षेत्र में यह प्रतिषत 43.5 है। जैसे–2 आयु में वृद्धि होती जाती है परिवार के युवा वर्ग के सदस्यों के साथ वार्तालाप की स्थिति कम होती जाती है।

नगरीय क्षेत्र युवा वर्ग के लोग कार्यस्थल से सम्बन्धी बातों को अपने वृद्ध परिवार के सदस्यों के साथ वार्तालाप के मध्य से बांटते हैं। इसके अतिरिक्त नगर एवं क्षेत्र में घटित होने वाली घटनाओं के सम्बन्ध में वार्तालाप युवा वर्ग एवं वृद्धों के वार्तालाप का विषय होते हैं।

ग्रामीण क्षेत्रों में सीमिति क्षेत्र एवं सीमित कार्यकलापों के चलते ग्रामीण परिवेष की घटनाएं ही वार्तालाप का विषय होती है विशेषकर ग्राम में घटित होने वाले विवाद ही वार्ता का मुख्य विषय होते हैं।

सारिणी .6

वृद्धजनों एवं युवा वर्ग के मध्य कलह की स्थिति

आयु समूह	वृद्धजनों एवं युवा वर्ग के मध्य कलह की स्थिति					
	नगरीय			ग्रामीण		
	योग	हॉ	नहीं	योग	हॉ	नहीं
55–60	88	52 (59.1)	36 (40.9)	96	71 (73.9)	25 (26.1)
60–65	74	66 (89.2)	08 (10.8)	51	45 (88.3)	06 (11.7)
65–70	23	19 (82.7)	04 (17.3)	27	21 (77.8)	06 (22.2)
70–75	12	09 (75.0)	03 (25.0)	18	10 (55.6)	08 (44.4)
75 से ऊपर	03	03 (100.00)	00 (0.00)	08	07 (87.5)	01 (12.5)
योग	**200**	**149 (74.5)**	**88 (44.00)**	**200**	**154 (77.0)**	**46 (23.0)**

स्रोत – क्षेत्रीय सर्वेक्षण के आधार पर

वृद्धजनों एवं युवाओं के मध्य कलह की स्थिति का विशलेषण सारिणी में किया गया है। नगरीय क्षेत्र की तुलना में ग्रामीण क्षेत्र

के वृद्धजनों एवं परिवार के युवा सदस्यों के मध्य कलह की स्थिति का प्रतिषतांक (77.0) है। नगरीय क्षेत्र के वृद्ध में यह प्रतिषतांक 74.5 है।

सर्वेक्षण के दौरान पाया गया कि पुरूष युवाओं और वृद्ध पुरूषों की तुलना में वृद्ध महिलाओं एवं परिवार की युवा बहुओं के मध्य कलह की स्थिति अधिक उत्पन्न होती है जिनमें पर्दा प्रथा का पालन न करना, वृद्ध महिलाओं के निर्देशों का पालन न करने तथा वृद्धों की उपेक्षा करने की स्थिति में कलह अधिक होता है। वृद्धों द्वारा प्रायः युवा वर्ग के कार्यो में हस्तक्षेप करते रहने, गन्दगी पैदा करने जैसे कारण युवा वर्ग में वृद्धों के प्रति आक्रोश पैदा करता है, कलह की स्थिति प्रायः घर की चाहर दीवारी के बाहर तक चली जाती है। नगरीय क्षेत्रों में प्रायः वृद्ध वर्ग अपने मिलने जुलने वालों से बहुओं, बेटों के क्रिया कलापों से सम्बन्धी व्यथा बताते हुए सुना जा सकता है। वृद्धों की इच्छा एवं समयानुसार भोजन न मिलने जैसे कारणों के साथ ही वृद्धों को बिना बताए घर से बाहर रहने तथा देर रात तक घर लौटने की स्थिति कलह पैदा करती है।

वृद्धजनों एवं युवा पीढ़ी के सदस्यों के मध्य वैचारिक मतभेदों का परिदृष्य स्पष्ट होता है। परिवार के युवक हो या फिर युवतियॉ , उन्हें परिवार के वृद्धजनों के दिषा–निर्देष या सलाह सामान्यतः स्वीकार नहीं होती हे। कारण वृद्धजन अपने जीवनकाल में समस्याओं के जिन स्वरूपों को देखा है और उनका निवारण जिस प्रकार से किया है, वे चाहते हैं कि वर्तमान पीढ़ी उसी के अनुसार कार्यो को करें। किन्तु युवा पीढ़ी को ये सब मन्जूर नहीं है। वे किसी भी घटना को तार्किक आधार पर देखते हैं और उसी के अनुसार अपने कार्यो को सम्पादित करना चाहते हैं।

परिवार में यह स्थिति अन्तर–पीढ़ी संघर्ष को दर्शाता है। वृद्धजन उम्र वृद्धि के साथ अपने अनुभवों को परिवार में बांटना चाहते हैं किन्तु युवाओं को उनके अनुभवों में किसी प्रकार की रूचि नहीं दिखाई देती है। वृद्ध परिवार के अन्दर सम्पादित होने वाले कार्यों में अपने विचार बिना किसी के कहे देते तो रहते हैं किन्तु युवा पीढ़ी उसे सहर्ष स्वीकारती हो ऐसा नहीं है उनके सुझावों से वे चिड–चिड़ा जाते हैं परिणामतः परिवार में कलह की स्थिति उत्पन्न हो जाती है।

6. वृद्धजनों का पारिवारिक सामन्जस्य

1.परिवार

परिवार समाज की प्राथमिक इकाई हैं। मनुष्य परिवार में ही जन्म लेता है तथा अपनी बाल्यावस्था में वह परिवार में ही भाषा, व्यवहार, पद्धति तथा सामाजिक प्रतिमानों को सीखता है। किसी न किसी रूप में परिवार सार्वभौम समूह है। यह जनजातीय, ग्रामीण और नगरीय समुदायों तथा सभी धर्मों के मानने वालों एवं सभी संस्कृतियों में पाया जाता है।

परिवार के इस सार्वदेशिक स्वरूप के उपरांत भी विभिन्न समाजों में इसकी संरचना में व्यापक विभिन्नता दिखाई देती हैं। जनजातीय और कृषक समाजों में कई पीढ़ियों के लोग एक साथ रहते हैं। इनमें बड़े आकार के अथवा संयुक्त परिवार पाए जाते हैं औद्योगिक समाज व्यवस्था के अंतर्गत परिवार का आकार सिमट कर पति, पत्नी और बच्चों तक सीमित रह गया है। इसे समाजशास्त्रियों ने एकाकी परिवार की संज्ञा दी है।

परिवार के दो पक्ष है संरचनात्मक और संस्थागत, परिवार कुछ सदस्यों से मिलकर बनता है। ये सदस्य साथ रहते हैं। इनका घर होता है। इनके बीच पारस्परिक संबंध होते है। साथ रहने के इनके कुछ निश्चित लक्ष्य होते हैं। इस अर्थ में परिवार एक समूह हैं। परिवार की संरचना के मूल में कुछ निश्चित नियम और कार्यप्रणाली है। इस दृष्टि से परिवार एक संस्था भी होता है।

मैकाइवर और पेज का मत है कि परिवार यौन–सम्बन्धों के द्वारा परिभाषित एक निश्चित और दीर्घकालीन समूह है जो बच्चों का प्रजनन और लालन–पालन करता है। इनमें अन्य रक्त–संबंधी भी साथ रह सकते हैं लेकिन मुख्य रूप से इनकी संरचना स्त्री पुरूष और उनके बच्चों के साथ रहने से होती हैं। इनके साथ रहने से जो इकाई बनती हैं, उसे परिवार कहते हैं। ऑगबर्न और निमकॉफ का विचार है कि परिवार पति–पत्नी के साहचर्य से बनी, बच्चों सहित अथवा बिना बच्चों की समिति है। इनके अनुसार केवल पति–पत्नी अथवा स्त्री अथवा बच्चे अथवा केवल पुरूष तथा बच्चों के साथ रहने से भी परिवार बन सकता है। इनके अनुसार परिवार केवल इन्हीं व्यक्तियों तक सीमित नहीं है। इसका आकार विस्तृत भी हो सकता है, उसे ऑगबर्न और निमकाफ के अनुसार संयुक्त परिवार कहा जा सकता है। ये लोग परिवार और संयुक्त परिवार में अंतर करते हैं। परिवार के कुछ निश्चित तत्व होते हैं। वे इस प्रकार हैं–

1. परिवार एक प्राथमिक निश्चित और दीर्घकालीन समूह होता है।
2. इस समूह की रचना पति–पत्नी के सापेक्ष के रूप में स्थायी साहचर्य और यौन–संबंधों से होती हैं।

3. परिवार में पत्नी के बच्चे भी साथ रहते हैं परिवार बच्चों का प्रजनन और लालन पालन करता है।

4. परिवार का आकार विस्तृत भी हो सकता है। जिसमें कई पीढ़ियों के लोग साथ रह सकते हैं।

5. परिवार का आकार केवल पति पत्नी अथवा केवल पुरूष एवं बच्चे अथवा केवल स्त्री और बच्चे तक भी सीमित हो सकता है।

6. जब कई पीढ़ियों के लोग एक साथ रहते हैं तो उसे घराना या संयुक्त परिवार कहा जाता है।

परिवार की विशेषताऐं

स्त्री–पुरूषों के साथ रहने, बच्चों के प्रजनन एक लालन–पालन मात्र से ही परिवार नहीं बन जाता है। स्त्री–पुरूष के संबंधों को स्थायी रूप से पति–पत्नी के संबंधों में बदल देने में विवाह की भूमिका उल्लेखनीय है। यौन–संबंधों और प्रजनन के साथ मनोवैज्ञानिक लगाव का होन भी अनिवार्य है। समाजशास्त्रीय महत्व की दृष्टि से समाज का कोई अन्य संगठन परिवार से मुकाबला नहीं कर सकता है। मैकाइवर और पेज के अनुसार परिवार की निम्नांकित विशेषताएं हैं–

1. सार्वभौमिकता।
2. भावनात्मक आधार।
3. व्यक्ति के आरंभिक जीवन को प्रभावित करने वाला सामाजिक पर्यावरणात्मक स्वरूप।
4. सीमित आकार।

5. सामाजिक संरचना की केन्द्रीय स्थिति।
6. सदस्यों में उत्तरदायित्व की भावना।
7. सामाजिक नियमन।
8. स्थायी अथवा अस्थायी प्रकृति।

परिवार की उपरोक्त विशेषताओं पर विचार करें तो स्पष्ट होता है कि एक ओर तो इसका जैविकीय पक्ष है, जिसके द्वारा स्त्री पुरूष निश्चित नियमों और विधियों के द्वारा पति–पत्नी बनते हें। वे आपस में यौन और भावात्मक संबंध रखते हैं, तथा बच्चों का प्रजनन और लालन–पालन करते हैं। दूसरा इसका सामाजिक पक्ष है। जिसके अंतर्गत परिवार के सदस्य एक दूसरे के प्रति अपने उत्तरदायित्वों का पालन करते हैं, एक सामाजिक सांस्कृतिक पर्यावरण के रूप में परिवार अपने सदस्यों के जीवन को सामाजीकरण के प्रक्रिया द्वारा प्रभावित करता है। अपने सदस्यों के व्यवहारों का परिवार नियमन भी करता है।

परिवार का आकार अन्य समूहों, संगठनों और समितियों की तुलना में छोटा होता है। इस प्रसंग में यह ध्यान में रखने की बात है कि परिवार का आकार कभी–कभी कृषक और जनजातीय समुदायो में बहुत बड़ा भी हो सकता है। परिवार की प्रकृति सार्वदेशिक है क्योंकि यह सभी समाजों में पाया जाता है। परिवार का अस्तित्व एक समूह के रूप में स्थायी है। परिवार विशेष की प्रकृति स्थायी अथवा अस्थायी हो सकती है।

6.2 परिवार का विकास

परिवार का आधुनिक संगठन कई सोपानों से होकर गुजरा है। परिवार, विवाह, आर्थिक व्यवस्था और उत्तराधिकार में अतः संबंध है। परिवार की संरचना, कार्य पद्धति का प्रकार्य सामाजिक, आर्थिक व्यवस्था के परिवर्तन के साथ बदलते रहे हैं।

मार्क्स एंगेल्स और मोर्गन ने इस मत का प्रतिपादन किया है कि आदिम समाज में यौन–संबंधों की स्वच्छंदता थी और उनमें परिवार तथा विवाह की संस्थाओं का अस्तित्व नहीं था। कुछ आदिम समाजों में उत्सव के समय यौन संबंधों के छूट या पत्नियों की अदला–बदली की प्रथा के कारण ये लोग इस तरह के निष्कर्ष पर पहुँचे थे। मानव–शास्त्रियों द्वारा आदिम समाजों के अध्ययनों और विशेषकर मैलिनास्की के शोधों से इस बात की पुष्टि होती है कि किसी न किसी रूप में आदिम समाज में भी परिवार का संगठन पाया जाता है। आदिम सामाजिक और आर्थिक व्यवस्था में विशेषकर कृषि व्यवस्था में अधिक मानवीय श्रम की आवश्यकता पड़ती है। इन समाजों में परिवार का आकार प्रायः विस्तृत होता है। इनमें बहु विवाह की प्रथा भी प्रचलित थी। इस कारण भी परिवार का आकार बड़ा होता था।

औद्योगिक नगरीय व्यवस्था में परिवार का आकार छोटा हो गया है। इस व्यवस्था में परिवार का अर्थ प्रायः पति–पत्नी तथा उनके बच्चों तक सीमित हो गया है। इसके पीछे कुछ सामाजिक और आर्थिक कारक हैं। श्रम और वेतन पर आधारित व्यवस्था में अकेला व्यक्ति अपने कार्य के लिए उत्तरदायी होता है। रोजगार की तलाश में व्यक्ति गाँव से नगर में आता है। नगर में वेतन मकान और जीविका की बाध्यताएं उसे परिवार को

सीमित करने के लिए प्रेरित करती हैं। आधुनिक नगरीय औद्योगिक व्यवस्था में विवाह का आधार प्रेम और व्यक्तिगत पसंद पर आधारित है। इस कारण भी परिवार का आकार छोटा हुआ है।

परिवार के प्रकार्य

एक समूह के रूप में परिवार अनेक प्रकार्यों को पूरा करता है। मरडाक के अनुसार परिवार के निम्नांकित प्रकार्य हैं–

1– यौनगत

2– प्रजननात्मक

3– आर्थिक

4– शैक्षणिक

गुडे के अनुसार परिवार के निम्नलिखित कार्य हैं–

1– बच्चों का प्रजनन

2– पारिवारिक सदस्यों का भौतिक अनुरक्षण

3– बच्चों एवं व्यवस्कों के सामाजिक स्थान का निर्धारण

5– सामाजीकरण एवं भावनात्मक सहारा

6– सामाजिक नियंत्रण

परिवार के उपरोक्त प्रकार्यों को निम्नांकित चार भागों में विभाजित किया जा सकता है–

1. जैवकीय
2. सामाजिक
3. मनोवैज्ञानिक
4. आर्थिक

सबसे पहले परिवार जैविकीय आवश्यकताओं की पूर्ति करता है, जिसमें अत्यन्त महत्वपूर्ण आवश्यकता है, यौन संतुष्टि। परिवार यौन संतुष्टि की आवश्यकता को विवाह के माध्यम से संस्थागत स्वरूप देता है। बिना परिवार बनाए भी यौन संतुष्टि संभव है। लेकिन परिवार के मध्य से इस जैविकीय आवश्यकता की पूर्ति को सामाजिक स्वीकृति मिलती है। परिवार का दूसरा जैविकीय कार्य बच्चों का प्रजनन है, प्रजनन के द्वारा मानव जाति एक पीढ़ी से दूसरी तक गुजरते हुए जीवित रहती है। प्रजनन के साथ मनुष्य की अनेक मनोवृत्तियाँ जुड़ी हैं, जिनमें संतान के रूप में वंशज का संतोष प्रमुख हैं। उसके द्वारा व्यक्ति संपत्ति के लिए उत्तराधिकारी प्राप्त करता है तथा वंशज के रूप में अनेक स्मृति और धरोहर की रक्षा करता है। परिवार का तीसरा जैविकीय कार्य प्रजनन के द्वारा मानव जाति के अस्तित्व की रक्षा है।

परिवार के कुछ–कुछ सामाजिक प्रकार्य भी हैं। यह बच्चों का पालन पोषण करता है और उनके समाजीकरण में सहायता देता है। बच्चे परिवार के मध्य ही विकसित होते हैं। वे परिवार में ही भाषा रीतिरिवाज परंपरा तथा आचार को सीखते हैं। परिवार का महत्वपूर्ण योगदान इसके सदस्यों के सामाजीकरण तथा उनके व्यवहारों के नियमन एवं सामाजिक नियंत्रण में हैं। परिवार अपने सदस्यों को इस बात की सीख देता है कि उन्हें क्या करना चाहिए जिससे उनके समाजीकरण स्वयं के विकास तथा एक पीढ़ी से दूसरी पीढ़ी को पारिवारिक परंपराओं, रीतिरिवाजों और विश्वासों को सीख देने में सहायता मिलती है। इसके साथ ही साथ परिवार अपने सदस्यों को इस बात की भी सीख देता है कि उन्हें क्या नहीं करना चाहिए इससे परिवार के सदस्यों के व्यवहारों का नियमन होता

है। परिवार द्वारा अनुमोदित तथा समाज द्वारा स्वीकृत नियमों, मूल्यों तथा प्रथाओं को इस तरह परिवार के सदस्य हृदयंगम करते हैं और व्यवहार के मापदण्डों से विचलित नहीं होते हैं।

जैविकीय और सामाजिक कार्यों के अतिरिक्त परिवार मनोवैज्ञानिक और भावनात्मक आवश्यकताओं की भी पूर्ति करता है। परिवार में इसके सदस्यों को साहचर्य, प्रेम, सहानुभूति तथा मानसिक संबल प्राप्त होता है। परिवार का एक अन्य महत्वपूर्ण कार्य आर्थिक भी है।

औद्योगिक व्यवस्था से पूर्व और जनजातीय तथा कृषक समाजों में आज भी परिवार उत्पादन की इकाई है। पारिवारिक व्यवसाय जैसे कृषि, दस्तकारी, गृह उद्योग, पशुपालन, शिकार आदि कार्यों में परिवार के सभी समर्थ सदस्य समान रूप से योग देते हैं। परिवार अपने सदस्यों को आर्थिक सुरक्षा प्रदान करता है और उनकी प्राथमिक आवश्यकताओं जैसे–भोजन, सुरक्षा, आवास, कपड़े तथा बीमारी में देख–रेख की व्यवस्था करता है।

परिवार के प्राणीशास्त्रीय और सामाजिक, सांस्कृतिक कारकों के अनवरत अंतः क्रिया चलती रहती है। परिवार के द्वारा शिशु जो मात्र प्राणी होता है। एक मनुष्य में परिवर्तित होता है। मनुष्य के जैविकीय और सांस्कृतिक पक्ष एक ओर तो दूसरे के पूरक हैं, दूसरी ओर उनमें परस्पर विरोध और द्वंद की स्थिति भी बनी रहती है। जैवकीय इच्छाओं का निगमन सामाजिक, सांस्कृतिक कारकों के द्वारा होता हैं। कभी–कभी ऐसा भी होता है कि सामाजिक, सांस्कृतिक कारक जैविकीय संवेगों का नियमन नहीं भी कर पाते हैं तब समाज में नई समस्याएं उठ खड़ी होती हैं। यहाँ

एक बात स्मरणीय है कि मात्र जैविकीय जरूरत और संवेग परिवार की संरचना नहीं कर सकते हैं।

6.3 परिवार प्रणाली में परिवर्तन और तत्जनित समस्याएं

औद्योगीकरण, नगरों के विकास, आप्रवास, यातायात तथा संचार के क्षेत्र में हुए चमत्कारिक क्रांति, राज्य के प्रभाव क्षेत्र में विस्तार तथा व्यक्तिवादी जीवन दर्शन के प्रभाव के कारण परिवार प्रणाली में व्यापक परिवर्तन हुए हैं। परिवर्तन की गति कहीं–कहीं इतनी तीव्र रही है कि विलियम जे0 गुडे जैसे समाजशास्त्रियों के रूढ़िवादी तथा क्रांतिकारी दोनों विचारधाराओं और अमेरिकी समाज के अनुभव को ध्यान में रखते हुए यह सवाल भी उठाया है कि क्या परिवार प्रणाली का अन्त हो रहा है। वस्तुतः बात ऐसी नहीं है। आज भी एशिया और अफ्रीका में प्रायः पूरे तौर पर तथा यूरोप तथा अमेरिका में हर परिवर्तन के उपरांत भी परिवार एक संस्था के रूप में अत्यंत प्रभावशाली हैं।

परिवार प्रणाली में परिलक्षित परिवर्तनों की जड़ में औद्योगिक व्यवस्था के बढ़ते प्रभाव का महत्वपूर्ण हाथ है। औद्योगीकरण और इससे प्रभावित नगरीकरण की प्रक्रिया के कारण उत्पादन की पद्धति, आप्रवास, सामाजिक गतिशीलता तथा पारस्परिक संबंधों पर व्यापक प्रभाव पड़ा है। परिणाम यह हुआ है कि औद्योगिक नगरीय व्यवस्था में आधुनिक परिवार उस तरह तो उत्पादन की आर्थिक इकाई नहीं रह गया है जिस तरह यह जनजातीय और कृषक समाजों में हैं। आज भी ग्रामीण समाज में खेती तथा कारीगरी में लगे लोगों के लिए परिवार आर्थिक उत्पादन की इकाई है। किसान अपनी भूमि पर परिवार के अन्य सदस्यों के साथ खेती करता है और अन्न पैदा करता है। लोहार, सुनार, कुम्हार अपने घर पर ही लोहे

का सामान, गहने तथा मिट्टी के बर्तन परिवार के सदस्यों के सहयोग से बनाते हैं। लेकिन औद्योगिक व्यवस्था में उद्यमों का स्वामित्व उद्योगपतियों के हाथ में होता है। काम करने वाले श्रमिक दूसरे लोग होते हैं। इस तरह परिवार औद्योगिक व्यवस्था में उत्पादन की इकाई नहीं रह गया है। इसमें पति–पत्नी तथा व्यस्क बच्चे भी काम करते हैं। उनके काम के स्थान, काम के घंटे, सेवा की शर्तें उनके नियंत्रण के बाहर होते हैं। इस तरह पारिवारिक सदस्यों की भौतिक निकटता धीरे–धीरे समाप्त हो रही है। उत्पादन की पद्धति तथा लोकतांत्रिक व्यवस्था के मिले जुले प्रभाव के कारण व्यक्तिवादी विचारधारा प्रबल हुई हैं। इस कारण परिवार के सदस्यों के पुराने रिश्तों तथा उनकी भूमिकाओं में व्यापक परिवर्तन हुआ है। पति पत्नी दोनों के स्वतंत्र रूप में किसी व्यवसाय में लगे होने से स्वाभाविक रूप से इस पुरानी धारणा में परिवर्तन आया है कि पत्नी का काम घर और बच्चों की देखभाल करना है। आर्थिक रूप से स्त्रियों की पुरूषों पर निर्भरता धीरे–धीरे कम हो रही है और वे स्वतंत्र जीवन यापन करने की ओर उन्मुख हो रही है। अपने जीवन एवं विवाह के विषय में वे स्वतंत्र रूप से निर्णय लेने की क्षमता रखती है।

इस व्यवस्था का प्रभाव परिवार के आकार पर भी पड़ा है। अब मिले जुले विस्तृत तथा संयुक्त परिवार प्रणाली के स्थान पर एकाकी तथा वैयक्तिक परिवार प्रणाली का प्रचलन बढ़ रहा है। इसके साथ ही एकाकी परिवारों के अन्तर्गत भी छोटे परिवार तथा कम बच्चों पर जोर दिया जा रहा है। इस प्रसंग में एक प्रश्न उठ सकता है कि क्या भारत की संयुक्त परिवार प्रणाली परिवर्तित हो रही है? कापड़िया का मत है कि परिवर्तन हो रहा है और छोटे तथा एकाकी परिवारों की प्रवृत्ति बढ़ रही है। आई.पी.

देसाई ने महाराष्ट्र राज्य के जनगणना के आकड़ों से इस बात से अपनी असहमति व्यक्त की है।

सदस्यों की शिक्षा, स्वास्थ्य, देख–रेख, खानपान आदि का उत्तरदायित्व पहले पूर्ण रूप से परिवार पर था। आज अनेक संस्थाओं तथा व्यावसायिक समूहों जैसे राज्य, विद्यालय, अस्पताल, अध्यापक, डाक्टर, नर्स आदि ने परिवार के बहुत से कार्यों को अपने अधिकार क्षेत्र में ले लिया हैं कल्याणकारी और समाजवादी राज्य की धारणा के साथ शिक्षा तथा स्वास्थ्य का प्रबन्ध, वृद्धों, बच्चों, गर्भवती महिलाओं तथा अपंगों आदि के देखभाल का उत्तरदायित्व भी काफी सीमा तक राज्य ने ले लिया है। इसके कारण भी परिवार की भूमिका का अधिकार क्षेत्र सीमित हो गया है। व्यक्तिवादी विचारधारा का भी पति–पत्नी के संबंधों, उनकी भूमिका, बच्चों का लालनपालन, माता–पिता के नियंत्रण आदि पर गहरा प्रभाव पड़ा है। विशेष रूप से यूरोप, अमेरिका तथा औद्योगिक दृष्टि से विकसित समाजों में परिवार की सुदृढ़ता तथा भूमिका के पारंपरिक दृष्टिकोण में व्यापक परिवर्तन हुआ है। परिणाम यह हुआ है कि विवाह अब दो परिवारों के आपसी संबंधों के स्थान पर दो व्यक्तियों के पारस्परिक आकर्षण और निर्णय का फल हो चला है। विवाह अब माता–पिता द्वारा निर्धारित होने के स्थान पर परिणयसूत्र में बंधने वाले जोड़ों का अपना व्यक्तिगत निर्णय है। विवाह का आधार पारस्परिक प्रेम माना जा रहा है। इस विचारधारा का स्वाभाविक प्रतिफल यह है कि पति पत्नी जब पारस्परिक प्रेम और आकर्षण की स्थिति में विवाह का निर्णय ले सकते हैं। तो इन तत्वों के अभाव में विवाह को तोड़ने का भी उन्हें अधिकार हैं। इस तरह तलाक की दर में पश्चिमी देशों में काफी वृद्धि हुई है। भारत में कानूनी रूप से हिंदू विवाह

अधिनियम 1995 के बाद तलाक का प्रावधान हिंदू विवाह के क्षेत्र में भी हो गया है। इससे परिवार की सुदृढ़ता तथा स्थिरता की परंपरागत मान्यता प्रभावित हुई है।

जहाँ तक भारतीय परिवार प्रणाली का प्रश्न है। इस पर विचार करते समय भारत की भौगोलिक जनसंख्या विषयक और सांस्कृतिक विविधता को ध्यान में रखने की जरूरत है। परिवार की संरचना में विवाह का महत्वपूर्ण हाथ है। हिन्दुओं के लिए विचारधारा की दृष्टि से विवाह एक संस्कार है जबकि मुसलमानों के लिए यह एक समझौता है। भारत की विभिन्न जातियों में विवाह और परिवार की वर्णित अनेक प्रणालियाँ पाई जाती है। इसके उपरांत भी भारत में कृषि अर्थव्यवस्था परिवार प्रणाली में काफी समानता पाई जाती है। आमतौर पर भारत में धर्म और संस्कृति की विभिन्नता के उपरांत भी परिवार की प्रणाली संयुक्त अथवा विस्तृत है। आज भी तलाक के मामले प्रायः सभी समुदायों के मध्य काफी है। बूढ़े माता–पिता की देखभाल का दायित्व परिवार के सदस्यों और पुत्रों पर है। कृषक ओर कारीगर परिवार उत्पादन तथा इसके साधनों पर पूरे परिवार के सभी सदस्यों का स्वामित्व होता है। लेकिन बढ़ते उद्योगीकरण, नगरीकरण, अप्रवास और सामाजिक गतिशीलता के साथ परिवार संबंधी व्यक्तिवादी विचारधारा का उदय धीरे–धीरे भारतीय समाज में भी दिखाई देने लगा है।

सामूहिकता के स्थान पर व्यक्तिवादी विचारधारा के उदय होने से जहाँ संयुक्त परिवार की अवधारणा प्रभावित हुई हैं, वहीं इस व्यवस्था से जुड़ी अनेकानेक विशेषताएं भी परिवर्तित हुई है। “संकट का बीमा” कहे

जाने वाले संयुक्त परिवारों में वृद्धजन आज उपेक्षित से पड़े दिखाई देते हैं।

सारिणी .1

वृद्धजनों की कार्य करने की क्षमता की स्थिति

आयुसमूह (वर्षों में)	वृद्धजनों की कार्य करने की क्षमता					
	नगरीय	ग्रामीण				
	कुल संख्या	हाँ	नहीं	कुल संख्या	हाँ	नहीं
55—60	108	68 (62.07)	40 (37.3)	106	66 (62.3)	40 (37.7)
60—65	84	34 (40.5)	50 (59.5)	61	30 (40.2)	31 (58.8)
65—70	33	13 (39.04)	20 (60.6)	37	10 (27.1)	27 (72.9)
70—75	15	03 (20.0)	12 (80.1)	28	00 (00.00)	28 (100.0)
75से ऊपर	10	00 (00.00)	10 (100.00)	18	00 (00.00)	18 (100.0)
योग	**250(100.00)**	**118 (47.2)**	**132(52.8)**	**250 (100.00)**	**106 (42.4)**	**144(57.6)**

स्रोत—क्षेत्रीय सर्वेक्षण के आधार पर

सारिणी में वृद्धजनों की कार्य करने की क्षमता की स्थिति का वर्गीकरण किया गया है।

नगरीय क्षेत्र के 52.8 प्रतिशत व्यक्ति ऐसे हैं जो किसी आय जनित कार्य करने की स्थिति में अपने आप को अक्षम महसूस करते हैं। जबकि 47.2 प्रतिशत व्यक्ति किसी न किसी प्रकार के कार्य करने की कमोवेश इच्छा रखते हैं या कार्य करते हैं। जैसे—जैसे आयु में वृद्धि होती जाती है वैसे—वैसे कार्य करने की क्षमता में कमी आती जाती है। 75 वर्ष से अधिक आयु समूह का कोई भी वृद्ध व्यक्ति कार्य. करने की स्थिति में नहीं है।

ग्रामीण क्षेत्र के 42.4 प्रतिशत वृद्ध व्यक्ति कार्य करने की क्षमता रखते हैं। इस क्षेत्र में 75 वर्ष से अधिक आयु के व्यक्ति जो कार्य करने की क्षमता व्यक्त करते हैं, ऐसे वृद्धों का प्रतिशतांक 00.00 है।

नगरीय एवं ग्रामीण क्षेत्रों के वृद्धों की कार्य करने की क्षमता में ग्रामीण वृद्ध अपने आपको अधिक सक्षम प्रस्तुत करते हैं। जीवन काल के प्रारंभिक स्तर से ही कठिन श्रम करने की आदत होने के कारण वे जीवन की सांध्य बेला में भी अपने आप में श्रम करने की इच्छा शक्ति रखते हैं तथा आवश्यकता पड़ने पर कोई न कोई कार्य अपने परिवार के सदस्यों के लिए करते रहते हैं।

सारिणी में वृद्ध व्यक्तियों के स्वास्थ्य की स्थिति का उल्लेख किया गया है।

नगरीय क्षेत्र के कुल वृद्ध व्यक्तियों में से 42.4 प्रतिशत वृद्ध ऐसे हैं जिन्हें प्रायः कोई न कोई बीमारी लगी रहती है। इस क्षेत्र के 28.4 प्रतिशत वृद्ध कभी–कभी किसी रोग के शिकार होते हैं। सारिणी के अवलोकन से स्पष्ट होता है कि उम्र बढ़ने के साथ–साथ वृद्धजन रोग से ग्रसित होते जाते हैं। 75 वर्ष से अधिक उम्र के वृद्ध व्यक्तियों के कभी–कभी रोग ग्रस्त होने का प्रतिशतांक (70.7) है। आयु समूह 55–60 वर्ष के वृद्ध व्यक्तियों में स्वास्थ्य सम्बन्धी समस्या नहीं आती ऐसे वृद्धों का प्रतिशतांक 27.7 है जो इस समूह का सबसे कम प्रतिशतांक हैं।

सारिणी .2

वृद्धजनों के स्वास्थ्य सम्बन्धी स्थिति

आयु समूह (वर्षों में)	स्वास्थ्य सम्बन्धी स्थिति							
	नगरीय	ग्रामीण						
	कुल संख्या	क	ख	ग	कुल संख्या	क	ख	ग
55–60	108	30 (27.7)	31 (35.22)	37 (42.06)	106	40 (37.7)	50 (56.6)	16 (15.1)
60–65	84	30 (35.5)	42 (56.75)	13 (17.58)	61	30 (49.0)	10 (16.3)	21 (34.4)
65–70	33	05 (15.5)	16 (69.56)	02 (8.71)	37	10 (27.0)	20 (54.0)	07 (49.04)
70–75	15	08 (53.3)	1 (83.34)	01 (8.33)	28	08 (28.5)	15 (53.5)	05 (17.8)
75से ऊपर	10	00 (00.00)	01 (33.33)	02 (66.67)	18	05 (27.0)	08 (44.0.)	05 (27.00)
योग	**250 (100.00)**	**73 (29.2)**	**106 (42.4)**	**71 (28.4)**	**250 (100.00)**	**93 (37.2)**	**103 (41.2)**	**54 (21.6**

स्रोत–क्षेत्रीय सर्वेक्षण के आधार पर

क– नहीं

ख– प्रायः

ग– कभी–कभी

ग्रामीण क्षेत्र के 41.2 प्रतिशत वृद्ध प्रायः बीमार रहते हैं। इस क्षेत्र के 21.6 प्रतिशत वृद्ध कभी–कभी बीमार होते हैं जबकि 37.2 प्रतिशत वृद्धों का कथन है कि उन्हें किसी प्रकार के रोग का सामना नहीं करना पड़ता है।

तथ्यों से स्पष्ट होता है कि जैसे–जैसे व्यक्ति में कार्य करने की क्षमता में ह्रास होता जाता है वैसे–वैसे वृद्धों में रोगग्रस्त रहने की प्रवृत्ति बढ़ती जाती है। उन्हें कोई न कोई रोग घेरे रहता है। जो वृद्ध यह दावा

करते हैं कि उन्हें कोई बीमारी नहीं हैं वे भी प्रायः जिसकी न किसी मौसमी बीमारी के शिकार हो जाते हैं। बीमारी की इस समस्या का सीधा प्रभाव वृद्धों का परिवार के साथ सामन्जस्य स्थापित करने में नकारात्मक भूमिका निभाता है।

बीमारी से मुक्ति पाने के लिए वृद्धों को चिकित्सीय सुविधाओं की आवश्यकता होती हैं। जिनके लिए उन्हें अपने परिवारीजनों पर निर्भर रहना पड़ता है। एक सीमा तक परिवार के सदस्य उन्हे चिकित्सीय सुविधा उपलब्ध कराने में सामान्य रूचि दिखाते हैं। लेकिन कालान्तर में वे इन्हें उपेक्षापूर्ण दृष्टि से देखते हैं। उनका मानना है कि जीवन के अंतिम पड़ाव में ऐसा होता ही है। इस पर धन व्यय करना उचित नहीं है। इस बचत को वे अपनी सुख सुविधाओं में उपयोग करते हैं।

खाँसी, श्वांस तथा कराहनें की आवाजें परिवार की युवा महिलाओं, बच्चों तथा अन्य लोगों को जो वृद्धावस्था कैसे दूर हैं। चिढ़ाती सी लगती हैं वे वृद्धों की इस पीड़ा की दशा में भावनात्मक सहयोग के स्थान पर उपेक्षित व्यवहार तथा अपनी खीझ देते हैं। जिससे उनकी पीड़ा समाप्त होने के स्थान पर बढ़ती जाती है।

कार्य न कर पाने की क्षमता के कारण उनके पास आर्थिक संसाधन नहीं होते हैं। जिससे वे अपनी बीमारी का इलाज करा सकें, क्योंकि वे अपने जीवन के स्वर्णिम काल में अर्जित आय का उपयोग नवागत पीढ़ी के लिए विभिन्न मदों में खर्च कर चुके होते हैं। जो पेंशन आदि उन्हें प्राप्त भी होती हैं। वे समुचित ढंग से उसका उपयोग अपने लिए नहीं कर पाते हैं।

सारिणी .3

वृद्धजनों के पेंशन व्यय करने की स्थिति

आयुसमूह (वर्षो में)	स्वास्थ्य सम्बन्धी स्थिति							
	नगरीय	ग्रामीण						
	कुल संख्या	पेंशन प्राप्त	क	ख	कुल संख्या	पेंशन प्राप्त	क	ख
55–60	88	02	00 (00.00)	02 (100.00)	96	00	00 (00.00)	00 (00.00)
60–65	74	13	03 (23.07)	10 (76.93)	51	05	01 (20.00)	04 (80.00)
65–70	23	10	01 (10.00)	09 (90.00)	27	04	01 (25.00)	03 (75.00)
70–75	12	06	01 (16.67)	05 (83.33)	18	03	00 (00.00)	03 (100.00)
75से ऊपर	03	02	00 (00.00)	02 (100.00)	08	00	00 (00.00)	00 (00.00)
योग	**200**	**33 (100.00)**	**05 (15.15)**	**28 (84.85)**	**200**	**12 (100.00)**	**02 (16.66)**	**10 (83.34)**

स्रोत–क्षेत्रीय सर्वेक्षण के आधार पर

क– स्वयं के खर्च में

ख– परिवार के खर्च में

अध्ययन क्षेत्र (नगरीय) के 33 वृद्ध ऐसे हैं जिन्हें किसी न किसी रूप में पेंशन प्राप्त होती है। जिनमें से 84.85 प्रतिशत वृद्ध अपनी पेंशन को परिवार के मद में खर्च कर देते हैं। जैसे–जैसे वृद्धों की आयु में वृद्धि होती जाती है। उनका अपने परिवार में पेंशन को व्यय करने की प्रकृति बढ़ती जाती है या फिर ऐसी परिस्थितियाँ उत्पन्न हो जाती हैं कि उन्हें

अपनी पेंशन को परिवार के मद में खर्च करने की बाध्यता उत्पन्न हो जाती हैं।

ग्रामीण क्षेत्र के मात्र 12 वृद्ध ऐसे हैं जिन्हें पेंशन प्राप्त होती है क्योंकि अधिकांश ग्रामीण वृद्ध जन शासकीय सेवक के रूप में अवकाश प्राप्त नहीं करते हैं। बल्कि कृषि कार्य से सम्बन्धित रहते हैं जो पेंशन उन्हें प्राप्त होती भी है, वह वृद्धावस्था पेंशन के रूप में प्राप्त होती है जिसकी राशि बहुत कम होती है। सभी वृद्धों को वृद्धावस्था पेंशन भी प्राप्त नहीं हो पाती है। जिससे उन्हें आर्थिक कठिनाइयों का सामना करना पड़ता है। जिन वृद्धों को शासन द्वारा वृद्धावस्था की पेंशन प्राप्त होती हैं। उन्हें पेंशन मिलने की निरन्तरता भी नहीं होती क्योंकि राजस्व कर्मी सुविधा अनुसार ही चेक, पात्र व्यक्ति तक पहुँचाते हैं अन्यथा उसे वापस शासन में जमा करा देते हैं।

ग्रामीण क्षेत्र के जिन वृद्धों को पेंशन मिलती है। उनमें से 83.34 प्रतिशत वृद्ध अपने परिवार के मद में खर्च कर देते हैं। मात्र 16.66 प्रतिशत वृद्ध ही उसे अपने मद में खर्च करते हैं।

शासकीय सेवा से अवकाश प्राप्त वृद्ध व्यक्तियों को मिलने वाली पेंशन की धनराशि में उस परिवार की बहुओं पुत्रों तथा नाती पोतों की निगाहें उस पर टिकी रहती हैं। बहुयें अपने पुत्रों के माध्यम से उस धनराशि का प्रयोग अपने पुत्रों की या फिर परिवार के लिए किसी न किसी वस्तु को खरीदने का आग्रह या प्रस्ताव समय–समय पर करती रहती हैं। यदि वृद्धों द्वारा उस धनराशि का प्रयोग उन प्रस्तावों के अनुरूप कर दिया जाता है तो परिवार का वातावरण कुछ समय के लिए उनके पक्ष में सामान्य बना रहता है किन्तु यदि वृद्धों द्वारा उन प्रस्तावों पर अमल नहीं

किया जाता तो उन्हें ताने सुनने पड़ते हैं तथा घर–परिवार का वातावरण कलहपूर्ण हो जाता है।

इस सम्बन्ध में नगरीय क्षेत्र तथा ग्रामीण क्षेत्र के वृद्धों की समस्या कमोवेश एक सी रहती है।

सारिणी संख्या .4

पारिवारिक कलह की स्थिति

आयुस मूह (वर्षो में)	पारिवारिक कलह की स्थिति							
	नगरीय	ग्रामीण						
	कुल संख्या	स	क	ख	कुल संख्या	स	क	ख
55–60	108	60	40 (66.4)	20 (33.3)	106	50	40 (80.0)	10 (20.0)
60–65	84	35	25 (71.5)	10 (28.5)	61	30	30 (66.6)	10 (33.4)
65–70	33	20	15 (75.0)	05 (25.0)	37	20	12 (60.0)	08 (40.0)
70–75	15	09	09 (66.6)	03 (43.4)	28	10	08 (80.0)	02 (20.0)
75से ऊपर	10	04	01 (75.0)	01 (25.0)	18	08	05 (62.5)	03 (37.5)
योग	**250**	**128 (100.00)**	**89 (69.5)**	**39 (30.5)**	**250**	**118 (100.00)**	**85 72.03)**	**33 (27.9)**

स्रोत–क्षेत्रीय सर्वेक्षण के आधार पर

स– संयुक्त परिवार में रहने वाले वृद्ध

क– पारिवारिक कलह विद्यमान है।

ख– पारिवारिक कलह विद्यमान नहीं है।

सारिणी में अध्ययन क्षेत्र के नगरीय एवं ग्रामीण अधिवासों में रहने वाले वृद्ध व्यक्तियों के परिवारों में पारिवारिक वातावरण की स्थिति की विवेचना की गयी है।

अध्ययन समग्र के नगरीय क्षेत्र के 128 वृद्धजनों ने स्वीकार किया कि वे संयुक्त परिवार में अधिवासित हैं तथा उनके परिवारों में कलह की स्थिति हमेशा बनी रहती है। आयु समूहों के तथ्यों से स्पष्ट होता है कि वृद्धावस्था के पश्चात् होने वाली कलह का प्रभाव वृद्धों में स्पष्ट झलकता है लेकिन कालान्तर में वे इसके आदी हो जाते हैं। 30.5 प्रतिशत जिन वृद्ध व्यक्तियों ने स्वीकार किया कि उनके परिवार में कलह नहीं होती हैं सभंवतः उनकी स्वीकारोक्ति पारिवारिक मर्यादा को बचाए रखने की सी प्रतीत होती हैं।

ग्रामीण क्षेत्र के 72.3 प्रतिशत वृद्धजनों ने स्वीकार किया कि उनके परिवारों में कलह विद्यमान है जबकि 27.9 प्रतिशत वृद्धों ने स्वीकार किया कि उनके परिवारों में कलह विद्यमान नहीं हैं।

नगरीय एवं ग्रामीण दोनों ही अध्ययन क्षेत्रों के वृद्धों के परिवारों में पारिवारिक वातावरण कलहपूर्ण का प्रतिशतांक अधिक स्पष्ट हुआ है। कमोवेश दोनो ही परिवेश के परिवारों में कलह के कारणों के केन्द्र बिन्दु में वृद्ध व्यक्ति ही होते हैं।

अधिकांश वृद्ध कलह के बीच असाधारण हो जाते हैं वे अपनी स्थिति से परिचित होते हैं। उनका मानना है कि वे दूसरे पर निर्भर हैं यदि वे परिवार में होने वाली कलह के बीच अपनी कोई प्रतिक्रिया व्यक्त करेंगे तो वह आग में घी डालने का कार्य करेगी।

सारिणी में पारिवारिक कलह में वृद्धजनों की भूमिका का वर्गीकरण प्रस्तुत किया गया है। जिन परिवारों में कलह व्याप्त हैं उनमें वृद्ध व्यक्तियों की भूमिका क्या रहती इसे शोधार्थी ने जानने का प्रयास किया है।

नगरीय क्षेत्र के 40.87 प्रतिशत वृद्ध कलह के समय उग्र हो जाते हैं। यह स्थिति 60–65 वर्ष आयु समूह के व्यक्तियों में अधिक होती हैं। इस आयु समूह के उग्र होने वाले वृद्धों का प्रतिशतांक 50.00 है किन्तु जैसे–जैसे आयु में वृद्धि होती जाती है। उग्र होने की स्थिति कम होती जाती है। इस क्षेत्र के 27.76 प्रतिशत वृद्ध कलह के समय असाधारण हो जाते हैं। जबकि 18.24 प्रतिशत वृद्ध सहज बने रहते हैं। कलह के समय कोई प्रतिक्रिया न करने वाले वृद्ध व्यक्तियों की संख्या 25 (13.73) है।

ग्रामीण क्षेत्र के 31.94 प्रतिशत वृद्ध कलह के समय उग्र हो जाते हैं तथा इतने ही प्रतिशत वृद्ध सहज बने रहते हैं। जबकि 21.76 प्रतिशत वृद्ध असाधारण बने रहते हैं। 14.20 प्रतिशत वृद्ध कलह के समय कोई प्रतिक्रिया

सारिणी .5

वृद्धजनों के प्रति परिवार के सदस्यों का व्यवहार

आयुसमूह (वर्षो में)	वृद्धजनों के प्रति परिवार के सदस्यों का व्यवहार					
	नगरीय	ग्रामीण				
	कुल संख्या	क	ख	कुल संख्या	क	ख
55–60	108	40 (37.0)	68 (62.9)	106	50 (47.8)	56 (52.8)
60–65	84	34 (39.5)	50 (59.5)	61	30 (49.2)	31 (50.8)
65–70	33	10 (30.4)	23 (69.6)	37	10 (27.1)	27 (72.9)
70–75	15	06 (40.0)	09 (60.0)	28	10 (35.3)	18 (64.2)
75से ऊपर	10	03 (30.0)	07 (70.0)	18	06 (12.50)	12 (66.6)
योग	**250(100.00)**	**93(37.2)**	**157(62.8)**	**250 (100.00)**	**106(42.4)**	**144 (57.6)**

स्रोत–क्षेत्रीय सर्वेक्षण के आधार पर

क– उचित

ख– अनुचित

जैसे–जैसे वृद्धावस्था आगे बढ़ती जाती है वैसे–वैसे परिवार के सदस्यों विशेषकर परिवार की बहुओं का व्यवहार वृद्धों के प्रति उचित नहीं रहता। सारिणी में वृद्ध व्यक्तियेां के प्रति परिवार के सदस्यों के व्यवहार की स्थिति को दर्शाया गया है।

नगरीय क्षेत्र के 52.6 प्रतिशत वृद्धों में स्वीकार किया कि परिवार के सदस्यों का व्यवहार उनके प्रति उचित नहीं होता है। इसी क्षेत्र के 66.6 प्रतिशत वृद्धों ने स्वीकार किया कि परिवार के सदस्यों का व्यवहार उचित है। आयु समूह 70–75 वर्ष एवं 75 वर्ष से ऊपर के सर्वाधिक वृद्धों ने स्वीकार किया कि उनके परिवार के सदस्यों का व्यवहार उनके प्रति अनुचित रहता है।

ग्रामीण क्षेत्र के 58.00 प्रतिशत वृद्धों के प्रति परिवार के सदस्यों का व्यवहार अनुचित रहता है। इस क्षेत्र के 75 वर्ष से अधिक आयु समूह के 87.50 प्रतिशत वृद्धों ने स्वीकार किया कि परिवार के सदस्यों का व्यवहार उनके प्रति अच्छा नहीं रहता है।

नगरीय क्षेत्र की तुलना में ग्रामीण क्षेत्र के वृद्धों के प्रति परिवार के सदस्यों के व्यवहार के प्रतिशत में जो अन्तर दिखाई देता है उसमें सामाजिक दबाव का प्रभाव परिलक्षित होता है। नगरीय जीवन में व्यक्तिवादिता के चलते सामाजिक दबाव का प्रभाव उतना नहीं होता है जितना कि ग्रामीण परिवेश में।

सारिणी में वृद्धजनों के प्रति बच्चों के लगाव की स्थिति का वर्गीकरण किया गया है। वृद्धावस्था के साथ बच्चों का लगाव किस स्तर

का होता है। इसे शोधार्थी द्वारा जानने का प्रयास किया गया है। अध्ययन क्षेत्र (नगरीय) के 52.4 प्रतिशत वृद्धों के प्रति परिवार के बच्चों का लगाव उचित है। जबकि 22.4 प्रतिशत वृद्धों के प्रति बच्चों का कोई लगाव नहीं है। जैसे–जैसे आयु बढ़ती जाती है बच्चों का वृद्धों के प्रति लगाव कम होता जाता है। इस क्षेत्र के 25.2 प्रतिशत वृद्धों ने स्वीकार किया कि उनके प्रति बच्चों का लगाव अधिक है।

ग्रामीण क्षेत्र के 43.6 प्रतिशत वृद्धों ने स्वीकार किया कि उनके प्रति बच्चों का लगाव उचित है जबकि 31.2 प्रति वृद्धों की मान्यता है कि बच्चों का उनके प्रति किसी प्रकार का कोई लगाव नहीं है। 25.2 प्रतिशत वृद्धों ने माना कि परिवार के बच्चों का उनके प्रति अधिक लगाव है।

नगरीय एवं ग्रामीण क्षेत्र के वृद्धों के प्रति बच्चों के लगाव की स्थिति कमोवेश एक सी है। किन्तु नगरीय एवं ग्रामीण पारिवारिक परिवेश वृद्धों के प्रति बच्चों के लगाव की स्थिति को प्रभावित करता है।

सारिणी .6

वृद्धजनों **के प्रति बच्चों का लगाव**

आयु समूह (वर्षों में)	वृद्धजनों के प्रति बच्चों का लगाव							
	नगरीय				ग्रामीण			
	कुल संख्या	क	ख	ग	कुल संख्या	क	ख	ग

55–60	108	68 (62.9)	25 (23.1)	15 (13.8)	106	50 (47.2)	35 (33.0)	21 (19.8)
60–65	84	40 (47.6)	20 (23.8)	24 (28.5)	61	30 (49.3)	11 (18.0)	20 (32.7)
65–70	33	13 (39.3)	15 (45.4)	051 (15.3)	37	17 (45.9)	08 (21.6)	12 (32.4)
70–75	15	18 (53.3)	01 (6.6)	06 (40.0)	28	08 (28.5)	08 (28.5)	1208 (42.8)
75से ऊपर	10	02 (20.0)	02 (20.00)	06 (60.0)	10	04 (22.5)	01 (05.5)	13 (72.2)
योग	**250 (100.00)**	**131 (52.4)**	**63 (25.2)**	**56 (22.4)**	**250 (100.00)**	**10981 (43.6)**	**63 (25.2)**	**78 (31.2)**

स्रोत–क्षेत्रीय सर्वेक्षण के आधार पर

क– उचित है।

ख– अधिक है।

ग– नहीं है।

नगरीय परिवेश के जो बच्चे अधिक आयु के वृद्धों के पास जाकर बैठना, घूमना या बोलना चाहते हैं तो परिवार की बहुयें उन्हें ऐसा करने से रोकती है। उनकी भावना होती है कि उनके बच्चों को कहीं कोई बीमारी न लग जाए जो परिवार के वृद्धों के यदा–कदा हो जाती है। जिससे चाहकर भी बच्चे वृद्धों के साथ खुश होने का अवसर प्राप्त नहीं कर पाते। यदि परिवार के वृद्ध बच्चों को किसी बहाने से अपने पास बुला लेते है तो उन्हें परिवार की युवा महिलाएं किसी न किसी संकेत से बच्चों को अपने पास बुला लेती हैं। ऐसी स्थिति में वात्सल्य की जो शीतल छाँव बच्चों को प्राप्त होनी चाहिए वह प्राप्त नहीं हो पाती और वृद्ध बाल क्रीड़ाओं के सुख से वंचित रह जाते हैं।

सारिणी .7

पारिवारिक सामन्जस्य स्थापित करने के लिए मित्रों/रिश्तेदारों की मदद लेने की स्थिति

आयु समूह (वर्षो में)	पारिवारिक सामंजस्य स्थापित करने में मदद लेने की स्थिति					
	नगरीय	ग्रामीण				
	कुल संख्या	हाँ	नहीं	कुल संख्या	हाँ	नहीं
55–60	108	50 (46.3)	58 (53.7)	106	50 (47.2)	56 (52.8)
60–65	84	40 (42.7)	44 (52.3)	61	16 (26.2)	45 (73.8)
65–70	33	10 (30.4)	23 (69.6)	37	17 (45.9)	20 (54.1)
70–75	15	06 (40.0)	09 (60.0)	28	10 (35.8)	18 (64.2)
75से ऊपर	10	03 (30.0)	07 (70.0)	18	06 (23.3)	12 (66.6)
योग	**250(100.00)**	**109(43.6)**	**141(56.4)**	**250 (100.00)**	**99 (39.6)**	**151 (60.4)**

स्रोत–क्षेत्रीय सर्वेक्षण के आधार पर

अपने प्रति उपेक्षा का भाव और पारिवारिक कलह के कारण अपने आपको अलग–थलग की स्थिति में पाने पर वे सामान्जस्य बनाने का प्रयास करते हैं। कभी–कभी वृद्ध सामन्जस्य बनाने के लिए मित्रों–रिश्तेदारों की मद्द लेते हैं। नगरीय क्षेत्र के 43.6 प्रतिशत वृद्ध पारिवारिक सामन्जस्य बनाने के लिए मित्रों/रिश्तेदारों का सहयोग प्राप्त करने का प्रयास करते हैं। जबकि 56.4प्रतिशत वृद्ध ऐसा किसी प्रकार का प्रयास नहीं करते हैं। आयु समूह 55–60 वर्ष के वृद्ध सर्वाधिक सामन्जस्य बनाने का प्रयास करते हैं। ऐसे वृद्धों का प्रतिशतांक 46.3 है। जबकि आयु–समूह 75 वर्ष से अधिक के वृद्ध किसी प्रकार का सामन्जस्य बनाने का प्रयास नहीं करते ऐसे वृद्धों का प्रतिशतांक 70.0 है।

ग्रामीण क्षेत्र के 60.4 प्रतिशत वृद्ध किसी प्रकार का पारिवारिक सामन्जस्य बनाने के लिए मित्रों। रिश्तेदारों का सहयोग प्राप्त नहीं करते हैं। इस क्षेत्र के 39.6 प्रतिशत वृद्ध ही अपने मित्रों–रिश्तेदारों की मदद सामन्जस्य स्थापित करने के लिए लेते हैं। इस क्षेत्र में भी आयु समूह 55–60 वर्ष के वृद्धों द्वारा पारिवारिक सामन्जस्य स्थापित करने के लिए सर्वाधिक सहयोग लिया जाता है। ऐसे वृद्धों का प्रतिशतांक 47.2 है। जबकि आयु समूह 75 वर्ष से अधिक के वृद्धों द्वारा किसी भी मित्र अथवा रिश्तेदार का सहयोग पारिवारिक सामन्जस्य के लिए नहीं लिया जाता है। ऐसे वृद्धों का प्रतिशतांक 66.6 है।

नगरीय एवं ग्रामीण दोनों ही क्षेत्रों के वृद्धों की पारिवारिक सामन्जस्य स्थापित करने के लिए मित्रों रिश्तेदारों की मदद लेने की स्थिति एक सी है। वे परिवार के तनाव की बात को घर की चहार दीवारी से बाहर ले जाना उचित नहीं समझते, उनकी मान्यता है कि यदि वे ऐसा करेंगे तो परिवार की बदनामी होगी जो परिवार की प्रतिष्ठा के लिए उचित नहीं होगा। वे अपनी स्थिति के सदस्यों के मध्य किसी कार्य या निर्णय में अपना मन्तव्य दिए बिना शान्त भाव से सब कुछ देखते और सहते रहते हैं।

अध्ययन क्षेत्र के अधिकांश वृद्धों की मान्यता है कि स्थानीय प्रशासन जहाँ महत्वपूर्ण भूमिका निभा सकता है। वहीं संवैधानिक सुधार के माध्यम से वृद्धों के पुनर्वास की महती आवश्यकता है। पुनर्वास के लिए संवैधानिक सुधार अपेक्षित है। संविधान में जो कुछ उपलब्ध है वह पर्याप्त नहीं है। बढ़ते भौतिकवादी युग में स्वार्थपूर्ण भावनाएं सुरसा की तरह मुँह फैलाती जा रही हैं। ऐसी स्थिति में वृद्धों की समस्याओं में दिन ब दिन

बढ़ोत्तरी होती जा रही हैं। ऐसी स्थिति में संवैधानिक सुधार की आवश्यकता है। संवैधानिक सुधार के माध्यम से वृद्धावस्था पेंशन की धनराशि में वृद्धि, वृद्धों के लिए प्रथक स्वास्थ्य केन्द्रों की स्थापना उनकी शारीरिक क्षमता के अनुरूप कार्य उपलब्धता की निश्चितता होनी चाहिए। संवैधानिक सुधार के साथ ही इसके व्यावहारिक पक्ष को सुदृढ़ किया जाना चाहिए।

✵✵✵✵✵

7–नगरीय एवं ग्रामीण वृद्धजनों की राजनीतिक गतिविधियाँ

प्रत्येक समाज में कुछ नियंत्रात्मक नियम होते हैं। आदिम और कृषक समाजों में इन नियमों की अभिव्यक्ति जनरीतियों और परम्पराओं के रूप में दिखाई देती है। आधुनिक औद्योगिक व्यवस्था में इन्होंने कानून का रूप ले लिया है। प्रत्येक समाज में इन प्रतिबंधात्मक नियमों को लागू करने के लिए कुछ निश्चित संगठन बनाए जाते हैं। आदिम समाजों में इन्हें जनजातीय सरदारों और सामुदायिक पंचायतों के द्वारा लागू कराया जाता है। कृषक समाजों में प्राचीन और मध्य युगीन राज्यों का विकास हुआ। औद्योगिक व्यवस्था में इस कार्य को आधुनिक राज्य कहते हैं। आदिम समाजों में नियंत्रण की यह पद्धति अपनी आरंभिक अवस्था में होती है और इसका रूप एकदम अनौपचारिक होता है। अधिक जटिल समाजों में नियंत्रण की पद्धति अनौपचारिक और औपचारिक दोनों प्रकार की होती हैं। समाज की प्रकृति जितनी ही जटिल होती, उसकी सामाजिक नियंत्रण की

पद्धति उतनी ही औपचारिक होती जाती हैं। सामाजिक नियंत्रण और इसे लागू करने वाले संगठनों की नियम प्रणाली और कार्य पद्धति को राजनीतिक संस्था कहते हैं। औद्योगिक व्यवस्था में राज्य सरकार इसके विभिन्न अंग, शक्ति, सत्ता तथा राजनीतिक दल, मुख्य रूप से राजनीतिक संस्थाओं के अंतर्गत आते हैं।

जब हम राजनीतिक संस्था की बात करते हैं तो स्पष्ट रूप से इसके तीन पक्ष हमारे सम्मुख होते हैं–

1. नियंत्रण की पद्धति।
2. नियंत्रण के लिए संगठन।
3. नियंत्रण के लिए शक्ति का प्रयोग।

उपरोक्त तीनों पक्षों का संबंध सामाजिक प्रणाली से है। समाजशास्त्रियों की दृष्टि में नियंत्रण की पद्धति, संगठन और शक्ति के वैध उपयोग की पद्धति के रूप में राजनीति, व्यापक सामाजिक प्रणाली की एक उपप्रणाली है। राजनीतिक संस्था का आशय नियंत्रण के नियमों, कार्यप्रणाली, संगठन और शक्ति के वैध प्रयोग से है।

आज की सामाजिक व्यवस्था में राज्य एक समूह के रूप में सामाजिक नियंत्रण का कार्य करता है। राज्य के कार्यों का संचालन सरकार द्वारा किया जाता है। बोटोमोर के अनुसार राजनीतिक संस्था में समाज में सत्ता के बटवारे से मुख्य रूप से संबंधित होती हैं। सत्ता के साथ शक्ति का संबंध है। जो शक्ति सम्पन्न होता है जिसके हाथ में सत्ता होती है। वह सामाजिक नियंत्रण के नियमों को लागू करने की भी क्षमता रखता है। आधुनिक समाज में यह कार्य राज्य करता है।

मैक्स वेबर का मत है कि मानव समुदाय के रूप में राज्य एक निश्चित भू–क्षेत्र के अन्तर्गत भौतिक शक्ति के वैद्य प्रयोग के एकाधिकार का दावा करता है।

मैक्स वेबर द्वारा राज्य की दी गई परिभाषा में मुख्य जोर भूक्षेत्र और भौतिक शक्ति के वैद्य प्रयोग पर है। वेबर के इस मत की काफी आलोचना हुई है क्या शब्द का आधार केवल शक्ति है? शक्ति पर आधारित राज्य क्या टिकाऊ साबित हुये हैं? इस आलोचना के प्रसंग में इस तरह के सवाल उठाए गए हैं। यह सही है कि समाज की लोकतांत्रिक राजनीतिक व्यवस्था शक्ति के प्रयोग की तुलना में सहमति पर अधिक आश्रित है। इस शक्ति के सिद्धान्त में दुर्बलता अंतर्निहित है। कोई भी समाज अथवा राजनीतिक प्रणाली केवल शक्ति पर आधारित नहीं हो सकती है। इस संदर्भ में यह उल्लेखनीय है कि मैक्स बेवर ने शक्ति के एकाधिकार पर बल दिया है। इस तरह आधुनिक समाज में राज्य के अतिरिक्त किसी भी संगठन को दूसरे के भौतिक शक्ति के इस्तेमाल करने का एकाधिकार नहीं हैं। शक्ति का अधिकार केवल राज्य के पास है। इससे यह नहीं सिद्ध होता है कि आधुनिक राज्य भौतिक शक्ति पर आधारित है।

राज्य के संगठनात्मक ढांचे को सरकार कहते हैं। राज्य की संस्कृति विचारधारा के अनुरूप सरकार समाज का नियंत्रण करती है।

राजनीतिशास्त्र और समाजशास्त्र दोनों विज्ञान राजनीतिक संस्थाओं का अध्ययन करते हैं। लेकिन इनकी पद्धति में अंतर है। राजनीतिशास्त्र राजनीतिक संस्थाओं का अध्ययन, इनकी समग्रता में करता है। इसके लिए राज्य, सरकार, कानून, प्रभुसत्ता, राजनीतिक सिद्धांत पूर्ण व्यवहार अध्ययन

के प्रमुख क्षेत्र हैं। समाजशास्त्र, राजनीति और इससे संबंधित प्रश्नों पर समाज की एक उपप्रणाली के रूप में विचार करता है। समाजशास्त्र के अध्ययन में राजनीति पर स्वतंत्र रूप से नहीं, बल्कि समाज के साथ इसके संबंध को ध्यान में रख कर विचार होता है।

समाज और राजनीति के पारस्परिक संबंधों पर गहराई से विचार करने के लिए समाजशास्त्र के अंतर्गत राजनीतिक समाजशास्त्र नामक एक अलग शाखा ही पिछलें कुछ दशकों में विकसित हुई हैं।

उन्नीसवीं सदी के आरंभिक समाजशास्त्रियों टॉकसिले 1835, कार्लमार्क्स 1846, आगस्त कोंत 1851–54 मॉर्गन 1877 तथा हरबर्ट स्पेंसर 1884 ने राजनीति के पारस्परिक संबंधों पर विचार किया है।

बीसवीं सदी में इस संबंध पर विशेष रूप से हॉबहाउस, परेटो 1916, मैक्स वेबर 1922, मेकाइवर 1926, मानहाइम 1935, सी. मिल्स 1948 तथा पारसंस 1969 ने प्रकाश डाला है।

अध्ययन की एक शाखा के रूप में राजनीतिक समाजशास्त्र के विकास में पिसेट 1959 और कोजर 1966 के नाम विशेष रूप से उल्लेखनीय है।

1. सैद्धांतिक पृष्ठभूमि

उन्नीसवीं सदी के समाजशास्त्रियों के संमुख अनेक सामाजिक, आर्थिक एवं राजनीतिक समस्याएं थीं। यूरोप की सामाजिक संरचना में तेजी से परिवर्तन हो रहा था। फ्रांस की राजनीतिक क्रांति, अमेरिका में उपनिवेशवादी शासन की समाप्ति, औद्योगिक क्रांति और लोकतांत्रिक राजनीतिक व्यवस्था के अभ्युदय का यूरोप के चिंतन पर गहरा प्रभाव पड़ा।

समाज और राजनीति के परस्परिक संबंधों के अध्ययन की निम्नलिखित प्रवृत्तियाँ इस अवधि में दिखाई पड़ती हैं।

1. समाज और राज्य की विकासवादी व्याख्या।
2. समाज और राज्य के पारस्परिक संबंध तथा इनमें प्राथमिकता की विवेचना।
3. राजनीतिक प्रणालियों का विश्लेषण।

समाज एवं राज्य की विकासवादी व्याख्या कार्ल मार्क्स, अगस्त कोंत मार्गन और स्पेंसर की रचनाओं में दिखाई पड़ती है उनके अनुसार

1. समाज के बढ़ते आकार, इसकी जटिलता और इसकी नियंत्रण पद्धति में संबंध दिखाई पड़ता है।
2. आदिम समाजों के रीतिरिवाजों और नियंत्रण की सरल पद्धति से क्रमशः मध्ययुगीन तथा आधुनिक राज्यों का विकास हुआ है।
3. विकास की इस प्रक्रिया और बढ़ती भूक्षेत्रीय एकीकरण में संघर्ष और युद्ध की भूमिका महत्वपूर्ण रही है।

कोंत और स्पेंसर के अनुसार आदिम समाजों के बीच चलने वाली पारस्परिक लड़ाई के कारण इनका धीरे–धीरे विस्तृत भूक्षेत्रीय समुदाय के रूप में संगठन हुआ। इन्हीं भूक्षेत्रों के आधार पर संगठित करने वाली शक्ति के रूप में राज्य का विकास हुआ। मार्गन और मार्क्स के अनुसार आर्थिक संरचना, वर्ग और वर्गों के बीच चलने वाले पारस्परिक संघर्ष के कारण राज्य की उत्पत्ति हुई। मार्क्स के अनुसार सामाजिक जीवन के प्रत्येक काल में शक्तिशाली वर्ग ने अपने आर्थिक स्वार्थों की पूर्ति के लिए राज्य की शक्ति का उपयोग किया। मध्ययुगीन सामंती व्यवस्था में राज्य,

भूस्वामियों और सामंतों की स्वार्थ रक्षा का हथियार था। पूँजीवादी व्यवस्था में यही पूँजीपतियों के हित की रक्षा करता है। साम्यवादी व्यवस्था में राज्य द्वारा सर्वहारा श्रमिक वर्ग के हितों का संरक्षण होगा।

इंग्लैण्ड में संसद की सर्वोपरिता, फ्रांस की राज्यक्रांति और सामाजिक संविदा के सिद्धांत के प्रतिपादन से पहले प्रायः सत्रहवी सदी तक यह धारणा थी कि राज्य और राजतंत्र दैवीय विधान द्वारा निर्मित है। राज्य एक सर्वोच्च शक्ति है। लेकिन ऊपर लिखी ऐतिहासिक घटनाओं के बाद लोकतांत्रिक राजव्यवस्था का अभ्युदय हुआ।

2.समाज तथा राज्य

उन्नीसवीं सदी में समाज एवं राज्य के पारस्परिक संबंध और इनमें प्राथमिकता के प्रश्न को लेकर तीन तरह की सैद्धान्तिक प्रवृत्तियाँ स्पष्ट रूप से दिखाई पड़ती है।

पहली सैद्धांतिक प्रवृत्ति राज्य को सर्वशक्तिशाली मानती हैं। इस विचारधारा का प्रतिनिधित्व जर्मन दार्शनिक हीगेल करते हैं।

दूसरी सैद्धातिक प्रवृत्ति के अनुसार समाज सर्वोपरि है। राज्य केवल उपादान है। समाज की प्रकृति द्वंद्वात्मक अथवा संघर्षपूर्ण है। सामाजिक जीवन में वर्गों के बीच आपसी संघर्ष दिखाई पड़ता है। राज्य शक्तिशाली वर्ग का हथियार मात्र है। इस विचारधारा के मुख्य प्रतिपादक कार्ल मार्क्स हैं।

तीसरी विचारधारा के अनुसार राज्य का काम सामाजिक जीवन में व्यवस्था स्थापित करना है। समाज में केवल संघर्ष नहीं बल्कि संघर्ष और

सहमति दोनों बातें पाई जाती हैं। आधुनिक लोकतांत्रिक राज्य सहमति पर आधारित है। इस मत का प्रतिपादन टॉकविले ने किया है।

उन्नीसवीं सदी के समाजशास्त्रियों के सामने राजनीतिक प्रणालियों के प्रकार सीमित थे। उन्होंने आदिम समाजों के सामाजिक नियंत्रण की पद्धति, कृषक व्यवस्था में राज्यों के विकास, रोम के नगर, राज्य, विभिन्न साम्राज्यों, मध्ययुगीन सामंती राजतंत्री प्रणाली और लोकतंत्र पर विचार किया है।

साम्यवादी और फासीवादी राजनीतिक प्रणालियों का विकास तेहरवीं सदी में हुआ अतः पहले के समाजशास्त्री इन पर विचार नहीं कर पाए हैं।

सामाजिक राजनीतिक विकास को ध्यान में रखते हुए बोटोमोर ने राजनीतिक प्रणालियों को निम्नलिखित भागों में विभाजित किया है।

1. आदिम समाज स्पष्ट एवं स्थायी राजनीतिक संरचना का अभाव
2. नातेदारी और धर्म से प्रभावित स्पष्ट तथा स्थायी राजनीतिक प्रणाली का विकास इसके भी भाग हैं जैसे–

   क– नगर राज्य,

   ख– नगर राज्यों पर आधारित साम्राज्य

   ग– सामंती राज्य

   घ– केन्द्रीकृत अधिकारी तंत्र पर आधारित एशिया के राज्य

   ङ– राष्ट्र राज्य
3. आधुनिक लोकतांत्रिक राज्य
4. आधुनिक अधिनायकवादी राज्य
5. राष्ट्रों राज्यों पर आधारित साम्राज्य

उपरोक्त वर्गीकरण राजनैतिक प्रणालियों के विकास को स्पष्ट करती हैं। राज्य भी एक तरह का सामाजिक समूह है। इसमें सामाजिक नियंत्रण की द्वितीयक प्रणाली पाई जाती है। राज्य के लिए भूक्षेत्र, जनता, सरकार और सार्वभौमिकता का होना अनिवार्य है।

राज्य अपने प्रकार्यों को सरकार द्वारा पूरा करता है। सरकार अथवा राज्याध्यक्ष, संविधान, व्यवस्थापिका, कार्यपालिका, न्यायपालिका, पुलिस, सेना, दण्ड, कानून पताका तथा वर्दी के मिले जुले स्वरूप से है।

राजनीतिक प्रणाली की दृष्टि से एक बात ध्यान रखने योग्य है हालैण्ड और जापान में लोकतांत्रिक व्यवस्था के बावजूद राजतंत्रीय प्रणाली जीवित है। नेपाल और भूटान ऐसे राज्य हैं। जहाँ चुनावों के बाद भी प्रभुसत्ता राजा में केंद्रित है। कुछ ऐसे भी राज्य हैं जहाँ चुनाव तो होता है लेकिन वास्तविक सत्ता सेनाध्यक्ष के हाथ में होती है जो तानाशाह की तरह शासन करता है। अभी हाल तक पाकिस्तान में इसी प्रकार का शासन था। और बंग्लादेश में अभी भी इस प्रकार का शासन है।

3.सामाजिक—आर्थिक विकास और राज्य

समाज आर्थिक संस्थाओं, राज्य, राज्य के विकास में पारस्परिक संबंध हैं। आखेट, खाद्य, संकलन और आरंभिक कृषि वाले आदिम समाज, परिवार, नातेदारी तथा ग्राम्य समुदायों के द्वारा संगठित थे। इन संगठनों के सरदार अथवा मुखिया होते थे। जनरीतियों के द्वारा इनका नियंत्रण होता था। इनकी सदस्यता और भूक्षेत्र सीमित थे। इनमें नियंत्रण तथा व्यवस्था की अवधारणा या तो बिल्कुल नहीं थी और अगर थी तो अत्यंत आरंभिक अवस्था में।

कृषक समाजों में क्षेत्रीय एकीकरण के साथ समुदाय का आकार विस्तृत हुआ। गाँव के स्थान पर कई गाँवों के समूह एक भूक्षेत्र के अंतर्गत आए। नियंत्रण की समस्या भी जटिल हुई और इस तरह मुखिया और सरदारों के स्थान पर राजतंत्र का विकास हुआ। परिवार और नातेदारी के स्थान पर भूक्षेत्रीय संबंध हुए। कृषि व्यवस्था में अतिरिक्त उत्पादन, वाणिज्य के क्षेत्र और मात्रा में वृद्धि यातायात के विकास मुख्य रूप से हाथियों तथा घोड़ों के पालने और प्रशिक्षण की विधि के विकास तथा रथों के आविष्कार के बाद जो साम्राज्य, यूरोप में रोमन साम्राज्य और चीन के आरंभिक साम्राज्य इस तरह के विशाल राज्यों, के उदाहरण हैं। मध्ययुग में राजनीतिक सत्ता और नियंत्रण की प्रणाली का स्वरूप सामंतवादी अथवा राजतंत्रात्मक था।

औद्योगिक सामाजिक व्यवस्था के विकास के साथ स्वतंत्रता क्षमता तथा व्यक्तिवाद की विचारधाराएं उभरी। इन विचारधाराओं के कारण लोकतांत्रिक राजनीतिक प्रणाली का विकास हुआ। इस तरह राज्य ऐतिहासिक ओर सामाजिक शक्तियों से उत्पादित संरचना है। आधुनिक राज्य और सरकार के विकास के कालक्रम इस प्रकार हैं–

1. आदिम सामाजिक व्यवस्था में संबंध परिवार नातेदारी और गाँवों तक सीमित थे। इस व्यवस्था में नियंत्रण तथा नियमन का कार्य शारीरिक शक्ति, साहस और बुद्धि वाले व्यक्तियों जैसे परिवार, नातेदारी समूहों तथा गाँवों के मुखिया अथवा सरदार के हाथ में था। कुछ आदिम समाजों में सामुदायिक पंचायतें भी थीं।

2. कृषक व्यवस्था में भूक्षेत्रीय एकीकरण हुआ और राज्यों का आकार विस्तृत हुआ। इस स्तर पर राजाओं द्वारा शासित छोटे–छोटे राज्य बनें।

3. विकसित प्रणाली, अतिरिक्त उत्पादन, वाणिज्य, धर्म के प्रसार, यातायात में सुधार के साथ विशाल साम्राज्यों की उत्पत्ति हुई।

4. संघर्ष और युद्ध के कारण विशाल साम्राज्यों का पतन हुआ और फिर इनके स्थान पर सांस्कृतिक समूहों के आधार पर मध्य युग में राज्य बनें। स्पेन, पुर्तगाल, इग्लैण्ड, फ्रांस आदि इनके उदाहरण हैं।

5. औद्योगिक व्यवस्था और पूँजीवाद के विकास के साथ मध्ययुगीन राजतंत्रात्मक प्रणाली के स्थान पर आधुनिक लोकतांत्रिक प्रणाली के स्थान पर आधुनिक लोकतांत्रिक राज्यों का निर्माण हुआ। इन राज्यों में व्यक्तिवादी विचारधारा, व्यक्तिगत स्वतंत्रता और राज्य द्वारा कम से कम हस्तक्षेप के सिद्धांत पर जोर दिया गया।

6. जिन राज्यों में औद्योगिक विकास के साथ पूँजीवादी व्यवस्था का जन्म हुआ, उन्होंने विकास के दूसरे हिस्सों, जहाँ आदिम सामुदायिक अथवा कृषि की व्यवस्था थी के ऊपर बाजार के लिए आधिपत्य किया। इस प्रक्रिया में पूँजीवादी साम्राज्यवादी राज्यों का विकास उन्नीसवीं तथा बीसवीं सदी में हुआ। इस प्रकार के साम्राज्य स्थापित करने वाले राज्यों में इग्लैण्ड, फ्रांस हॉलैण्ड, बेलजियम, स्पेन तथा पुर्तगाल प्रमुख थे।

7. पूँजीवादी साम्राज्यवादी राज्यों की आपसी होड के कारण प्रथम और द्वितीय विश्व युद्ध, लड़े गये। प्रथम विश्वयुद्ध की अवधि में रूस में सन् 1917 में समाजवादी राज्य और युद्ध के बाद इटली में सन् 1922 में फासिस्ट राज्य की स्थापना हुई, इसके नेता मुसोलिनी थे।

8. सन् 1945 में द्वितीय विश्वयुद्ध की समाप्ति के बाद युद्ध के कारण क्षत–विक्षत साम्राज्यवादी शक्तियाँ एशिया और अफ्रीका स्थिति उपनिवेशों के ऊपर अपने प्रभुत्व को बनाए रखने में असमर्थ साबित हुई। एशिया और अफ्रिका के देशों को स्वाधीनता मिली। इस तरह स्वाधीन राष्ट्रों का एक नया समूह उभरा। भारत, वर्मा, पाकिस्तान, श्रीलंका, जिम्बाबे, नाइजीरिया, अंगोला आदि ऐसे राज्यों के उदाहरण हैं।

4.आधुनिक राज्यों की संरचना

आधुनिक राज्यों की संरचना के मूलभूत तत्व भूक्षेत्र, नागरिक, सरकार, प्रभुसत्ता और नागरिकों की राज्य के प्रति स्वाभाविक भक्ति भावना है। सरकार के निम्नलिखित तीन अंग होते हैं।

1. व्यवस्थापिका, जो कानून बनाने का कार्य करती हैं।
2. कार्य पालिका, जो कानूनों को लागू करती है।
3. न्यायपालिका, जो कानूनों की व्याख्या के आधार पर विवादों का निपटारा करती हैं।

आधुनिक युग में कानून का शासन है। जनजातिय एवं कृषक समाजों में जो काम जनरीतियाँ करती हैं। आज उस काम को कानून

करता है। इस तरह कानून भी आधुनिक राज्यों की संरचना का एक अनिवार्य तत्व है।

आधुनिक सरकारों का संचालन राजनेताओं और अधिकारियों के हाथ में होता है। राजनेताओं द्वारा निर्धारित नीतियों का क्रियान्वयन अधिकारी और कर्मचारी करते हैं। इस व्यवस्था को अधिकारी तंत्र कहते हैं। आज की राजनीति, सत्ता के चतुर्दिक घूमती है। सरकार के पास शक्ति होती है। शक्ति और सत्ता के लिए लोकतांत्रिक राजनीतिक प्रणाली में सतत प्रतिस्पर्धा बढ़ती चलती है।

इस तरह आधुनिक राज्य की संरचना के निम्नलिखित तत्व हैं–

1. भूक्षेत्र, नागरिक, प्रभुसत्ता और राज्य के प्रति नागरिक की भक्ति भावना।
2. सरकार के विभिन्न अंगों में सत्ता के पार्थक्य की पद्धति।
3. कानून
4. अधिकारी तंत्र।
5. प्राधिकार
6. सत्ता
7. शक्ति।
8. नियम, प्रतिमान और कार्य प्रणाली।

5.राजनीतिक प्रकार्य

यंग और मैक के अनुसार आधुनिक लोकतांत्रिक प्रणाली में समाज के विभिन्न अंगों में सत्ता का पार्थक्य होता है। ये विभिन्न अंग अपने–अपने प्रकार्यों को पूरा करते हैं। इनके अनुसार निम्नलिखित तीन राजनीतिक प्रकार्य है–

1. समाज के संचालन के लिए प्रतिमानों का संस्थाकरण अथवा कानूनों का निर्माण।
2. संस्थागत प्रतिमानों द्वारा सामाजिक संघर्षों का निपटारा।
3. राज्य के संचालन की योजना और संस्थागत प्रतिमानों का कार्यान्वयन।

प्रतिमानों के संस्थाकरण के लिए लोकतांत्रिक व्यवस्था में चुनी हुई व्यवस्थापिका होती है।। संघर्षों के निपटारें के लिए न्यायपालिका होती है। प्रतिमानों और नीतियों के क्रियान्वयन के लिए कार्यकारिणी होती है।

राजनीति के समाजशास्त्रीय विश्लेषण में निम्नलिखित अवधारणाओं का बार–बार प्रयोग होता है।

1. नेतृत्व
2. सत्ता
3. शक्ति
4. प्रभाव

राज्य और सरकार की कार्य प्रणाली तथा राजनीतिक संघर्ष की ये महत्वपूर्ण विशेषताएं हैं।

6.नेतृत्व

नेतृत्व की समाजशास्त्रीय अवधारणा के विकास में मैक्स वेबर का योगदान है। वेबर के अनुसार नेतृत्व का अर्थ आदेश पालन की संभावना से है। इसके दो पक्ष हैं। पहले पक्ष में वे व्यक्ति अथवा समूह आते हैं। जिनके पास आदेश देने का अधिकार होता है दूसरे पक्ष में वे लोग सम्मिलित, किए जा सकते हैं जो आदेशों का पालन करते हैं वेबर के

अनुसार अधिकांश आदेशों का पालन दो बातों को ध्यान में रखकर किया जाता है।

1. स्वार्थपूर्ति की भावना के कारण।

2. प्रथाओं के कारण

वेबर के अनुसार निपट स्वार्थ अथवा बिना किसी अभिव्यक्ति के आज्ञा पालन इन पर आधारित सत्ता संरचना टिकाऊ नहीं हो सकती। वेबर का मत है कि तीन आधारों पर प्राधिकार वैध होता है। वे निम्नांकित हैं–

1.कानून

1. परम्परा

2. करिश्मा

इसके आधार पर मैक्स वेबर नेतृत्व को तीन श्रेणीयों में विभाजित करते हैं। 1– कानूनी प्राधिकार, 2– परंपरात्मक प्राधिकार, 3– करिश्मायुक्त प्राधिकार।

कानूनी व्यवस्था पर आधारित प्राधिकार की नियुक्ति की औपचारिक कार्यप्रणाली होती है। इन अधिकारियों के अधिकार और कर्तव्य कानून द्वारा निर्धारित होते है। इस व्यवस्था में किसी व्यक्ति के स्थान पर निश्चित नियमों द्वारा परिभाषित पद की आज्ञा का पालन होता है। किसी विश्वविद्यालय का उपकुलपपति एक व्यक्ति होता है लेकिन जब तक वे अपने पद पर रहते हैं। तभी तक उन के आदेशों का पालन होता है। इस व्यवस्था का वेबर के अनुसार सबसे अच्छा उदाहरण अधिकारीतंत्र हैं।

परंम्परागत प्राधिकार सामाजिक व्यवस्था के प्रति पवित्रता के विश्वास पर आधारित होता है। पितृसत्तात्मक व्यवस्था परंपरात्मक

प्राधिकार का अच्छा उदाहरण है। संतान अपने पिता के प्रति सम्मान और आज्ञापालन की भावना परंपरागत प्राधिकार के कारण रखती है।

7.वृद्धजनों की राजनीतिक गतिविधियाँ

किन्तु बदलते सामाजिक मूल्यों, बढ़ती स्वार्थपरता सम्मान देने की परम्परा में आ रहे बदलाव सत्तात्मक पक्ष में परिलखित हो रहे हैं। यद्यपि वृद्धों के प्रति दायित्वों की स्वीकृति एवं उनके सम्मान के परम्परागत पारिवारिक मूल्य अभी भी कुछ न कुछ मात्रा में विद्यमान हैं। किन्तु बदल रहे सामाजिक आर्थिक परिवेश में नयी समस्यएं उठ रही हैं। गाँवों में परम्परागत जमीदार परिवारों में वृद्ध व्यक्ति इस अनुभव से काल्पनिक रूप में संतुष्ट रहते हैं कि परिवार की सम्पत्ति में उनका भी अधिकार है। किन्तु शहरी परिवारों में अर्थ व्यवस्था में क्रियाशीलता समाप्त होने के कारण आर्थिक भूमिका व स्तर प्रायः खो सा जाता है। यदि उनके पास बचत राशि है तो वे श्रेष्ठता का भाव रखते हैं और राजनीतिक गतिविधियों में भाग लेते हैं तथा किसी न किसी रूप में राजनैतिक दलों के सदस्य भी हो जाते हैं।

किन्तु अचानक दैनिक कार्यों से अलग होने और अपने पुत्रों और रिश्तेदारों पर आर्थिक रूप से आश्रित होने पर राजनैतिक गतिविधियों में क्रियाशील होने की इच्छा उनमें समाप्त सी हो जाती है।

सारिणी .1

वृद्धजनों व्यक्तियों की राजनैतिक गतिविधियों की स्थिति

आयुस मूह (वर्षो में)	राजनैतिक गतिविधियों की स्थिति					
	नगरीय			ग्रामीण		
	कुल संख्या	हाँ	नहीं	कुल संख्या	हाँ	नहीं
55–60	88	69 (78.4)	19 (21.60)	96	36 (37.50)	60 (62.50)
60–65	74	65 (87.83)	09 (12.17)	51	13 (25.49)	38 (74.51)
65–70	23	14 (60.86)	09 (39.14)	27	07 (25.92)	20 (74.08)
70–75	12	06 (50.00)	06 (50.00)	18	01 (5.55)	17 (94.45)
75से ऊपर	03	01 (33.33)	02 (66.34)	08	01 (12.50)	07 (87.50)
योग	**200(100.00)**	**155 (77.50)**	**45(22.50)**	**200 (100.00)**	**58 (29.00)**	**142 (71.00)**

स्रोत–क्षेत्रीय सर्वेक्षण के आधार पर

सारिणी में नगरीय एवं ग्रामीण वृद्ध व्यक्तियों की राजनैतिक गतिविधियों का वर्गीकरण प्रस्तुत किया गया है। अध्ययन क्षेत्र (नगरीय) के 200 वृद्ध व्यक्तियों में से 77.50 प्रतिशत व्यक्ति राजनीतिक गतिविधियों में भाग लेते हैं तथा 22.50 प्रतिशत वृद्धों की राजनीतिक गतिविधियों के किसी प्रकार की रूचि नहीं है। आयु–समूह 60–65 वर्ष के वृद्धों की राजनीतिक गतिविधियों में संलिप्तता सर्वाधिक है। ऐसे वृद्धों का प्रतिशतांक अपने वर्ग में 87.83 है। सबसे कम रूचि 75 वर्ष से अधिक आयु के वृद्धों की है। ऐसे व्यक्तियों का प्रतिशतांक 33.33 है। सारिणी के विश्लेषण से स्पष्ट होता है कि जैसे–जैसे आयु में वृद्धि होती जाती है। वृद्ध व्यक्तियों की राजनीति में रूचि कम होती जाती है और वे राजनीतिक गतिविधियों के प्रति उदासीन रहने लगते हैं।

नगरीय क्षेत्र के जो वृद्ध राजनीति में रूचि रखते हैं तथा राजनीतिक गतिविधियों में संलिप्त रहते हैं उनमें से वे वृद्ध अधिक होते हैं जो सेवा क्षेत्र से अवकाश ग्रहण कर चुके होते हैं।

ग्रामीण क्षेत्र (ग्रामीण) के वृद्ध व्यक्तियों में राजनीति तथा राजनैतिक गतिविधियों में संलिप्तता कम होती है। अध्ययन क्षेत्र के 200 वृद्ध व्यक्तियों में 29.00 प्रतिशत वृद्ध व्यक्ति ही राजनैतिक गतिविधियों में भाग लेते हैं जबकि 71.00 प्रतिशत वृद्ध व्यक्तियों का राजनीति से कुछ लेना देना नहीं रहता है।

ग्रामीण क्षेत्र के आयु समूह 55–60 वर्ष के वृद्धों में राजनीति के प्रति रूचि अधिक होती है। ऐसे वृद्धों का प्रतिशतांक सर्वाधिक 37.50 है। नगरीय क्षेत्र के वृद्धों के समान ही जैसे–जैसे उम्र बढ़ती जाती हैं राजनीति के प्रति रूचि घटती जाती है। आयु समूह 75 वर्ष से अधिक आयु वाले वृद्धों में राजनीति के प्रति रूचि रखने वाले वृद्धों का प्रतिशतांक 12.50 है। जबकि राजनीति के प्रति अरूचि रखने वाले वृद्धों का सर्वाधिक प्रतिशतांक 74.51 है। ये वृद्ध आयु समूह 60–65 वर्ष का प्रतिनिधित्व करते हैं।

नगरीय क्षेत्र की तुलना में ग्रामीण वृद्धों में अरूचि इस कारण होती है क्योंकि वे कृषि कार्यों में संलिप्त रहते हैं। जिन वृद्धों में रूचि होती भी है वे या तो सेवा क्षेत्र से सम्बद्ध रहे होते हैं या फिर किसी भी कार्य से सम्बद्ध नहीं होते। जो वृद्ध सम्बद्ध होते भी हैं उनमें भी चुनाव के समय ही रूचि दिखाई देती है चाहे वे राष्ट्रीय स्तर के चुनाव हो या ग्राम स्तर के। ग्राम स्तर की समस्याओं के प्रति वे न तो किसी प्रकार के आन्दोलन करते हैं और न ही उसके लिए किसी प्रकार की योजना ही बनाते हैं। नगरीय

क्षेत्र की तुलना में उनके जागरूकता की कमी भी किसी न किसी रूप में अरूची का कारण होती है।

सारिणी .2

वृद्धजनों व्यक्तियों का राजनैतिक दलों से सम्बन्ध

आयु समूह वर्षों में	वृद्धजनों का राजनैतिक दलों से सम्बन्ध											
	झांसी						ग्रामीण					
	स	क	ख	ग	घ	ङ	स	क	ख	ग	घ	ङ
55–60	69	28	13	11	11	06	36	11	13	10	02	00
60–65	65	29	11	12	11	02	13	04	05	03	01	00
65–70	14	07	04	01	01	01	07	02	03	01	01	00
70–75	06	02	03	01	00	00	01	00	01	00	00	00
75 से ऊपर	01	00	00	00	00	00	01	00	01	00	00	00
योग	155 (100. 00	66 (42. 58)	32 (20. 64)	25 (16. 12)	23 (14. 83)	09 (5. 83)	58 (100. 00)	17 (29. 31)	23 (39. 65)	14 (24. 13)	04 (6. 91)	00 (00. 00)

स्रोत–क्षेत्रीय सर्वेक्षण के आधार पर

स–राजनैतिक गतिविधियों में भाग लेने वाले वृद्धों की संख्या।

क–भारतीय जनता पार्टी

ख–कॉँग्रेस

ग–बहुजन समाज पार्टी

घ–समाजवादी पार्टी

ङ–अन्य दल

सारिणी में नगरीय एवं ग्रामीण वृद्ध व्यक्तियों की राजनैतिक दलों से सम्बन्ध रखने या सदस्यता की स्थिति का वर्गीकरण किया गया है।

नगरीय क्षेत्र (नगरीय) के राजनैतिक गतिविधियों में भाग लेने वाले वृद्ध व्यक्तियों में से सर्वाधिक 42.58 प्रतिशत वृद्ध भारतीय जनता पार्टी के सदस्य हैं या वे इस दल की राजनीतिक विचारधारा से आबद्ध है जबकि 14.83 प्रतिशत वृद्ध समाजवादी पार्टी से सम्बद्ध है। 5.83 प्रतिशत वृद्ध अन्य किसी न किसी राजनीतिक दल से जुड़े हुए है। आयु समूह 60–65 वर्ष के वृद्ध सभी आयु समूह के वृद्धों में से सर्वाधिक भारतीय जनता पार्टी से सम्बद्ध है तथा आयु समूह 65–70 वर्ष के सबसे कम वृद्ध समाजवादी पार्टी के सदस्य है या फिर इस दल की विचारधारा से प्रभावित हैं। आयु समूह 75 वर्ष से अधिक का 01 वृद्ध कांग्रेस दल में अपनी आस्था रखता है। राजनीतिक दलों से सम्बन्ध रखने वाले वृद्धों में आयु घटने के साथ–साथ रूचि भी घटती जाती है।

ग्रामीण क्षेत्र (ग्रामीण) के राजनीतिक गतिविधियों में रूचि रखने वाले 58 वृद्ध व्यक्तियों में से 39.65 प्रतिशत वृद्ध ऐसे हैं। जो कांग्रेस पार्टी के सदस्य हैं या फिर इस दल की विचार धारा से प्रभावित है।

आयु समूह 55–60 वर्ष के 10 वृद्ध बहुजन समाज पार्टी के सदस्य हैं यह संख्या इस दल के सदस्यों की नगरीय एवं ग्रामीण क्षेत्र में सर्वाधिक है।

नगरीय क्षेत्र की तुलना में ग्रामीण क्षेत्र के वृद्ध व्यक्तियों में दलों की सदस्यता में रूचि कम है। ग्रामीण क्षेत्र के वृद्धों में कांग्रेस पार्टी के प्रति आस्था अधिक दिखाई देती हैं। अन्य दलों का प्रभाव ग्रामीण क्षेत्रों में शून्यता की स्थिति में है। संभवतः अन्य दल ग्रामीण क्षेत्र में प्रचार–प्रसार में कम रूचि रखते हैं।

8.वृद्धजनों का राजनीतिक संरचना के प्रति दृष्टिकोण

वर्तमान राजनीतिक संरचना के सम्बन्ध में वृद्धजनों का दृष्टिकोण जानने का प्रयास शोधार्थिनी द्वारा किया गया है। सारिणी के विश्लेषण से स्पष्ट होता है कि अध्ययन क्षेत्र (नगरीय) के 42.00 प्रतिशत वृद्ध वर्तमान राजनीतिक संरचना को उचित मानते हैं जबकि 45.00 प्रतिशत वृद्धों की मान्यता है कि वर्तमान राजनीतिक संरचना अनुचित है और उसमें सुधार होना चाहिए। 13.00 प्रतिशत वृद्धों ने इस सम्बन्ध में कुछ भी मत व्यक्त नहीं किया।

सारिणी .3

वृद्धजनों का राजनैतिक संरचना के प्रति दृष्टिकोण

आयुसमूह (वर्षो में)	राजनैतिक संरचना के प्रति दृष्टिकोण							
	झांसी				ग्रामीण			
	कुल संख्या	क	ख	ग	कुल संख्या	क	ख	ग
55–60	88	33 (37.50)	37 (42.04)	18 (20.46)	96	16 (16.66)	24 (25.00)	56 (58.34)
60–65	74	38 (51.35)	32 (32.24)	04 (5.41)	51	11 (21.58)	20 (39.21)	20 (39.21)
65–70	23	10 (43.47)	11 (47.82)	02 (8.71)	27	05 (18.51)	05 (18.51)	17 (62.98)
70–75	12	02 (16.66)	08 (66.68)	02 (16.66)	18	01 (5.55)	02 (11.11)	15 (83.34)
75से ऊपर	03	01 (33.33)	02 (66.67)	00 (00.00)	08	01 (12.50)	01 (12.50)	06 (75.00)
योग	200 (100.00)	84 (42.00)	90 (45.00)	26 (13.00)	200 (100.00)	34 (17.00)	52 (26.00)	114 (57.00)

स्रोत–क्षेत्रीय सर्वेक्षण के आधार पर

क– उचित

ख– अनुचित

ग– कुछ नहीं कह सकते हैं

आयु समूह 70–75 वर्ष के वृद्ध जो वर्तमान राजनीतिक संरचना को अनुचित मानते हैं उनका प्रतिशतांक सर्वाधिक 66.68 है।

ग्रामीण क्षेत्र (ग्रामीण) के 57.00 प्रतिशत वृद्धों ने राजनीतिक संरचना के सम्बन्ध में किसी प्रकार का मत व्यक्त नहीं किया जबकि 26.00 प्रतिशत वृद्ध वर्तमान राजनीतिक संरचना को उचित नहीं मानते हैं। 17.00 प्रतिशत वृद्ध ही इसे उचित मानते हैं। आयु समूह 60–65 वर्ष के 21.58 प्रतिशत वृद्ध वर्तमान राजनीतिक संरचना को उचित मानते हैं।

नगरीय एवं ग्रामीण क्षेत्र के अधिकांश वृद्ध व्यक्तियों की मान्यता है कि वर्तमान राजनीति में क्षेत्रीय दलों की प्रचुरता बढ़ती जा रही है। जो स्थिर सरकार प्रदान करने में सक्षम है स्थिर राष्ट्रीय सरकार के अभाव में राष्ट्रीय प्रगति अपेक्षाकृत बाधित होती हैं स्थिर सरकार के लिए आवश्यक हैं कि राष्ट्रीय राजनीतिक दल समयानुसार संवैधानिक व्यवस्था परिवर्तित करें इसके लिए आवश्यक हो तो संविधान में भी बदलाव किया जाए। वर्तमान संवैधानिक व्यवस्था बदलती परिस्थितियों में पूर्णतया अनुकूल नहीं हैं।

सारिणी में अध्ययन के दौरान यह जानने का प्रयास किया गया कि वृद्ध व्यक्तियों की समस्याओं के निराकरण में वर्तमान राजनीतिक व्यवस्था क्या कोई प्रभावी भूमिका निभा सकती है? इस सम्बन्ध में नगरीय क्षेत्र (नगरीय) के 65.00 प्रतिशत वृद्ध व्यक्तियों की मान्यता है कि राजनीतिक व्यवस्था चाहे तो वृद्धों की समस्याओं में कभी आ सकती है। जबकि 20.50 प्रतिशत वृद्धों की मान्यता है राजनीतिक व्यवस्था से

समस्याओं में कमी हो पाना संभव नहीं है 5.50 प्रतिशत वृद्धों ने इस सम्बन्ध में कोई विचार व्यक्त नहीं किया।

सारिणी .4

वृद्धजनों की समस्याओं के निराकरण के सम्बन्ध में विचार

आयुसमूह (वर्षो में)	समस्याओं के निराकरण के सम्बन्ध में विचार							
	झांसी				ग्रामीण			
	कुल संख्या	क	ख	ग	कुल संख्या	क	ख	ग
55–60	88	58 (65.90)	24 (27.27)	06 (6.83)	96	36 (37.50)	30 (31.25)	30 (31.25)
60–65	74	42 (56.75)	28 (37.83)	04 (5.42)	51	28 (54.90)	16 (31.37)	30 (58.83)
65–70	23	20 (86.95)	03 (13.05)	00 (00.00)	27	09 (37.50)	08 (29.62)	09 (33.35)
70–75	12	08 (66.66)	03 (25.00)	01 (8.34)	18	03 (16.66)	03 (16.66)	12 (66.68)
75से ऊपर	03	02 (66.66)	01 (33.34)	00 (00.00)	08	01 (12.50)	01 (12.50)	06 (75.00)
योग	200(100.00)	130 (65.00)	59 (29.50)	11 (5.50)	200 (100.00)	55 (27.50)	58 (29.00)	87 (43.50)

स्रोत–क्षेत्रीय सर्वेक्षण के आधार पर

क– हाँ

ख– नहीं

ग– कुछ नहीं कह सकते

आयु समूह 65–70 वर्ष के वृद्धों की मान्यता है कि सरकारें चाहें तो वृद्धों की किसी प्रकार की कोई समस्या ही न रहे ऐसे वृद्धों का प्रतिशतांक 86.95 है।

ग्रामीण क्षेत्र (ग्रामीण) के 29.00 प्रतिशत वृद्धों की मान्यता है कि वृद्धों की समस्याओं के निराकरण में सरकारी प्रयास उतने प्रभावी नहीं हो सकते इसके लिए सामाजिक रूप से प्रयास ही सार्थक हो सकते हैं। 27.00 प्रतिशत वृद्धों की मान्यता है कि सरकारी प्रयासों से वृद्धों की समस्याओं का निराकरण संभव हो सकता है। ग्रामीण क्षेत्र के 43.50 प्रतिशत वृद्धों ने इस सम्बन्ध में किसी प्रकार का मत व्यक्त नहीं किया। आयु समूह 55–60 वर्ष के वृद्धों की मान्यता है कि सरकारें चाहें तो वृद्धों को किसी प्रकार की समस्याओं का सामना ही न करना पड़े।

किन्तु जैसे–जैसे आयु में वृद्धि होती जाती है। सरकार से अधिक सामाजिक आधार पर समस्याओं के समाधान पर विश्वास बढ़ता जाता है।

नगरीय एवं ग्रामीण वृद्ध व्यक्तियों का दृष्टिकोण समस्याओं के निराकरण के सम्बन्ध में कमोवेश एक सा प्रतीत होता है किन्तु नगरीय वृद्ध व्यक्ति शासकीय ढाँचा पर अधिक विश्वास करते हैं। इसकी तुलना में ग्रामीण वृद्ध व्यक्तियों की आस्था सामाजिक संरचना पर केन्द्रित हैं। उनकी मान्यता है कि यदि वृद्ध आर्थिक रूप से सुदृढ़ हों तो अधिक से अधिक समस्याएं स्वयं ही समाप्त हो जायेंगी। मात्र सुरक्षा का दायित्व सरकार पर छोड़ना चाहिए।

नगरीय एवं ग्रामीण वृद्ध व्यक्तियों के उनके जीवन काल के अनुभवों का लाभ राजनीतिक योजनाओं के लिए उपयोगी हो सकते है। उनके जीवनकाल में घटित घटनाओं एवं आने वाली समस्याओं के अनुभवों को बाँटकर भविष्य की योजनाओं को यथार्थपरक बनाया जा सकता है।

❋❋❋❋❋

8—उपसंहार

वृद्धावस्था जीवन क्रम का अंतिम पन है। इस पन में जीवन अशक्त हो जाता है कार्य करने की क्षमता क्षीण हो जाती है। भरण—पोषण के लिए दूसरों पर निर्भर रहना पड़ता है। यही निर्भरता वृद्ध जनों की समस्याओं की जड़ है। शारीरिक व आर्थिक रूप से असमर्थ वृद्ध जन हाशिये के बाहर घुटन भरी जिंदगी जीने को विवश है। भारत वह भूमि हैं जहाँ माता—पिता को देव तुल्य माना गया है।

इतना ही नहीं, कई धर्मशास्त्रों में वृद्धजनों को सम्मान देने व उनकी आज्ञा मानने की बात कही गई है। परन्तु आज के भौतिकतावादी युग में वृद्ध व्यक्ति उपेक्षा व तिरस्कार का शिकार हो रहे हैं। वे न तो देव तुल्य माने जा रहे हैं और न ही उन्हें वह सम्मान और अपनापन मिल रहा है जो कभी पहले मिलता था। आज वे घर परिवार में अनचाही वस्तु बन गए हैं। जिसे न तो लोक—लाज के कारण फेका ही जा सकता है और न सहेज कर रखने की इच्छा ही है।

एक निश्चित आयु सीमा के बाद वृद्ध व्यक्ति भले ही हमारे लिए आर्थिक रूप से अनुत्पादक हों परन्तु वे हमारी बुजुर्ग संपदा है। उनके लम्बे जीवन के व्यावहारिक अनुभव आज भी पीढ़ी के लिए पथ प्रदर्शक हैं। उनकी सीख छोटे बच्चों के लिए नैतिक शिक्षा हैं। परन्तु आज हमारे वृद्ध

अनेक समस्याओं से पीड़ित हैं। उन समस्याओं पर गंभीरतापूर्वक विचार करना तथा उनके निराकरण के उपाय सोचना हर सभ्य व्यक्ति का परम कर्तव्य होना चाहिए।

1. नगरीय एवं ग्रामीण वृद्धजनों की सामाजिक–आर्थिक समस्याओं की तुलनात्मक स्थिति

नगरीय तथा ग्रामीण दोनों ही क्षेत्रों के वृद्ध जन शारीरिक रूप से अशक्त और आर्थिक रूप से पराधीन होते हैं। इसके कारण वे अपने जीवन की सुरक्षा के लिए परिवारीजनों से सहारे की अपेक्षा करते हैं उनका अपेक्षा करना उचित है। माता–पिता जिन पुत्रों को अनेक कष्ट सहकर, अपनी शान–शौकत की इच्छाओं का दमन कर पाल पोस कर बड़ा करते हैं, उनसे जीवन के अंतिम पड़ाव में यदि सेवा व सहारे की आशा करें, तो यह अनुचित कैसे हो सकता है? परन्तु अध्ययन से स्पष्ट हुआ कि आज की युवा पीढ़ी अपने मन से आधुनिक सुख–सुविधाओं की चाहत रख कर भौतिकता की अंधी दौड़ में फंसी हुई हम दो, हमारे दो, तक सीमित रख कर वृद्धजनों को अपने परिवार की परिधि से बाहर रखना चाहती हैं यही नहीं बल्कि वृद्धजनों की अपनी निजी जिन्दगी में बाधा भी समझती है। नगरीय एवं ग्रामीण संस्कृति में पलने वाले परिवार के सभी सदस्य एक ही डाइनिंग टेबिल पर या एक साथ बैठ कर साथ–साथ भोजन करते हैं परन्तु वृद्ध व्यक्ति अलग भोजन करते हैं, वह भी सबके अन्त में अहम् बात यह है कि वृद्धजनों को बाद में भोजन देने की बात क्यों सोची जाती है। उन्हें सबसे पहले भोजन देने में क्या हर्ज है? उन्हें अपने परिवार से अलग क्यों समझा जाता है? उनकी बीमारी के इलाज को अनावश्यक व्यय क्यों

माना जाता है? यह बिडम्बना ही है कि आज जो हाथ अपने लाड़ प्यार से लोरी गा–गा कर अपने पुत्रों को सुलाया, उन्हें दूध पिलाया, उन्हें बड़ा किया, वही हाथ अपने नाती–पोतों को प्यार करने को तरस रहे हैं।

नगरों में जो परिवार है। वहाँ विषम स्थिति है। उन माता–पिता ने जीवन भर जो अर्जित किया वह बच्चों की शिक्षा, विवाह एवं मकान निर्माण पर खर्च कर दिया। अब वह शिक्षित एवं वृद्ध माता–पिता, जिनकी शारीरिक शक्ति तो क्षीण हो चुकी है, किन्तु आत्म–सम्मान शेष है, वे उपेक्षापूर्ण वातावरण में घुट–घुट कर जीते हैं। पुत्र, दहेज ले कर आई पत्नी के पूरी तरह वश में हो जाते हैं अन्यथा घर में अशांति का वातावरण बना रहता है वृद्ध माता–पिता अपने को इतना नहीं बदल पाते कि उनका कोई सम्मान या रूचियाँ ही न रही हों। ऐसे सास–श्वसुर जो शारीरिक रूप से घर में, कार्यों में हाथ बंटाने योग्य हों और वे अपना कोई व्यक्तित्व न रखते हों, बहुएं कामकाजी हो तभी साथ रखना पसंद करती हैं। अपना सर्वस्व निछावर कर देने वाले माता–पिता की भावनाओं को पुत्र वधु एवं पुत्र के व्यवहार से कभी–कभी अत्यधिक ठेस पहुँचती है और वह शारीरिक कष्ट के साथ–साथ मानसिक तनाव से भी ग्रस्त रहने लगते हैं। सफलता और सुख पा–कर बच्चे भूल जाते है कि यह वही माता–पिता है जिन्होंने अपने आराम की कोई चिन्ता न कर हमें इस योग्य बनाया। अध्ययन क्षेत्र के एक व्यक्ति जो बीमा कम्पनी में मैनेजर थे। उनके पास एक वृद्ध दम्पत्ति आये जिनकी आयु 30 वर्ष से अधिक की पुत्री पैसे के अभाव में कुँवारी बैठी थी। जबकि उनका बड़ा पुत्र सेना में मेजर था और दूसरा भी किसी प्राईवेट फर्म में अच्छी नौकरी पर था। दोनों से कोई पिता की इस समस्या को हल करने की स्थिति में नहीं था। कारण आज के यह कथित

आधुनिक परिवारों का अपना एक ऐसा सामाजिक स्तर है जिससे जुड़े रहना अपने सामाजिक स्तर को बनाए रखना और इस प्रकार अनेकों अनावश्यक खर्चे करते रहना उनकी नियति बन गई है। पिता को साधारण सी पेंशन मिलती थी। बेटे उन्हें कोई नियमित आर्थिक सहायता भी नहीं देते थे। ऐसी स्थिति में उन माता–पिता को अपने अफसर बेटों से अपनी समस्या के हल की कोई आशा नहीं रह गई थी। चमक–दमक और सुख–सुविधा आज के जीवन मूल्य बन चुके हैं। अतः स्वयं शान से रहने वाले बच्चे यह सोचते तक नहीं कि जिनके प्यार और प्रयासों के कारण आज वह इस योग्य बने हैं, वह कैसे जीवन बिता रहे हैं, और उनकी क्या समस्याएं है। कमोवेश ग्रामीण परिवेश में जीवन जीने वाले वृद्धों को ऐसी ही समस्याओं का सामना करना पड़ रहा है।

नगरीय एवं ग्रामीण वृद्ध जनों की समस्याओं के मूल कारण निम्न हैं–

1.परिवारिक संरचना की स्थिति

पूर्व में संयुक्त परिवार अधिक होते थे। परिवार की बागडोर वृद्ध व्यक्तियों के हाथ होती थी। अह्म कार्यों में उन्हीं की सलाह व निर्णय मान्य होते थे। शरीर से अशक्त होते हुए भी वे दरवाजे में पड़े रह कर घर के पहरेदार होते थे। उनकी निगाह छोटे बच्चों पर भी रहती थी। वे छोटे बच्चों को कहानियाँ सुनाते थे। इससे एक ओर बच्चों का मनोरंजन होता था, दूसरी ओर उनको नैतिक शिक्षा मिलती थी। पूरे परिवार के सदस्य उनका सम्मान करते थे। उनकी आज्ञा मानते थे। उनकी देख–भाल करना उनकी सुख–सुविधा का ध्यान रखना सभी सदस्यों की सम्मिलित

जिम्मेदारी होती थीं। वृद्धजन अपनी जिंदगी की शाम सुख पूर्वक बिताते थे। उन्हें किसी प्रकार की चिन्ता नहीं रहती थी।

आज संयुक्त परिवार टूट रहे हैं। यह प्रभाव ग्रामीण एवं नगरीय दोनों ही परिवेश में दिखाई देता है, ग्रामीण क्षेत्र में यह अधिक है। एकाकी परिवार पनप रहे हैं। वृद्ध व्यक्तियों का महत्व कम होता जा रहा है यदि एक पिता के तीन पुत्र हैं तथा तीनों अपना अलग–अलग परिवार बसाना चाहते हैं परिवार का प्रत्येक पुत्र माता–पिता के निर्वाह की जिम्मेदारी दूसरे पर सौपना चाहता है। ऐसी स्थिति में माता–पिता कभी–कभी साझे की सम्पत्ति बन जाते हैं जिसके रख रखाव में प्रायः विवाद होता रहता है और वृद्ध मानसिक उत्पीड़न के शिकार होते हैं।

नगरीय समाज तो आधुनिकता की आँधी में फँसा है, गाँवों के लोग भी इसकी परिधि में आते जा रहे हैं अब एकाकी परिवार आधुनिक स्वेच्छाचारी जीवन बिताने की ललक रखते हैं। वृद्ध जनों के परम्परावादी विचार आधुनिक जीवन शैली अपनाने के मार्ग में रोड़ा समझे जाने लगे हैं। दूरदर्शन में देर रात की फिल्म देखना, नए–नए फैशन अपनाना आदि ऐसे प्रचलन है जो वृद्धजनों को रास नहीं आते, ऐसी स्थिति में युवा पीढ़ी वृद्धजनों को दूर रखना चाहती हैं।

आज हर परिवार बढ़ती हुई मंहगाई से दबा हुआ है, बढ़ते भौतिकवादी दृष्टिकोण से साधारण परिवार को अपनी गृहस्थी चलाना और बच्चों को पढ़ाना–लिखाना मुश्किल हो रहा है। ऐसी स्थिति में अनुत्पादक वृद्ध व्यक्तियों को एक अनावश्यक बोझ के रूप में देखा जाने लगा है। फलस्वरूप उन्हें पराश्रित स्थिति में उपेक्षित जीवन जीने को विवश होना पड़ता है।

ग्रामीण एवं नगरीय दोनों ही क्षेत्रों में परिवारों में वृद्ध व्यक्तियों को अपने से अलग रखकर जीवन जीने की प्रवृत्ति में वृद्धि हो रही है। नगरीय क्षेत्र के 16.50 प्रतिशत तथा ग्रामीण क्षेत्र के 12.50 प्रतिशत वृद्ध एकाकी परिवार के रूप में जीवन यापन कर रहे हैं। ग्रामीण क्षेत्रों में वृद्ध व्यक्तियों को साथ रखने की प्रवृत्ति नगरीय क्षेत्र की तुलना में अधिक है।

2.आर्थिक निर्भरता की स्थिति

अध्ययन से स्पष्ट हुआ है कि नगरीय एवं ग्रामीण वृद्ध व्यक्तियों के आय के स्रोतों में भिन्नता है। नगरीय क्षेत्र के वृद्धों के आय का स्रोत सेवा क्षेत्र (24.50) प्रतिशत एवं दुकानदारी 32.00 प्रतिशत है। इसकी तुलना में ग्रामीण क्षेत्र के वृद्धों के आय स्रोत का सर्वाधिक प्रतिशत (57.50) कृषि क्षेत्र है। नगरीय क्षेत्र के 10.00 प्रतिशत तथा ग्रामीण क्षेत्र के 18.00 प्रतिशत वृद्ध ऐसे हैं जो किसी भी प्रकार के आय के स्रोत से सम्बद्ध नहीं है।

नगरीय क्षेत्र के वृद्ध जो किसी प्रकार से आय अर्जित कर रहे हैं या आय के स्रोतों में अपना सहयोग प्रदान करते हैं। उन्हें अपनी आय को अपने पुत्रों, नाती–पोतों या फिर उनके पारिवारिक खर्चों पर व्यय कर देनी होती है। उस आय को ऐसे वृद्ध अपनी आवश्यकताओं के लिए कमोवेश ही खर्च कर पाते हैं। ऐसे वृद्धों को नगरीय परिवारों में कुछ बहुत सम्मान मिल जाता है किन्तु जो वृद्ध किसी प्रकार से आय अर्जित कर पाने की स्थिति में नहीं हैं उन्हें पूरी तरह से अपने पुत्रों पर आश्रित रहना पड़ता है तथा पारिवारिक स्तर पर उनके अह्म को क्षण–क्षण आहत होना पड़ता है।

ग्रामीण क्षेत्रों में अधिकांश वृद्ध कृषि कार्यों से सम्बद्ध होते हैं लेकिन ऐसे वृद्ध भी होते हैं जो किसी प्रकार की आय अर्जित कर पाने की

स्थिति में नहीं होते हैं। जिन्हें पूरी तरह से आर्थिक आवश्यकताओं के लिए अपने पुत्रों पर निर्भर रहना पड़ता है। नगरीय क्षेत्रों की तुलना में ग्रामीण वृद्धों की आर्थिक आवश्यकताएं कम होती हैं। क्योंकि बुन्देलखण्ड में भौतिकता का प्रभाव अभी उतना नहीं है जितना कि अन्य क्षेत्रों में।

ग्रामीण क्षेत्र के जिन वृद्धों के पास चल या अचल सम्पत्ति का अधिकार होता है। यदि वे अपने पुत्रों की इच्छानुसार उसे उपयोग करने के लिए तैयार होते हैं तो उन्हें कमोवेश परिवार में सम्मान प्राप्त होता है किन्तु यदि वे परिवार के सदस्यों (पुत्रों–पुत्र बधुओं) की इच्छानुसार उपयोग करने के लिए तैयार नहीं होते तो उन्हें मानसिक प्रताड़ना का शिकार होना पड़ता है और कभी–कभी उनके पुत्रों द्वारा उनकी हत्या तक कर दी जाती है।

नगरीय क्षेत्र के जिन वृद्धजनों के पास सम्पत्ति होती है और वे एकाकी जीवन व्यतीत कर रहे होते हैं तो ऐसे वृद्धों को अपनी सेवा के लिए लगाए गए नौकरों के हाथों हिंसा का शिकार होना पड़ रहा है।

नगरीय क्षेत्र के वृद्धजनों में शिक्षा का प्रतिशत ग्रामीण वृद्धों की तुलना में अधिक होता है। शिक्षित व्यक्ति के अहम को ठेस पहुँचने पर वे भावुक हो जाते हैं और वे छोटी–छोटी सी बातों में अपने महत्व की लालसा रखते हैं और जब ऐसा नहीं हो पाता तो उन्हें आन्तरिक दुःख होता है और यही स्थिति जब प्रायः हो जाती है और वे अपने दुःख को किसी से व्यक्त नहीं कर पाते तो मानसिक तनाव के शिकार हो जाते हैं, क्योंकि वे अपने दुःख किसी से व्यक्त नहीं कर पाते या फिर उन्हें दुःख व्यक्त करने के अवसर प्राप्त नहीं हो पाते हैं क्योकि उन पर तरह–तरह की बन्दिशें लगा दी जाती है।

इसकी तुलना में ग्रामीण क्षेत्रों के वृद्धों में शिक्षा का प्रतिशत नगरीय क्षेत्र से कम होता है। परिणामतः ग्रामीण वृद्ध छोटी–छोटी सी बातों को भावनाओं से सम्बन्धित प्रायः नहीं करते हैं और यदि ऐसा होता भी है तो वे अपनी भावनाओं या दुःखों को गाँव के दूसरे व्यक्तियों से मिलकर बाँट लेते हैं क्योंकि ग्रामीण वृद्धों में वे बन्दिशें नहीं होती जो नगरीय वृद्धों में होती हैं।

3.पारिवारिक सामन्जस्य की स्थिति

वर्तमान में वृद्धजनों की अहम समस्याओं में पारिवारिक सामन्जस्य की समस्या एक गंभीर समस्या है। यह चाहे नगरीय क्षेत्र के वृद्धों की समस्या हो या फिर ग्रामीण क्षेत्र के वृद्धों की। वृद्धावस्था में प्रवेश के साथ ही वृद्धों और उनके अपने युवा पुत्रों, बहुओं और नाती–पोतों के साथ सामंजस्य बनाने की समस्या जन्म ले लेती है। नगरीय एवं ग्रामीण क्षेत्र के जो वृद्ध कार्य करने की क्षमता रखते हैं उनके साथ तो परिवार के सदस्यों का सामन्जस्य बना रहता है क्योंकि ऐसे वृद्धों को उत्पादक माना जाता है किन्तु जैसे–जैसे उनमें शारीरिक शिथिलता और कार्य अक्षमता की स्थिति पनपने लगती है वैसे–वैसे परिवार के सदस्यों का व्यवहार उनके प्रति उपेक्षित सा रहने लगता है, विशेषकर उन स्थितियों में यह संकट और भी बढ़ जाता है। जब वृद्ध व्यक्ति किसी न किसी रोग का शिकार हो जाते हैं। बीमार वृद्धों के प्रति (नगरीय क्षेत्र की) उनकी बहुओं का व्यवहार तिरस्कार युक्त हो जाता है। वे अपने बच्चों को ऐसे बीमार वृद्ध व्यक्ति के पास जाकर बात करने, खेलने उनके साथ बैठने उठने के लिए प्रत्यक्ष या अप्रत्यक्ष रूप से मना करती हैं।

ग्रामीण क्षेत्र के वृद्धजनों के सम्बन्ध में यह स्थिति कुछ भिन्न होती हैं क्यों ग्रामीण महिलाओं में पर्दा प्रथा व्याप्त होती हैं। वे परम्परागत होती हैं तथा लोक–लाज के कारण वे वृद्ध व्यक्तियों के पास अपने बच्चों को जाने से रोकने में कोई विशेष रूचि नहीं लेती हैं, किन्तु यदि वे नगरीय परिवेश से आती हैं तो नगरीय व्यवहार प्रतिमान वृद्धों के प्रति गाँवों में भी देखने को मिलता है।

यदि परिवार में कलह की स्थिति उत्पन्न होती है तो उसकी जड़ में कहीं न कहीं वृद्ध व्यक्ति होते हैं क्योंकि परिवार का हो सकता है कि कोई व्यक्ति वृद्ध सदस्य के प्रति थोड़ा बहुत सम्मान रखता हो और उनकी सुख–सुविधाओं की दृष्टि से परिवार के अन्य सदस्यों के साथ मतभेद हों। जब भी कलह की स्थिति उत्पन्न होती हैं तो अधिकांश वृद्ध ऐसे स्थिति में उग्र हो जाते हैं जबकि कुछ वृद्ध ऐसे भी होते हैं जो ऐसी स्थिति में असाधारण या असामान्य हो जाते है, किन्तु जैसे–जैसे वृद्ध व्यक्ति जीवन काल की अन्तिम बेला की ओर अग्रसर होते हैं, वे शान्त रहना ही उचित समझते हैं क्योंकि शारीरिक अक्षमता उन्हें ऐसी ही स्थिति में रहने के लिए प्रेरित करती हैं।

अध्ययन से स्पष्ट हुआ है कि नगरीय एवं ग्रामीण दोनों ही क्षेत्रों के वृद्ध व्यक्तियों का पारिवारिक सामन्जस्य का सकारात्मक पक्ष शिथिल होता है और उनके समक्ष परिवार में सहज रूप से जीवन–यापन की स्थिति चुनौतीपूर्ण होती है।

शोध–अध्ययन से नगरीय एवं ग्रामीण वृद्धजनों की पारिवारिक सामन्जस्य की समस्याएं उद्घाटित हुई हैं वे निष्कर्षतः निम्नलिखित हैं–

1. नगरीय एवं ग्रामीण वृद्धजनों की पारिवारिक संरचना भिन्न होती है। नगरीय क्षेत्र की तुलना में ग्रामीण क्षेत्र में संयुक्त परिवारों में आवासित वृद्ध व्यक्तियों का प्रतिशत अधिक है।
2. नगरीय एवं ग्रामीण वृद्धजनों के आय के स्रोतों में भिन्नता होती है, नगरीय क्षेत्र के वृद्ध जहाँ सेवा क्षेत्र एवं दुकानदारी जैसे स्रोतों से संबद्ध रहे होते हैं। वहीं ग्रामीण वृद्ध कृषि क्षेत्रों से सम्बन्धित रहे होते हैं।
3. नगरीय क्षेत्र के वृद्धों में शिक्षित वृद्धों का प्रतिशत ग्रामीण क्षेत्रों के वृद्धों की तुलना में अधिक होता है।
4. नगरीय क्षेत्र के वृद्धजनों की आवश्यकताएं ग्रामीण क्षेत्र वृद्ध व्यक्तियों की आवश्यकताओं की तुलना में अधिक होती हैं। जिससे उन्हें आर्थिक रूप से अपने परिवार के सदस्यों पर अधिक निर्भर रहना पडता है।
5. नगरीय क्षेत्र के वृद्धजनों की शारीरिक क्षमता ग्रामीण क्षेत्र. के वृद्ध व्यक्तियों की शारीरिक क्षमता से कम होती है क्योंकि ग्रामीण क्षेत्र के वृद्ध प्रारम्भ से ही अधिक श्रम करने वाले होते हैं।
6. नगरीय एवं ग्रामीण क्षेत्र दोनों के ही वृद्धजनों को पारिवारिक उपेक्षा का शिकार होना पड़ रहा है किन्तु उपेक्षा की प्रकृति में ग्रामीण और नगरीय, परम्परागत तथा आधुनिक परिवेश का प्रभाव परिलक्षित होता है।
7. नगरीय क्षेत्र की तुलना में ग्रामीण क्षेत्र के वृद्धजनों को चिकित्सीय सुविधाएं कम उपलब्ध हो पाती हैं।

8. वृद्धजनों के कल्याण के लिए संचालित की जाने वाली सुविधाओं का ज्ञान तथा उनका लाभ नगरीय वृद्धों को अधिक होता है। ग्रामीण वृद्ध इनका लाभ कम या नहीं के बराबर ही उठा पाते हैं।

आज समाज में पाश्चात्य सभ्यता के प्रभाव के कारण नैतिकता का पतन होता जा रहा है। जिन वृद्धजनों ने हमें जन्म दिया, हमारा पालन पोषण किया, हमें बड़ा किया, हमारी शिक्षा–दीक्षा की व्यवस्था की, उनकी समुचित देखभाल करना, उनकी सुख सुविधाओं का ध्यान रखना हमारा नैतिक कर्तव्य होना चाहिए। परन्तु नैतिकता के पतन के कारण समाज में वृद्धजनों की सेवा सुश्रुषा के भाव तिरोहित होते जा रहे हैं।

2.वृद्धजनों की समस्याओं का निराकरण

किसी भी समस्या का निराकरण मुश्किल नहीं है, आवश्यकता है, केवल सकारात्मक सोच की। युवाजन, वृद्धजनों को आर्थिक बोझ न समझें। समाज के हर व्यक्ति को ''पितृ देवो भव मातृ देवों भव'' का सिद्धान्त अपनाना चाहिए। वृद्धजनों की सेवा करना प्रत्येक व्यक्ति का नैतिक कर्तव्य है। इस कर्तव्य के पालन से बचा नहीं जा सकता। आज हर कोई श्रवण कुमार को इसलिए जानता है क्योंकि उसने सच्चे भाव से अपने माता–पिता की सेवा की थी, इतिहास में राजा ययाति, अर्जुन, राम जैसे अनेक महापुरूष हुए हैं जिनकी पितृ भक्ति आज भी याद की जाती हैं। इन महापुरूषों ने अपने पितृजनों के प्रति जो भाव दिखाए वे आज भी युवा पीढ़ी के लिए अनुकरणीय हैं। वृद्धजनों की उपेक्षा करके एक तरफ

हम अपने कर्तव्य मार्ग से विचलित होते हैं, दूसरी तरफ उनके जीवन की सुरक्षा का हक छीनते हैं। ये सभ्य समाज के लक्षण नहीं हैं।

हम आज जो कुछ हैं उनके पीछे वृद्धजनों का अमूल्य योगदान हैं। उनकी भरपूर सेवा करके ही उनके योगदान के ऋण से मुक्त हुआ जा सकता है। हमारा परम कर्तव्य है कि हम वृद्धजनों की उचित सम्मान देते हुए यथा संभव यथा शक्ति उनकी हर आवश्यकता पूरी करने की कोशिश करें, हमारी कोशिश यही हो, कि हमारे वृद्धजन अभावों, उपेक्षा व तिरस्कार का जीवन न जिएं उन्हें हर शाम, हर सुबह सुहानी लगे।

जीवन के हर मोड पर नई परिस्थितियाँ बनती हैं। वृद्धावस्था भी जीवन क्रम के प्रवाह में एक नया मोड़ है। नई परिस्थितियों के साथ ताल मेल बैठा कर जीवन बिताने में ही सुख हैं। परिवर्तन प्रकृति का नियम है। समाज में भी सहज परिवर्तन होते रहते हैं। प्रत्येक व्यक्ति के लिए नई परिस्थितियों के साथ अपने को ढाल लेना चाहिए इस प्रक्रिया में कुछ पुराना छोड़ना पड़ेगा और कुछ नया अपनाना पड़ेगा वृद्धजनों को भी चाहिए कि वे युवा पीढ़ी के कामकाज व तौर तरीकों में हस्तक्षेप न करें हर बात में मीन मेख न करें।

बुढ़ापा जीवन का विश्रान्तिकाल है। घर परिवार के उलझनों में दिमाग खपाना अनावश्यक है। परिवार की जिम्मेदारी बेटे, बहुओं पर छोड़ कर तनाव रहित जीवन जिएं पुत्रों को अपना अनुभव व ज्ञान तभी दें जब वे उसकी आवश्यकता महसूस करें। अपने सामर्थ्य के अनुसार घर गृहस्थी के छोटे मोटे काम करते रहें। इससे एक ओर शरीर का व्यायाम होगा दूसरी ओर घर के लोग भी प्रसन्न रहेंगे।

हमारे देश में बड़े बूढ़ों को विशेष सम्मान तथा आदर देने की परम्परा रही है। जिससे विकसित देशों के समान उन्हें अकेलेपन और तनाव का शिकार नही होना पड़ता है। परन्तु शहरीकरण आर्थिक एवं सामाजिक परिस्थितियों में तेजी से आ रहे बदलाव के कारण हमारे परम्परागत मूल्य शिथिल होते जा रहे हैं। जिसके फलस्वरूप वृद्धजनों की मानसिक परेशानियाँ बढ़ती जा रही हैं। अतः अपनी जनसंख्या के बहुत बड़े भाग को अकेलेपन और मानसिक रूग्णता से बचने के लिए सभी स्तरों पर सतर्कता और सक्रियता बरतने की आवश्यकता है। सबसे पहले पारिवारिक स्तर पर प्रयास करने होंगे। हमारे देश में आज भी परिवार, समाज की बुनियादी इकाई है। यदि घर के लोग इस बात का ध्यान रखें कि बड़ी उम्र के लोगों में मानसिक विकार पैदा होना स्वाभाविक प्रक्रिया है और उसी के अनुरूप उनके साथ आचरण करें तो वृद्धजनों को बहुत से मानसिक कष्टों से छुटकारा मिल सकता है और उनका तनाव रोगों में बदलने से बच सकता है। इसके अलावा जब भी घर के किसी बुजुर्ग में किसी तरह के मानसिक विकार के लक्षण दिखाई दें तो तुरन्त इन्हें डाक्टर या मनोचिकित्सक को दिखाना चाहिए जो वृद्धजन शारीरिक दृष्टि से सक्रिय है उन्हें समय–समय पर यह समझाया जा सकता है कि वे स्वयं डाक्टर या मनोचिकित्सक से अपनी जाँच कराते रहें, वैसे यह काम इतना आसान नहीं हैं क्योंकि हमारे समाज में आज भी मानसिक विकारों को छिपाने की प्रवृत्ति पाई जाती हैं और मनोचिकित्सक की सलाह लेना सामाजिक कलंक माना जाता है। समझदार और जिम्मेदार लोगों को समाज की इस सोच को बदलने की आवश्यकता है। इस प्रवृत्ति के कारण

बहुत से वृद्धजन तभी डाक्टरों के पास जाते हैं, जब उनके मानसिक विकार, शारीरिक रोगों का रूप ले लेते हैं।

शारीरिक रोगों की जाँच व इलाज की भाँति मानसिक रोगों की जाँच व इलाज के काम में भी स्वयंसेवी संस्थाओं की भूमिका महत्वपूर्ण हो सकती है।

क्षेत्र के वृद्धजनों के कार्ड बनाकर नियमित रूप से प्रत्येक सप्ताह, पखवाड़े या महीने के बाद उनकी जाँच करके उन्हें आवश्यक परामर्श दिया जा सकता है। जिससे उनके मानसिक विकार नियंत्रण में रहे।

सरकारी स्तर पर बच्चों, महिलाओं , युवकों आदि के विकास व कल्याण के लिए जिस तरह की परियोजनाएं और कार्यक्रम चलाये जाते हैं, वैसे ही कार्यक्रम वृद्धजनों के लिए चलाये जाने चाहिए। इनमें वृद्धगृह तथा दिवा रक्षा केन्द्र खोलने पर विशेष बल दिया जाना चाहिए। इन आश्रमनुमा संस्थाओं में वृद्धजन आपस में मिलकर एक दूसरे का सुख–दुख बाँट सकते हैं और अपने मन का बोझ हल्का कर सकते हैं। यही नहीं वो कुछ काम–धंधा करके अपनी आमदनी भी बढ़ा सकते हैं। वृद्धजनों की देखभाल कर रहीं कुछ संस्थाओं ने इस तरह के केन्द्र खोले हैं। जनसंचार माध्यमों से लोगों में यह चेतना पैदा की जाये कि मानसिक रूग्णता भी शारीरिक रूग्णता की तरह स्वाभाविक प्रक्रिया है और इससे शर्मिंदा होने की जरूरत नहीं है। इससे घर वाले तथा स्वयं वृद्धजन मानसिक रोगों के इलाज के लिए आगे आयेंगे। मानसिक तनावों से मुक्ति पाने के उपाये बताने के लिए प्रशिक्षण कार्यक्रमों का आयोजन किया जा सकता है। कई स्वयंसेवी संस्थाओं ने इस तरह की कार्यशालाओं का सफल आयोजन किया है। पश्चिमी देशों में बड़ी संख्या में लोग वृद्धगृहों तथा अस्पतालों में इजाल

करा रहे उन वृद्धजनों के साथ समय बिताते हैं जिनके सगे सम्बन्धी उन्हें पूँछने नहीं आते। यह बड़े पुण्य का काम है। इससे बड़े बूढ़ों का अकेलापन दूर करने में काफी मदद मिलती है। हमारे देश में भी इस तरह की प्रवृत्ति को बढ़ावा मिलना चाहिए। सरकारी एजेंसियों, स्वयंसेवी संस्थाओं तथा वृद्धगृहों को बड़े बूढ़ों के मनोरंजन पर ध्यान देना चाहिए। इनमें गीत–संगीत के कार्यक्रम, इनडोर खेल तथा मेले आदि शामिल हैं। इनसे वृद्धजनों को तनाव मुक्ति का अवसर मिलता है।

3.वृद्धजनों हेतु कल्याण कार्यक्रम

हम प्रतिवर्ष पहली अक्टूबर को वृद्ध दिवस मनाते हैं। वृद्ध दिवस मनाना तभी सार्थक है। जब हम वृद्धजनों को उचित सम्मान दें, उनकी सुख सुविधाओं का ध्यान रखें उनको किसी प्रकार की कठिनाई का अनुभव न होने दें। वर्ष 1991 अंतराष्ट्रीय वृद्ध वर्ष के रूप में मनाया गया नए वर्ष के शुभारंभ के अवसर पर हमें वृद्धजनों को सुरक्षा व संरक्षा प्रदान करने का संकल्प लेना चाहिए।

कई देशों में वृद्धजनों के कल्याणार्थ कार्यक्रम चल रहे हैं। अमेरिका, चीन, हांगकांग, कीनिया, अर्जेटीना, थाईलैण्ड, इस्राइल, नेपाल, उत्तरी कोरिया आदि देशों ने वृद्ध जनों की समस्याओं के निराकरण के कार्यक्रम चलाए हैं। भारत में भी वृद्ध आश्रम, वृद्ध कल्याण केन्द्र देखभाल गृह आदि स्थापित किए गए हैं। जिनका उद्देश्य वृद्धजनों की देखभाल करना है। केन्द्रीय व राज्य सरकारें स्वयंसेवी संगठनों को आर्थिक अनुदान दे कर वृद्ध कल्याण कार्यक्रम क्रियान्वित करा रही है। इस हेतु आठवीं योजना में 13 करोड़ रुपये निर्धारित किए गए थे। सरकार निराश्रित

वृद्धजनों को वृद्धावस्था पेंशन भी देती हैं। रेल विभाग वृद्धजनों को वरिष्ठ नागरिक की सम्मानजनक संज्ञा दे कर यात्री भाड़े में छूट देता है। बैंकों में वरिष्ठ नागरिकों को उनकी बचत पर अन्य की तुलना में अधिक ब्याज दिया जाता है। ये सारे कल्याण कार्यक्रम निराश्रित वृद्धजनों के लिए तो उचित लगते हैं पर यदि भरे पूरे परिवार वाले वृद्ध जन अपनी देखभाल के लिए वृद्ध कल्याण आश्रम की शरण लें, अपने को निराश्रित घोषित कर वृद्धावस्था पेंशन का हकदार बनें तो यह हमारे लिए कलंक हैं। इस कलंक को समाप्त किया जाना चाहिए।

आज की पीढ़ी न तो व्यवहारिक रूप में ही वृद्धजनों की देखभाल करने की स्थिति में हैं, और न भावनात्मक लगाव ही शेष रह गया है। सेवा, श्रद्धा, सम्मान जैसे शब्द तो प्रायः शब्दकोष की वस्तु बन कर रह गए हैं। ऐसी स्थिति में समाज और सरकार दोनों ही को इस समस्या का हल खोजना होगा। आज आवश्यकता है ऐसे आवास गृहों की जहाँ वृद्ध दंपत्ति अथवा अकेले वृद्ध–वृद्धाएं अपनी–अपनी स्थिति के अनुकूल स्थान पा सकें। यह आवास गृह मात्र संग्रहालय जैसे न हो। अपितु वृद्धों के स्वाथ्य शारीरिक स्थिति और उनकी रूचियों के अनुसार कुछ समाज सेवा आदि के कार्यक्रमों का आकार, आयु के अनुरूप हो कुछ मनोरंजन के साधन भी हों, जैसे रेडियो, टेलीविजन, लाइब्रेरी आदि की सुविधाएं हों, उनके साथ वह अपना समय अच्छी तरह काट सकें। जिनको स्वजनों से किसी प्रकार की आर्थिक सहायता नहीं मिल सकती अथवा कोई पेंशन आदि भी नहीं मिलती है। उनकी देखभाल का प्रबन्ध समाज सेवी संस्थाओं से सहयोग प्राप्त कर एवं सरकारी अनुदान आदि से चलाया जा सकें। इस प्रकार की व्यवस्थाएं होना आज समय की माँग हैं।

वृद्धाश्रमों में सभी आवश्यक आवश्यकताओं की पूर्ति की जाती है। खाने पीने से लेकर इलाज के लिए दवा, मनोरंजन का साधन, मन बहलाव के लिए स्कूली बच्चे, व मानसिक शांति के लिए प्रार्थना आयोजित की जाती है। लेकिन इन सब साधनों के बाबजूद उनके मन में असंतोष है, घुटन हैं, नियमित दिनचर्या का शिकंजा है, अपनापन का अभाव है। उन्हें चाहिए अपने संतान का साथ, उन्हें चाहिए स्वतंत्र जीवन, जीने का परिवेश, उन्हें ऐसा व्यक्ति चाहिए जो उनकी बात सुने और उस पर अमल करें। आखिर इन सब अनुत्तरित सवालों का जबाव कौंन देगा? उनकी समस्याओं का निदान कौंन करेगा? इन्हीं बातों को लेकर जवाहर लाल नेहरू विश्वविद्यालय के प्रख्यात समाजशास्त्री योगेन्द्र सिंह कुछ इस प्रकार से समस्याओं को उठाते हुए उसका निराकरण बताते हैं। उनका मत है कि वृद्धों की त्रिस्तरीय समस्याएं हैं, पहला वह वर्ग जो साधनहीन है, दूसरा वह जो मध्यमवर्गीय है और तीसरा समृद्ध वर्ग से हैं। वे कहते है कि कुछ लोग ऐसे हैं जो खान–पान से लेकर स्वास्थ्य व शिक्षा सभी मामलों में कमजोर है जो दैनिक मजदूरी पर जीते हैं। उनकी समस्या सबसे भयावह है। ऐसे परिवारों के बूढ़ों के लिए स्वयंसेवी संस्था व ग्रामीण समुदायिक संस्था को आगे आना चाहिए। उनका मानना है कि वृद्धों का भी एक संगठन होना चाहिए जो परिवार व संस्थाओं पर दबाव डाले कि उन्हें उचित सम्मान व संरक्षण मिले।

मध्यमवर्गीय परिवार के नौकरी पेशा सदस्यों को इनकम टैक्स में छूट मिलनी चाहिए कि जिससे बच्चों के लालन–पालन के साथ वृद्धों की भी सही देखभाल हो सके। सरकार को चाहिए कि नौकरी पेशा लोगों को वृद्धों की देखभाल के लिए अलग से कुछ प्रोत्साहन राशि दें। साथ ही ऐसे

नियम बनाने चाहिए कि सरकारी नौकरी वाला व्यक्ति अपने वेतन का कुछ भाग वृद्धों के ऊपर खर्च करने को बाध्य हो।

तीसरा बुजुर्ग समृद्ध वर्ग से होते हैं। जो परिवार के साथ सामंजस्य स्थापित करने को कतई राजी नहीं होते हैं। वे खुद की जिंदगी जिस ऐशों आराम व स्वतंत्रता से जिए होते हैं वे वैसी ही जिन्दगी वृद्धपन में भी चाहते हैं। उनमें व्यक्तिवादिता हावी रहती है। यूरोप के देशों में ऐसे व्यक्ति काटते हैं। इसमें सारी सुविधाएं मौजूद होती हैं। वे कहते हैं कि इस प्रकार के लिए होटल के प्रकार की व्यवस्था होती है। पैसे पहले जमा करा लिए जाते हैं। उनका मानना है कि भारत में भी इस प्रकार की व्यवस्था होनी चाहिए। इस प्रकार की संस्था व्यावसायिक संस्था न बन जाए इसके लिए बुजुर्गों के संरक्षक व सरकारी अधिकारी को समय–समय पर निरीक्षण करना चाहिए। उनका मानना है कि वृद्धों के संरक्षण व देखभाल के लिए परिवार नुमा या समाज सदृश्य एक ऐसी संस्था विकसित करने की आवश्यकता है। जहाँ उन्हें परिवार से दूर रहने का दुःख न हो।

वृद्ध व्यक्तियों की समस्याओं पर विचार करते समय हमें इस बात को विशेष रूप से दृष्टि में रखना चाहिए कि उनके पास अनुभवों का एक बड़ा खजाना है। वद्धावस्था अनुभवों की एक ऐसी पुस्तक के समान है। जिसे आवश्यकता के अनुसार कभी भी खोल कर पढ़ा जा सकता है और लाभ अर्जित किया जा सकता है। मगर इसके लिए हमें वृद्ध व्यक्तियों को पर्याप्त सम्मान देना होगा, तभी वे हमें अपने अनुभवों से लाभान्वित कर सकेंगे। वृद्ध व्यक्तियों को दूर दराज होस्टल में रखकर अपने से अलग कर देने से उनके अनुभवों का लाभ उठाने की संभावना कम हो जायेगी।

वृद्धजनों के लिए अलग सदन बनाने के स्थान पर सामान्य सदनों में ही, उनके लिए स्थान सुरक्षित रख देना अधिक उपयोगी रहेगा। उनके लिए विशेष क्लबों की व्यवस्था अवश्य की जानी चाहिए, जहाँ पर उनकी क्षमता और रूचि के अनुसार खेल आदि की व्यवस्था हो। वृद्धों की नियमित रूप से चलने वाली कुछ अध्ययन गोष्ठियों का भी प्रबन्ध किया जाना चाहिए। जिनमें वे विभिन्न सामाजिक और राष्ट्रीय समस्याओं पर विचार करें अपनी सिफारिश संबन्धित अधिकारियों के पास भेज सकें। वृद्ध व्यक्तियों को उनकी कार्यक्षमता के अनुसार अध्यापन, समाज सेवा, चित्रकारी, बुनाई और कढ़ाई आदि कार्यों का प्रशिक्षण भी दिया जा सकता है। जिससे जीवन के प्रति उनका आकर्षण बना रहे और अपने लिए वे कुछ अतिरिक्त धन भी अर्जित कर सकें।

कुछ कम परिश्रम वाले कार्य केवल वृद्धजनों के लिए ही आरक्षित रखे जा सकते हैं। जैस–छोटे बच्चों को स्कूल लाने ले जाने का कार्य दूध के डिपो की व्यवस्था, गली मोहल्लों के छोटे वाचनालयों की देखभाल, घर पर बच्चों की देखभाल आदि। बेसहारा वृद्ध व्यक्तियों के लिए उचित पेंशन की व्यवस्था की जानी चाहिए और उनके स्वास्थ्य की नियमित देखभाल के लिए भी उचित व्यवस्था होनी चाहिए। वृद्ध व्यक्तियों में इस बात का प्रचार भी होना चाहिए कि अपना शारीरिक तथा मानसिक स्वास्थ्य बनाए रखने के लिए उन्हें कैसे रहना चाहिए ? और क्या खाना चाहिए। इस प्रकार की समाज सेवी संस्थाएं भी बनाई जानी चाहिए जो वृद्ध व्यक्तियों को उनकी दैनिक समस्याओं के बारे में आवश्यक परामर्श दे सकें।

❋❋❋❋

सन्दर्भ–ग्रन्थ

Abelson, R.P. & Rosenberg, M.J	:	1950 Symbolic {sychologic a model of attitudinal cognition. Behavioral science.
Alloprt, Gorden, W.	:	1957. Personality. New york Henry Holt an company.
Anderaon, T.W.	:	1972 An Introduction to Miltiveriate statistical Analyesis. New Delhi, Willay Dastern Pvt. Ltd.
Bakker, C.B. and Dightmah, C.R.	:	1964 Psychological factors in fertility control. Fertility and sterility.
Blake, R.L. Insko, C.A. Cialdini, R.B. & Chaikan A.L.	:	1969, Belief and attitudes about contraception among the poor. Caroling Population Centre. Monograph series.
Cattell R.B.	:	1950 Personality a systematic. Theoretical and Factual study. New York MC Graw Hill Book Company.
Cattell, R.B.	:	1952 Factor Analys is, New York.
Cattell, R.B.	:	1957 Personality and Motivation structure and Meqsurement. New York, Harcourt, Brece and world.
Child O.	:	1975 Essentials of Factor Analysis. London. Holt, Rinehart and Winston.
Cooley, W.W. and Hohnes,	:	1971 Multivariate Data

P.R.		Analysis New York, Hohn wiley and sons.
De Charms R.	:	1968 Personal Cansation the internal effective determinats of Behaviour, New York Academic press.
Fox David J.	:	1969 The Research process in Education, New York. Holt Rinchart wand wination.
Hall, C.S. and Lindzey, G.	:	1957 Theories of Personality New York. John wiley & Sons.
Hoffman L.W. and wyatt, F.	:	1960 Social Change and Motivations for having larger families. Some theoretiacal Considerations, Merrill Palmer Cuarterly 6,p.p. 235-244.
Mac Donal Jr. A.P.	:	1970 Internal External locus of Control and the proctice of birth control Psychological Reports
Yong. P.V.	:	1977 "The Scientific Social Surveya and Research. Printic Hall Publication. New Delhi etc.
Back. K.W.	:	1976 Personal Characteristics and Social Behaviour, New.York.
Bhatia H.S.	:	1983 Aging and Society: A Sociological Study of the Retired Public Servants . Udaipur.
Bose A.B. & K.D. Gangrade,	:	1988 Aging in India, New

		Delhi.
Carol, H. Meyer	:	1975 Social Work with the Aging. New York.
Chandra Dave	:	Some Pycho-social Aspects of Aging. Tirupati.
Desai K.C.	:	1982 Aging in India, Bombay
Desai, K.G. &R.D. Naik,	:	1970 Problems of the Retired People in Greater Bombay. Bombay
D' Souza V.S.	:	1969 Changes in Social Structure and changing Roles of Other People in India Washington.
Hambon, David	:	1978 Social Challenge of Aging. London
Kilty, K.M.&A. feld,	:	1976 Attitudes toward Aging and the Needs of other People, Jurnal of Geronotology.
Mahajan. A.	:	1987 Problems of the Aged in unorganized Sector. Delhi.
Nair, T. Krishnan	:	1980 Other People in Rural Tamil Nadu. Madras.
Raghani, V. and N.K. Singhi	:	1970: "A Survery of Problems of Retired Persons" Jaipur.
Raj B. and .B.G. Prasad	:	1971 "A study of Rural Aged Persons in Social Profile Bombay.
Bamamurti. P.V.	:	Problems of Aging in Industry.
Sati, P.M.	:	1988 Retired and Aging People Delhi.
Sharma, M.L. & T.M. Dak.	:	1987 Aging in India, Delhi.
Srivastava, R.S.	:	1983 Aged and the Society, New Delhi.

कर्वे, इरावती	:	भारत में नातेदारी व्यवस्था
मुखर्जी, आर.एन.	:	सामाजिक शोध एवं सांख्यिकी
अग्रवाल, जी.के.	:	समाजशास्त्र (आगरा)

REPORTS

1. WORLD DEVELOPMENT REPORT OXPORD UNIVERSITY 1987
2. REPORT OF THE STUDY TEAM ON OVER DUES OF COOPERALIVE CREDIT SUIETIES RBT 1974.

3.	उत्तर प्रदेश वार्षिकी		–	सूचना एवं जनसम्पर्क विभाग उ0प्र0 लखनऊ
	वर्ष	2000–01	–	पूर्वोक्त
		2001–02	–	पूर्वोक्त
		2002–03	–	पूर्वोक्त
		3003–04	–	पूर्वोक्त
		2004–11	–	पूर्वोक्त
4.	सांख्यकीय पत्रिका		–	जनपद हमीरपुर अर्थ एवं संख्या अधिकारी हमीरपुर
	वर्ष	2001–02	–	पूर्वोक्त
		2002–03	–	पूर्वोक्त
		2003–04	–	पूर्वोक्त
		2004–11	–	पूर्वोक्त
5.	जनगणना पुस्तिका		–	खण्ड– ।
	वर्ष	1991	–	पूर्वोक्त
		2011	–	पूर्वोक्त
6.	हमीरपुर का गजेटियर		–	भारत सरकार का गजेटियर उ.प्र.

पत्र–पत्रिकाएं

1	योजना मासिक पत्रिका		–	योजना भवन संसद मार्ग नई दिल्ली
	वर्ष	1996	–	सभी अंक
		1997	–	सभी अंक
		1998	–	सभी अंक
		1999	–	सभी अंक
		2000 से 2008 तक	–	सभी अंक
2.	समाज कल्याण मासिक पत्रिका		–	केन्द्रीय समाज कल्याण बोर्ड नई दिल्ली
	वर्ष	1996	–	सभी अंक
		1997	–	सभी अंक
		1998	–	सभी अंक
		1999	–	सभी अंक
		2000 से 2021 तक	–	सभी अंक
3.	इण्डिया टुडे साप्ताहिक पत्रिका		–	लिविंग मीडिया इण्डिया लि0 नई दिल्ली
	वर्ष	2001	–	मई के सभी अंक
		2003	–	फरवरी के दो अंक
		2004	–	अप्रैल के तीन अंक
		2005	–	नवम्बर के सभी अंक
		2006	–	मई के सभी अंक
		2007	–	फरवरी के सभी अंक
		2008	–	अगस्त के तीन अंक
4.	अमर उजाला दैनिक		:	कानपुर संस्करण
5.	दैनिक जागरण दैनिक		:	कानपुर संस्करण
6.	हिन्दुस्तान दैनिक		:	लखनऊ संस्करण

वृद्धजनों का पारिवारिक सामन्जस्य

गोपनीय

साक्षात्कार अनुसूची

1. समान्य सूचनाएं –

1.1– निवास स्थान :................................हमीरपुर / मौदहा / नरायच / कुण्डौरा

1.2– नाम :..

1.3– आयु :..

.

1.4– धर्म :..

1.5– जाति :..

1.6– शैक्षणिक स्थिति :..

अ. अशिक्षित

क. हाईस्कूल

ख. इण्टरमीडिएट

ग. स्नातक

घ. परास्नातक

1.7– वैवाहिक स्तर :...

क. विवाहित

ख. अविवाहित

ग. विधुर

घ. विधवा

ङ. परित्यक्त

2. वृद्धजनों का सामाजिक स्वरूप–

2.1– परिवार किस प्रकार का है :..................................संयुक्त / एकाकी

2.2– परिवार में सदस्यों की संख्या कितनी है :.......................................

2.3– परिवार के सदस्यो का शैक्षणिक स्वरूप :..

क्र. सं.	सदस्य का नाम	आयु	शैक्षणिक स्तर	सेवा का स्वरूप	आपसे सम्बन्ध

2.4– परिवार में भोजन व्यवस्था :..स्वतंत्र/मिश्रित

2.5– परिवार में भोजन का स्वरूप :.......................... क. शाकाहारी

ख. मांसाहारी

ग. मिश्रित

2.6– परिवार की सत्ता :......................... मातृ सत्तात्मक/पितृ सत्तात्मक

2.7– परिवार में पर्दा प्रथा विद्यमान है :..हाँ/नहीं।

2.8– जादू/टोने आदि पर विश्वास करते है :.............................हाँ/नहीं।

2.9– आकस्मिक आपत्ति में परिवार के सदस्य एकीकृत रूप में निराकरण केलिए तत्पर रहते हैं– हाँ/नहीं

2.10– पारिवारिक समस्याओं के निराकरण के लिए महिलाओं के विचारों को उचित स्थान दिया जाता है ....हाँ/नहीं

2.11– पारिवारिक स्थिति से संतुष्ट है .... क. हाँ

ख. नहीं

ग. कुछ नहीं कह सकते हैं

3. वृद्धजनों की आर्थिक निर्भरता

3.1– आपके आय का स्रोत–

क. कृषि

ख. सेवा

ग. उद्योग

घ. दुकानदारी

ङ. पेशन

च. कुछ भी नहीं

3.2– परिवार के समस्त स्त्रोतों से प्राप्त मासिक आय–

क्रम संख्या	आय का स्रोत	आय	समस्त श्रोतों से प्राप्त आय का कुल योग

3.3– परिवार में उपलब्ध सुविधाओं का स्वरूप –

क– पत्र पत्रिकाओं आदि ....हाँ / नहीं

ख– रेडियो :.. हाँ / नहीं

ग– टी0वी0 / वी0सीआर0 .... हाँ / नहीं

घ– फ्रिज / कूलर .... हाँ / नहीं

ङ– स्कूटर / कार आदि .... हाँ / नहीं

3.4– आपको पेंशन मिलती है .... हाँ / नहीं

3.5– आपके द्वारा किये सेवा काल में प्रमुख आर्थिक गतिविधियों का विवरण

क– मकान निर्माण पर व्यय किया .... हाँ / नहीं

ख– कन्या विवाह पर खर्च किया .... हाँ / नहीं

ग– बच्चों की शिक्षा पर खर्च किया ....
हाँ / नहीं

---

4. वृद्धजनों का युवा वर्ग के साथ वैचारिक स्थिति

4.1– आपके प्रति युवा सदस्यों का लगाव है................हाँ / नहीं

4.2– आपके परिवार के युवक–युवतियॉ आपका ध्यान रखते हैं –......... .हाँ / नहीं / कभी–2

4.3– आप अपने परिवार के युवाओं को परम्पराओं के निर्वहन के लिए कहते हैं................................ हाँ / नहीं / कभी–2

4.4– यदि हॉ तो क्या वे उसका पालन करते हैं – हाँ / नहीं / कभी–2

4.5– आप पर्दा प्रथा के समर्थक हैं – हॉ / नहीं

4.6– आप परिवार में आधुनिकता के समर्थक हैं – हाँ / नहीं / कभी–2

4.7– आप युवाओं को राजनीतिक क्षेत्र में अपने विचारों को मानने को कहते हैं – हाँ / नहीं / कभी–2

4.8– यदि हॉ तो क्या वे उन्हें मानते हैं – हाँ / नहीं / कभी–2

4.9– आप अपने परिवार के युवाओं को धार्मिक संस्कारों को सम्पादित करने के लिए कहते हैं – हाँ / नहीं / कभी–2

4.10–यदि हॉ, तो क्या वे उन्हें सम्पादित करते हैं– हाँ / नहीं / कभी–2

4.11–आपके कारण युवावर्ग और आपके मध्य कलह होता है – हाँ / नहीं / कभी–2

4.12–युवा सदस्य आपके पास बैठकर वार्तालाप के माध्यम से पारिवारिक समस्याओं पर विचार विमर्श करते हैं – हाँ / नहीं / कभी–2

4.13– आप युवाओं के कार्यो में हस्तक्षेप करते हैं– हाँ / नहीं / कभी–2

5. पारिवारिक सामन्जस्य का अध्ययन

5.1– आप स्वतः का कार्य करने में सक्षम हैं : ....हाँ/नहीं

5.2– आप किसी बीमारी से ग्रसित है :..हाँ/नहीं

5.3– आपको प्राप्त होने वाली पेंशन का व्यय किन मदों में होता है ....स्वयं के खर्च में/परिवार के खर्च में।

5.4– आपकी दिनचर्या क्या है :

प्रातःकाल से प्रारम्भ कर रात्रि तक का विवरण।

5.5– आप किसी क्लब अथवा समाजसेवी संस्था के सदस्य हैं ?

हाँ/नहीं

5.6– आर्थिक गातिविधियों में आप भाग लेते हैं : .... हाँ/नहीं

5.7– पारिवारिक वैमनस्य विद्यमान है :.......................... हाँ/नहीं

5.8– पारिवारिक महिलाओं में कलह होता है : .... हाँ/नहीं

5.9– पारिवारिक कलह में आपकी भूमिका क्या रहती है ....

1. सहज
2. उग्र
3. असाधारण
4. प्रतिक्रिया व्यक्त नहीं करते हैं।

5.10– आपके प्रति परिवार के बच्चों का लगाव ....

1. उचित है।
2. अधिक है।
3. नहीं है।

5.11– परिवार में सास बहू के झगड़ों का स्वरूप सामान्य/उग्र/अनियंत्रित/झगड़ा उत्पन्न नहीं होता।

5.12– आपके प्रति परिवार के सदस्यों का व्यवहार .... उचित/अनुचित।

5.13– आपके मतानुसार वृद्ध व्यक्तियो के पुनर्वास के लिए संवैधानिक संशोधन की आवश्यकता है......................................हाँ/नहीं

5.14– क्या स्थानीय प्रशासन आपकी समस्याओं को हल करने में सक्षम है : ..... .हाँ/नहीं

5.15– पारिवारिक सामंजस्य स्थापित करने के लिए मित्रों अथवा रिश्तेदारों की मद्द की आवश्यकता पड़ती है .... हाँ/नहीं

5.16– पारिवारिक सामंजस्य में अन्य प्रकार का कोई कठिनाई हो तो उसका उल्लेख कीजिए। .... .हाँ/नहीं

5.17– भारतवर्ष में वृद्ध व्यक्तियों की आकाक्षांओं के बारे में मुक्त विचारों का विवरण दीजिए।

....

....

....

....

....

....

5.18– अन्य कोई सुक्षाव ....

....

....

....

....

धन्यवाद!

www.ingramcontent.com/pod-product-compliance
Ingram Content Group UK Ltd.
Pitfield, Milton Keynes, MK11 3LW, UK
UKHW020725041026
15590UKWH00002B/887

9 789364 319669